LA MONTAGNE
QUI M'A SAUVÉE

Lauren Wolk

LA MONTAGNE QUI M'A SAUVÉE

Traduit de l'anglais (États-Unis)
par Marie-Anne de Béru

l'école des loisirs
11, rue de Sèvres, Paris 6e

Titre de l'édition originale : « Echo Mountain *»*
(Dutton Children's Books, Penguin Young Readers Group, New York)
Loi n° 49.956 du 16 juillet 1949 sur les publications destinées à la jeunesse : avril 2021
Dépôt légal : avril 2021
Imprimé en France

ISBN 978-2-211-30831-1

À mon mari, Richard, et à nos deux merveilleux fils,
Ryland et Cameron.

MAINE
1934

1

La première personne que j'ai sauvée a été un chien.

Ma mère pensait qu'il était mort mais il était trop jeune pour mourir. Il venait tout juste de naître, il était encore tout mouillé, luisant et superbe, mais il ne respirait pas.

– Emporte-le, m'a-t-elle dit, en le faisant glisser dans mes mains en coupe.

Sa voix était froide. Peut-être était-ce pour cela qu'elle tremblait un peu, mais, la connaissant trop bien, j'en doutais.

Maisie, enserrant les trois chiots vivants qui cherchaient son lait à l'aveuglette, me regardait avec des yeux douloureux.

Je sentais combien elle souffrait, elle aussi.

– Que dois-je faire avec lui ? ai-je demandé.

– Va l'enterrer à l'écart, loin du puits.

Ma mère s'est retournée pour changer la litière, rouge comme un soir de Noël.

Nous avions tous eu une nuit difficile. Mais c'était pour le dernier chiot que cela avait été le plus dur. Celui qui reposait dans mes mains.

Je l'ai serré contre ma poitrine, comme si j'avais deux cœurs dont un seul battait, puis je l'ai emporté hors de l'abri à bois, dans une claire coulée de lumière matinale. Je suis passée devant la maison et me suis dirigée vers le puits et, au-delà, vers la tombe qui l'attendait.

Je me suis arrêtée net avant de me retourner.

Sur le large seuil en granit de la maison : un baquet rempli à ras bord d'eau froide, prête à servir.

Je ne savais pas ce qui allait se passer, mais une petite étincelle dans ma poitrine a flambé à la vue de cette eau bleu-vert des reflets du ciel et des arbres. Calme. Simple. Elle me parlait d'une voix plus forte que celle de ma mère qui, debout à l'entrée de l'abri, les bras chargés de paille ensanglantée, m'a lancé : « Va donc plus loin, Ellie. »

Je ne suis pas allée plus loin.

L'étincelle, la flamme, la voix – tout m'attirait vers le baquet. J'ai plongé le bébé chien profondément dans cette eau froide, si froide, et je l'y ai maintenu jusqu'à ce que je le sente tressaillir et se débattre.

– Ellie ! Qu'est-ce que tu fabriques ? a crié ma mère, en jetant la paille et en se précipitant vers moi.

Elle s'est immobilisée, bouche bée, lorsque j'ai ressorti de l'eau le chiot tout dégoulinant qui s'agitait et que je l'ai remis contre ma poitrine.

– Il n'est pas mort, ai-je dit avec un sourire. Pas mort du tout.

Ce qui lui a tiré un bref sourire.

– Alors il est à toi, m'a-t-elle dit en se retournant pour ramasser la paille. Débrouille-toi pour qu'il le reste.

Je ne savais pas si elle voulait dire que je devais me

débrouiller pour qu'il reste en vie, ou pour qu'il reste à moi, mais j'avais bien l'intention de faire les deux.

Je me suis assise sur le seuil et je l'ai séché avec un pan de ma chemise en ébouriffant son pelage brillant, ce qui l'a fait respirer plus fort et moi aussi. J'ai poussé une série de profonds soupirs comme si tous deux nous avions manqué d'air.

Puis je l'ai ramené à Maisie, qui a levé les yeux pour me fixer pendant que je lui faisais une place entre les autres chiots et que je lui montrais la mamelle qui lui était destinée.

Quand Maisie a reposé la tête, elle aussi a poussé un grand soupir.

Les chiots se ressemblaient tous. Le poil foncé. Parfaitement formés. L'un avait le bout d'une patte blanc. Un autre était plus costaud. Un autre encore avait des reflets dans son pelage. Le mien était bringé* et le bout de sa queue était blanc, comme un pinceau trempé dans la peinture. Cela le rendait différent.

Mais je n'avais besoin d'aucun signe distinctif.

J'étais certaine de le reconnaître instantanément, et certaine qu'il me reconnaîtrait.

– Il va falloir te trouver un nom, lui ai-je dit quand il s'est mis à téter goulûment sa nouvelle vie.

C'est à cela que j'ai réfléchi pendant que j'accomplissais toutes mes tâches matinales.

En arrachant les touffes de pâturin qui envahissaient le

* Pelage fait de poils de couleurs différentes, ni véritablement tacheté ni rayé, mais mélangés.

coin des pommes de terre, j'ai écarté « Ombre » (même s'il avait le poil sombre et que ça lui allait bien).

J'ai envisagé « Possum* » (parce qu'il n'avait pas été vraiment mort) pendant que j'entassais le pâturin pour le donner aux vaches.

J'ai pensé à « Boy » (c'était un garçon), et à « Beau » (il l'était aussi) tout en désherbant les rangées d'épinard précoce semé à l'automne.

J'ai aussi songé à « Pinceau » (pour le bout tout blanc de sa queue) tandis que je faisais des fagots de petit bois.

Finalement, en rangeant du bois dans le coffre près du grand fourneau de la cuisine, j'ai choisi « Motus ».

Pendant que nous prenions notre petit déjeuner, myrtilles séchées, pommes de terre au four, lait encore tiède de la traite du matin, mon petit frère Samuel a dit :

– J'aime bien ça. C'est un nom de cœur.

– Un quoi ? a demandé ma mère

– Un nom de cœur. Tu sais bien, un nom à deux temps. Ba-boum. Ba-boum.

Et *moi*, j'ai beaucoup aimé ce qu'il venait de dire.

– Motus, c'est stupide comme nom, a dit Esther, ma grande sœur, qui pensait que tout ce que je faisais était stupide. Le jour où il filera quelque part, tu vas te retrouver à crier « Motus ! » à tue-tête. Ce sera stupide.

* L'opossum, mammifère de la taille d'un petit chat, adopte une stratégie de défense peu banale lorsqu'il est menacé : il fait le mort.

Je n'étais pas d'accord même si je savais bien que Motus était un nom étrange. Ce qui me convenait parfaitement.

J'étais moi-même étrange à plus d'un titre, et j'aimais des choses qui l'étaient aussi. J'aimais les questions qui méritaient une réponse. Comme celles qui m'entraîneraient bientôt jusqu'au pic des Étoiles, jusqu'à un garçon qui savait faire chanter son couteau, à une vieille harpie appelée Cate, et à tous les autres *autres* dont j'ai fait la connaissance durant cette période singulière – ceux qui étaient bons, ceux qui étaient mauvais –, tous reliés à la flamme qui avait brûlé plus haute et claire que jamais le jour où Motus était né.

2

La grand-mère de Motus, une chienne très douce du nom de Capricorne, avait commencé sa vie là où j'avais commencé la mienne, dans la ville où mon père était tailleur et ma mère professeure de musique, avant l'effondrement de la Bourse qui avait ruiné tout le monde et nous avait envoyés vivre dans la montagne aux Échos.

– Qu'est-ce qui s'est effondré ? avais-je demandé à mon père quand notre propre vie avait commencé à s'écrouler.

Il m'avait répondu que trop de gens avaient parié avec leur argent, puis qu'ils avaient été pris de panique quand ils avaient compris qu'ils allaient perdre, ce qui, en réalité, leur en avait fait perdre encore plus et les avait précipités dans la pauvreté, et nous avec eux.

– Je ne comprends pas. (Je me souviens d'avoir levé les yeux vers lui dans l'attente d'une meilleure explication.) Est-ce que nous aussi, nous avons parié avec notre argent ?

Il a fait un signe de dénégation.

– Alors pourquoi l'avons-nous perdu, nous aussi ?

– Pas le nôtre directement. Mais les gens qui n'ont pas d'argent ne paient plus le tailleur pour qu'il leur fasse des vêtements, ils n'achètent plus de nouveaux habits quand les anciens peuvent encore servir.

Mon père était bien plus qu'un bon tailleur. Les vêtements qu'il nous cousait nous allaient comme une seconde peau, et les plantes grimpantes et fleurs qu'il brodait au revers des ourlets et des poignets étaient de toute beauté. Elles étaient comme une signature au bas d'un tableau.

– Mais Maman, elle est professeure. Ça veut dire que les gens sont trop pauvres pour aller à l'école ?

– Non, ce n'est pas ce que je veux dire. Tout le contraire, en fait : davantage de musique à l'heure actuelle, ce serait bénéfique pour tout le monde. Mais j'ai bien peur que la musique soit une des premières choses qui s'arrêtent quand une école ne va pas bien. Et nous ne sommes pas les seuls à partir. La moitié des habitants de la ville ont disparu, ils se sont installés chez des proches ou ils sont juste… partis ailleurs. À la rue, sur les routes, à la recherche de travail. Ce qui veut dire moins d'enfants à l'école, et plus besoin de tous les professeurs qui enseignaient auparavant.

Plus besoin de ma mère !

Nous avons perdu la boutique. Puis notre maison. Puis la vie que nous avions toujours connue.

J'ai alors compris le sens de l'autre mot que les gens utilisaient quand ils parlaient de l'effondrement. La Dépression, disaient-ils. La Grande Dépression. Ce qui signifiait quelque chose d'horrible et de sombre.

Je n'avais pas besoin de mon père pour comprendre ce mot. Je le lisais sur le visage de ma mère, sur celui de ma sœur, et parfois même, de manière plus fugace, dans le regard de mon père. Mais c'était la même chose.

Nous avons emmené Capricorne avec nous quand nous avons quitté la ville, alors que nous ne savions même pas comment nous allions nous nourrir, sans parler d'un chien.

Lorsque nous sommes arrivés sur notre petit coin de montagne, nous avons entravé les nouvelles vaches que nous venions d'acquérir et entassé notre équipement sous une toile pour le protéger des intempéries, puis nous avons vécu dans une tente de fortune le temps de bâtir une maison en rondins.

La pauvre Capricorne était toute désorientée par notre nouvelle vie dans les bois. Elle s'était toujours sentie si bien sous la table de la cuisine pendant que nous y prenions nos repas, ou au pied d'un lit, ou dans le jardin que nous avions avant la crise. Mais nous n'avions plus ni cuisine, ni table, ni jardin pour la réconforter. Nous la prenions avec nous chaque soir dans la tente, et c'était elle qui nous réconfortait.

C'était elle qui grondait la nuit pour nous avertir de l'approche d'un ours, ce qui faisait sortir mon père avec une torche pour le faire fuir.

C'était elle qui tremblait et pleurait si fort quand le tonnerre résonnait que nous nous sentions tous courageux par comparaison.

Et c'est elle qui m'a apporté le cadeau le plus étrange que j'aie jamais reçu : attaché par un bout de ficelle à son collier, un minuscule agneau en bois sculpté.

– Qu'est-ce que c'est ? lui ai-je demandé lorsqu'elle est arrivée un beau matin, sortant d'entre les arbres.

Elle était tout amaigrie car elle était pour la première fois de sa vie obligée d'apprendre à chasser, tout comme mon père, d'ailleurs. Mais, ayant le choix entre musaraignes ou soupe aux haricots, elle s'y était mise.

J'ai décroché le minuscule agneau et je l'ai tourné vers la lumière.

– Où as-tu trouvé cela ?

Je l'ai fixée dans les yeux, mais elle n'avait rien à dire.

J'ai scruté le sous-bois tout autour et je n'ai vu que mon père qui coupait du peuplier, ma sœur qui ramassait du bois pour le feu, et ma mère qui revenait du ruisseau, chargée d'un lourd seau d'eau, Samuel accroché à sa jupe.

Personne d'autre.

Nous avions fait connaissance des quatre autres familles qui s'étaient installées non loin. Tous des habitants du Maine, solides et durs à la tâche, qui économisaient les bouts de ficelle et mangeaient jusqu'à la moelle de leurs os à soupe. Aucun n'aurait émoussé le fil de son couteau pour un caprice.

Mais Capricorne n'aurait jamais laissé un étranger s'approcher suffisamment près pour attacher quelque chose à son collier. J'en ai donc conclu que l'un de nos voisins avait dû sculpter ce petit cadeau et qu'il avait chargé notre chienne de l'apporter chez nous. Qui d'autre, sinon ?

Cette personne avait peut-être espéré que Samuel trouverait le petit agneau.

Mais je savais qu'il le perdrait dans la boue.

Et il avait tout l'air d'être pour moi. Je l'ai donc rangé tout au fond d'une chaussure du dimanche que je ne risquais pas de remettre de sitôt, sans rien dire à personne.

Si quelqu'un devait percer ce mystère, je voulais que ce soit moi.

3

Notre premier printemps sur la montagne aux Échos, nous l'avons passé dans l'humidité, la boue et la fatigue, aussi affamés que les animaux qui sortaient de leur tanière après le jeûne des mois d'hiver.

La construction de notre maison nous tenait lieu de leçons et de récréation. C'était le travail de nos semaines et la prière de nos dimanches.

Les autres familles sont venues nous aider pour les parties les plus dures, et nous leur avons rendu la pareille, mais nous avons accompli la majeure partie du labeur seuls, si lentement que j'avais parfois l'impression que nous n'aurions plus jamais un toit au-dessus de notre tête.

Samuel était trop petit pour nous aider, sauf en nous faisant rire ou en nous laissant l'aimer, ce qui était beaucoup. Être soi-même, c'est parfois tout ce qu'il faut.

Esther et ma mère travaillaient autant qu'elles le pouvaient – leurs mains délicates de citadines tout abîmées, les cheveux en pagaille. Le soir, quand nous nous allongions sous la tente, elles pleuraient. Elles semblaient accuser la montagne de ce dont étaient responsables les hommes.

Chaque tempête mugissante leur rappelait le jour où ma mère avait perdu son travail et les derniers adieux à ses élèves, qu'elle avait fini par considérer comme ses propres enfants.

Chaque hurlement de coyote qui nous réveillait en sursaut leur rappelait le jour où mon père avait fermé sa boutique, le visage comme une pierre mouillée, tout le monde désormais trop pauvre pour ses beaux habits, pour le lierre brodé au revers d'un ourlet ou d'un poignet.

Et quand l'incessante pluie grise perçait la toile de notre pauvre tente, elles se souvenaient comment nous avions perdu notre maison, vendu presque tout ce que nous possédions, et pris le peu qu'il nous restait pour tout quitter et trouver le moyen de survivre jusqu'au jour où le monde se remettrait d'aplomb.

Je n'accusais pas la montagne. Après tout, c'était elle qui nous sauvait.

Pendant les premières semaines, nous n'avons vécu que d'une soupe de haricots peu épaisse assaisonnée de sel.

Nous mangions du lapin quand mon père parvenait à en tuer un, mais c'était encore un chasseur lent et maladroit, et les lapins de la montagne aux Échos étaient vifs et malins. Nous avions beaucoup plus de chances de manger de la tortue.

Ni ma mère ni Esther n'ont jamais pris goût à l'opossum, une proie facile à attraper, mais dont la chair grasse et forte gardait la saveur de ce que l'animal avait mangé en dernier. Or un opossum affamé, ça mange n'importe quoi ou presque. Comme une personne affamée, d'ailleurs, donc quand on en attrapait un, on le mangeait.

C'était dur. Tout était dur. Surtout pour ma mère et ma sœur qui vivaient dans un mélange de peur, d'épuisement et de nostalgie de la vie qu'elles avaient dû abandonner.

Mon premier printemps dans la montagne a été une saison plus douce.

Comme mon père, j'aimais la forêt. Dès le début, nous avions été heureux, tous les deux, de cette vie où rien n'était tracé. De la gaieté constante des oiseaux. De la splendeur de la lune, malgré les traces de coups dont on l'aurait dite marquée. De la brise qui faisait trembler les arbres dans la fraîche lumière d'un soleil joyeux. Et du labeur que nous partagions pour nous bâtir une maison.

Pour chaque difficulté qui se présentait, il y avait le moyen de la surmonter, et nous l'avons fait.

Mais ce lien avec mon père, et avec la nature sauvage elle-même, creusait un fossé entre moi et ma mère, et surtout entre moi et ma sœur. Elles semblaient penser que je les avais trahies en étant heureuse alors qu'elles ne l'étaient pas.

Rien de cette vie dans la montagne aux Échos ne m'était plus pénible que cette rupture. Aurais-je dû me désoler d'être différente ?

Je me suis très vite dit que, même si ma mère et ma sœur allaient me manquer, même si je devenais solitaire, je ne regretterais jamais ce qui me rendait particulière.

J'aimais la montagne. J'aimais ce qu'elle faisait naître en moi. Il n'y avait rien à dire de plus.

Mais ce n'était pas facile.

Je n'avais nul besoin d'une autre raison pour aimer ces lieux mais j'en ai quand même reçu une, par un matin de mai où tout bourdonnait et où les premières fleurs de lilas embaumaient l'air.

Je l'ai trouvée dans la poche de ma veste, que j'avais suspendue à une branche et oubliée.

Mon père avait cousu cette veste dans son atelier avant la crise et y avait brodé des fleurs de printemps. Il en avait sculpté les boutons en bois. Elle était suffisamment ample pour que je puisse la garder longtemps tout en grandissant. Je la portais aussi souvent que possible, quel que soit le travail à faire, par tous les temps, alors qu'Esther et ma mère conservaient les leurs soigneusement empaquetées dans du papier, protégées des accrocs et de la saleté, et me reprochaient chaque nouvelle tache ou déchirure.

Lorsque je l'ai enfilée après l'avoir décrochée de la branche, j'ai trouvé dans la poche un perce-neige jaillissant de son bulbe, sculpté avec tant de finesse et de délicatesse que je l'ai porté à mon nez, m'attendant à sentir un parfum de prairie.

Cette fois-ci, je ne me suis pas tournée de tous côtés pour fouiller le bois.

Cette fois-ci, j'ai levé les yeux au-dessus de cette petite figurine et j'ai regardé entre les arbres.

Là, dans un bosquet : un visage !

Encadré par le feuillage, comme s'il faisait partie de la végétation.

Puis plus rien.

J'ai cligné des yeux, puis fixé l'endroit encore plus attentivement.

– Hello ! ai-je lancé.

Pas de réponse.

J'ai glissé le perce-neige dans ma poche et j'ai passé le reste de la journée à repenser à ce visage et à ces yeux qui m'avaient épiée.

Après cela, je me suis mise à observer de près tous ceux qui habitaient sur le flanc de la montagne, à les dévisager pensivement jusqu'à ce que l'un ou l'autre réagisse en me disant « J'ai quelque chose collé sur les dents ? » ou « Ma femme a une vieille paire de lunettes qui pourrait t'aller ».

Mais aucun de ces visages ne ressemblait à celui que j'avais aperçu. Ils étaient tous trop âgés et aucun ne dégageait une telle… solitude. J'ai donc poursuivi ma vie comme avant, travaillant dur, apprenant chaque jour une foule de nouvelles choses jusqu'à avoir l'impression que j'allais exploser, comme un grain de maïs dans une casserole. Et je surveillais la forêt pour découvrir qui pouvait bien me surveiller.

Quand la première pièce de la maison a été terminée, nous avons quitté la tente pour nous y installer.

C'était en juin, je m'en souviens, et nous ne souffrions plus du froid, sauf aux heures les plus noires de la nuit.

Être à l'abri me suffisait, mais ma mère et Esther ont demandé à mon père de fixer un verrou sur la porte afin de pouvoir s'enfermer à l'intérieur chaque nuit et dormir enfin en paix. Au sec. En sécurité, avec un mur solide entre elles et la nature sauvage.

Le temps qu'arrive notre premier hiver dans la montagne, nous avions une maison en rondins, solide et confortable, avec quatre pièces : une chambre pour nous, les enfants, une pour nos parents, une pièce pour la cuisine et une pour tout le reste. Et un cellier pour conserver ce que nous avions fait pousser pendant l'été. Nous avions un endroit pour nous remettre sur pied et le savoir-faire pour nous frayer un chemin dans ce monde nouveau. Et, pour certains d'entre nous, nous avions le bonheur de savoir que nous étions privilégiés.

Mais tout cela, c'était avant que l'accident de mon père ne vienne tout bouleverser.

4

– Mr Peterson a tué une biche, a dit notre mère pendant que nous finissions notre thé, le matin de la naissance de Motus. Ellie, après le petit déjeuner, tu vas monter chez lui avec Samuel pour récupérer notre part.

Quand toute la glace d'hiver avait fondu, aucune des familles qui vivaient sur le flanc ouest de la montagne aux Échos n'avait le moyen de conserver de la viande fraîche. Alors nous nous partagions le gibier. Nous mangions les meilleurs morceaux rapidement et nous faisions sécher le reste.

Tout le monde savait que notre prochaine prise ne viendrait pas de sitôt. Ma mère maniait très mal le fusil et n'avait pas le temps de rester à l'affût. Esther avait peur des armes à feu. Samuel, âgé de six ans, était encore trop jeune et, de plus, il était petit pour son âge.

Quant à moi, j'étais deux choses contraires à la fois. D'une part, j'étais désormais une parfaite « fille des bois », capable de chasser, de poser des pièges, de pêcher ou de cueillir comme si j'étais née ici. Et, d'autre part, j'étais une « fille-écho ». Quand j'achevais un poisson d'un coup sur le crâne, ma propre tête était prise d'un douloureux tremblement. Quand je prenais un lapin au collet, je savais ce que cela faisait qu'être piégé. Et lorsque je tirais de son fourreau de terre une carotte, j'avais moi aussi la nostalgie des ténèbres.

Ce double moi me donnait parfois le sentiment d'être écartelée entre l'est et l'ouest, les os grinçant et gémissant sous l'effort que je faisais pour retrouver mon unité.

Mais la faim sait comment obtenir ce dont elle a besoin. Et la faim qui fait souffrir un frère ou une sœur, une mère ou un père, possède une force irrésistible.

Avant son accident, c'était mon père qui nous avait procuré en abondance du gibier et du poisson, du bois et des peaux, et parfois du miel. Désormais, c'était moi qui attrapais les poissons, qui piégeais les lapins. Et je savais que le jour où nous serions vraiment affamés, ce serait moi qui tirerais un cerf.

Si je n'avais pas d'autre choix.

Tout en espérant que cela n'arriverait pas.

Une raison de plus pour que mon père se réveille.

Pendant son sommeil, les autres familles nous fournissaient du gibier en échange de crème et de beurre, et de tout ce qu'elles ne faisaient pas pousser : des pommes de terre surtout, mais aussi des carottes et des betteraves. Des navets et des oignons. Des panais et des rutabagas.

Ma mère proposait les meilleures coupes de cheveux que l'on pouvait trouver par ici et elle confectionnait des mocassins en peau de cerf doublée de fourrure de lapin qu'elle troquait contre des marchandises qu'on ne trouvait qu'en ville : des pièces en métal pour le fourneau ou la pompe, des aiguilles à coudre et tout ce que nous ne pouvions pas fabriquer nous-mêmes.

Comme Esther, Samuel et moi étions les seuls enfants des cinq familles de la montagne, ma mère ne pouvait pas troquer de leçons contre autre chose. Même si elle chantait comme la brise d'avril et jouait de la mandoline à en éblouir les anges, elle refusait de considérer la musique comme une monnaie d'échange. « La musique ne se conserve pas dans un portefeuille, disait-elle. Je ne peux pas ouvrir mon porte-monnaie et l'en tirer comme si c'était de l'argent. »

– Les gens échangeraient n'importe quoi pour entendre ta musique, lui avais-je dit, peu après l'accident de mon père, quand nous cherchions encore les moyens de nous en sortir sans lui.

Elle chantait très rarement depuis que nous vivions dans les bois, et plus du tout depuis que mon père avait été blessé.

J'étais stupéfaite qu'une chose aussi belle et indomptable puisse rester silencieuse, surtout dans un endroit aussi sauvage que la montagne.

Sa voix me manquait. Et la musicienne qu'elle avait été.

Et d'autres choses encore. En arrêtant de chanter, ma mère avait aussi cessé de nous apprendre à jouer de la mandoline. En ville, ses leçons de musique faisaient partie de notre vie, autant que l'école et l'église. Elle continuait à nous faire travailler les lettres et les chiffres, mais elle nous avait laissés livrés à nous-mêmes pour la prière et la musique – et nous savions qu'il était hors de question de toucher à la mandoline, remisée dans un coin.

Capricorne me manquait, elle aussi : elle était morte un an après notre installation dans les bois, peu après avoir donné naissance à quatre petits tout maigres.

Elle paraissait avoir renoncé trop facilement, comme si elle avait moins peur de mourir que de vivre dans la nature, et j'avais longtemps sangloté quand on l'avait enterrée.

J'avais nourri les chiots au lait de vache jusqu'à ce qu'ils soient assez grands pour être échangés – de nouveau, j'avais eu le cœur brisé. C'est moi qui avais choisi la petite chienne que nous garderions, bien que mon père eût décidé qu'elle serait à Esther et pas à moi.

– Peut-être qu'avoir un chiot l'aidera à être plus heureuse, m'avait-il murmuré en me la prenant des bras. Toi comme moi, nous sommes bien ici, mais Esther a besoin de quelque chose en plus.

J'avais donc laissé partir le chiot que j'avais nourri pendant des semaines. Avec tristesse, j'avais vu ma sœur changer son nom « Willow » en « Maisie », en faire une sorte de poupée, lui nouer un petit bout de tissu autour du cou en guise de ruban, la brosser jusqu'à ce qu'elle ait le poil luisant, lui apprendre à faire le beau et à ne pas bouger.

Exactement comme elle et ma mère s'attachaient les cheveux, ciraient leurs chaussures et faisaient tout pour empêcher Samuel de grandir, lui aussi, comme un sauvageon.

5

Le temps qu'arrive la naissance de Motus, j'avais trouvé un grand nombre de ces présents étranges et merveilleux, tous minuscules et immenses à la fois, comme des étoiles filantes laissées par l'inconnu que j'avais entraperçu dans les arbres.

J'en ai un jour découvert un, posé à côté de l'écuelle de Maisie, dans la cour près de la porte de la maison – un petit chien, le portrait craché de Maisie, saisi jusque dans le mouvement de sa queue et l'inclinaison de sa tête, si finement sculpté que je l'ai manipulé avec précaution comme s'il était en sucre.

Puis j'ai levé les yeux posément. J'ai tourné sur moi-même avec lenteur, comme l'aiguille d'une montre paresseuse, pour chercher à apercevoir qui avait déposé ce petit chien à mon intention.

Cette fois-ci, j'ai perçu un mouvement dans un bosquet de bouleaux et je me suis jetée dans cette direction comme la flèche qui fuse de l'arc, droite et rapide, dans un seul but : voir plus qu'un visage, cette fois-ci.

Mais, une fois dans le bosquet, je n'ai trouvé que quelques petites branches fraîchement brisées et des copeaux de bois clair que venait de faire tomber la lame de l'inconnu.

J'étais déçue. Et inquiète aussi d'avoir peut-être tout gâché en me précipitant ainsi dans les bois.

De fait, les jours suivants ont été vides : pas de nouvelle figurine, pas de silhouette aperçue parmi les arbres. Je me reprochais sans cesse d'avoir été si impatiente.

Je me disais que je ne referais pas la même erreur, que j'attendrais prudemment et que je ferais ce qu'il fallait pour prouver que je méritais une autre chance.

Mais, après une longue semaine d'attente et de réflexion, j'ai décidé que la prochaine initiative viendrait de moi.

J'ai donc laissé ma veste suspendue à une branche, comme je l'avais déjà fait, et je suis rentrée dans la maison pour la nuit.

J'espérais que cela ressemblerait à une invitation, un signe d'amitié, un pont. Le lendemain matin, quand je suis allée la récupérer, il n'y avait rien dans les poches de ma veste. Je me suis demandé si mon stratagème avait été pris pour un piège, ou si je n'avais pas tout ruiné en me ruant dans les bois comme un chasseur derrière sa proie.

La découverte d'un nouveau cadeau, un mois plus tard, a été comme un lever de soleil doré après des jours de pluie.

C'était le visage de la pleine lune, laissé près du ruisseau où j'allais toujours commencer la journée en me lavant les yeux pour chasser le sommeil.

Cette fois-ci, je n'ai même pas regardé autour de moi. J'ai embrassé le visage de la lune avec un sourire, dans l'espoir que quelqu'un me regarde et voie combien j'appréciais ce cadeau si beau.

Puis j'ai lancé « Merci ! », puis « Qui que vous soyez, merci ! » avant de retourner à la maison.

Mes chaussures du dimanche étaient trop petites pour cacher plus que l'agneau et le perce-neige. Cela faisait un bon moment que j'avais épousseté une haute étagère dans l'abri à bois et que j'y alignais les figurines, contre le fond, à un endroit où personne ne pouvait les voir sans monter sur un tabouret.

Je ne pouvais pas non plus les voir pendant mes journées mais je savais qu'elles étaient là, tel le soleil dans le ciel. Et je savais que la personne amie, que je ne connaissais toujours pas, n'était pas loin non plus.

Quand Maisie se figeait soudainement et aboyait en direction de la forêt, j'imaginais que quelqu'un me regardait, mais je n'ai jamais vu plus que l'ombre d'une ombre. Lorsqu'elle grondait la nuit, je me demandais ce que je trouverais peut-être le lendemain en cherchant dans l'étable, l'abri à bois, le cellier, le long du sentier… tous ces endroits qui ancraient ma journée comme les points d'une boussole.

Je considérais ces petits cadeaux comme des indices car ils m'apprenaient des choses sur leur auteur et sur moi-même. Celui ou celle qui les sculptait était une personne douce et intelligente. Et moi, j'étais quelqu'un qui remarque ce que d'autres ne voient pas. Ce n'était pas sans raison que je trouvais ces minuscules figurines avant les autres. La plupart des regards n'auraient pas décelé un petit trésor en bois glissé parmi les feuilles au bord du ruisseau. Mais le mien, si.

Il existait un autre indice, le plus important. Ces cadeaux avaient été créés pour moi, j'en étais certaine. Ce qui voulait dire que la personne qui les sculptait me connaissait et comprenait que j'étais le genre de fille qui adorait les découvrir, blottis dans les recoins de mon univers, taillés dans du bon bois dur, et presque vivants : une vache, une oreille dressée, l'autre couchée ; une chenille rampante ; un gland orné d'une petite plume ; une mésange ronde et dodue comme une prune.

Peu après l'accident de mon père, j'en ai trouvé un autre.

Cette fois-ci, c'était moi qui étais représentée.

Je l'ai trouvé sur la souche de l'arbre qui avait failli le tuer.

Je me suis posé la question : y avait-il eu un témoin de ce qui s'était passé en ce jour horrible ? Quelqu'un d'autre que moi savait-il la vérité ?

6

Les mois qui ont suivi l'accident de mon père ont été sombres et glacials à tous égards, mais le matin de la naissance de Motus, j'ai ressenti trois pointes de lumière et de chaleur apportées par le printemps, par Motus et par la petite flamme qui grandissait en moi.

Ma mère, cependant, restait sombre et glaciale, comme en ce jour de janvier où il avait été blessé.

– Allez, va terminer ce que tu as à faire, m'a-t-elle dit après le petit déjeuner. Et n'oublie pas la viande de cerf. Mr Peterson a certainement fini de dépecer la carcasse et de nous préparer notre part.

– Pourquoi ce n'est jamais Esther qui va chercher la viande ? a grogné Samuel, même s'il aimait le cerf et les visites chez les Peterson.

– Pourquoi ce n'est jamais toi qui reprises tes propres chaussettes ? lui a rétorqué Esther.

– Ou qui cuisines tes propres gâteaux ? a renchéri ma mère, qui parlait là de gâteaux au maïs, au poisson, ou même à la pomme de terre, car cela faisait une éternité que nous n'avions pas mangé le genre de gâteaux que l'on couronne de bougies d'anniversaire.

– Et pourquoi c'est Ellie qui a un chiot ? a repris Samuel.

Ma mère lui a lancé un regard noir :

– Où étais-tu cette nuit, pendant qu'Ellie m'aidait avec Maisie ?

– Je dormais, a-t-il reconnu avec un soupir.

– Et où étais-tu quand elle l'a sauvé d'un enterrement trop hâtif ?

– Je l'aurais sauvé moi aussi, si j'avais été là.

– « Si », a dit Esther, le mot qui change tout !

Ma mère tenait sa tasse de thé à deux mains, comme pour réchauffer sa boisson autant que ses mains.

– Tu connais la règle. Un seul chiot à la fois. Quand Maisie aura une nouvelle portée, ce sera ton tour, Samuel.

– Mais Ellie, elle a déjà Maisie ! a-t-il repris.

Il n'avait pas tort.

Esther avait perdu tout intérêt pour elle dès qu'elle n'avait plus été un mignon petit chiot ; c'était donc moi qui la nourrissais, qui vérifiais qu'elle était bien enfermée dans l'abri à bois, protégée des coyotes et des ours, ou qui la faisais discrètement monter dans mon lit, les nuits de grand froid, où elle me réchauffait les pieds et apaisait mon sommeil, quels que soient les hurlements du vent.

Et maintenant, j'avais aussi mon propre chiot.

Motus.

– Peu importe, a conclu ma mère, ce sera ton tour quand il viendra et pas avant.

Après avoir fait la vaisselle sous la pompe de la cuisine et rempli un seau d'eau pour Maisie, j'ai dit :

– Je vais à l'abri voir comment vont les chiots.

Ma mère a acquiescé, les mains toujours refermées sur sa tasse tandis qu'Esther débarrassait la table.

– J'y vais aussi, a dit Samuel en m'emboîtant le pas.

Depuis l'accident de mon père, il s'était mis à me suivre partout, à me regarder travailler, à me poser des questions, et j'essayais de lui apprendre une partie de ce que m'avait appris mon père. Très souvent pourtant, il n'avait pas envie de faire le travail ou il n'écoutait pas comme il l'aurait dû.

Malgré tout, je l'ai arrêté sur le chemin de l'abri pour lui rappeler ce qui arrive à une chienne quand elle a une portée :

– Maisie a grondé très fort contre moi, la nuit dernière. Elle m'a même montré les crocs quand je me suis approchée trop près.

– Contre toi ? Maisie ?

J'ai hoché la tête.

– C'est ce que font les chiennes quand leurs bébés sont tout petits.

Samuel a fait la grimace.

– Tu n'as que douze ans, Ellie. Qu'est-ce que tu y connais ?

Alors je l'ai laissé entrer avant moi dans l'abri.

Pour qu'il voie les crocs en ouvrant les portes.

Pour qu'il recule précipitamment, trébuche et tombe lourdement sur les fesses, pendant que j'attendais que Maisie s'habitue à notre présence. Puis je suis entrée lentement, en murmurant quelques mots, en approchant le dos de la main avec précaution jusqu'à ce qu'elle se calme et me lèche les doigts, en geignant doucement.

– Là, là, ai-je chuchoté en lui caressant les oreilles, tu es une bonne fille. Tu es ma bonne Maisie.

Quand j'ai versé de l'eau dans son écuelle, elle a juste levé la tête pour laper un peu, puis elle s'est rallongée.

Les chiots dormaient, le ventre tout rond du lait qu'ils avaient bu. Je ne voulais pas la perturber, donc je ne les ai pas touchés même si, en voyant Motus, j'ai eu très envie de le reprendre contre mon cou.

Samuel s'est glissé dans mon dos, en chuchotant comme je l'avais fait. Il a tendu la main et caressé lentement le cou de Maisie à plusieurs reprises.

– Comment pouvais-je savoir qu'elle allait se mettre en rogne? m'a-t-il dit tout bas. C'est la première fois que tu as raison au sujet de quelque chose.

Je n'ai pas relevé. Être l'enfant du milieu m'avait appris à tendre l'autre joue. Mais être capable de faire une chose ne rend pas celle-ci forcément plus facile.

Pendant que Samuel regardait les chiots, j'ai grimpé en silence sur le tabouret dans un coin et j'ai effleuré chacune des figurines que j'avais cachées sur l'étagère la plus haute. Il n'y avait aucune raison qu'elles soient tièdes, mais elles l'étaient, inexplicablement.

La petite sculpture qui me représentait me regardait calmement; l'espace d'un moment j'ai vraiment voulu être cette petite fille au visage solennel et aux yeux attentifs.

– Ils sont vraiment très laids, a murmuré Samuel, agenouillé près de la litière en paille.

Je me suis retournée pour le regarder.

– Toi aussi, tu étais très laid quand tu es né. (Je suis redescendue du tabouret et l'ai repoussé contre le mur.) Encore plus qu'eux.

– Même pas vrai ! (Il les a examinés de plus près mais il s'est vite redressé quand Maisie a levé la tête.) Qu'est-ce qui t'a fait plonger celui qui était mort dans l'eau ?

À cette question, je l'ai fait sortir de l'abri en laissant la porte ouverte pour que Maisie puisse aller et venir, et j'ai dit :

– Je l'ai fait, c'est tout.

Il a reniflé :

– C'est pas possible, Ellie. On ne plonge pas un chiot mort dans l'eau sans raison.

C'était vrai, mais je ne savais pas très bien comment expliquer ce qui était arrivé sans me tromper. Alors je lui ai dit :

– Je me suis rappelé ce que ça fait quand tu me mets de la neige dans le cou. (Une taquinerie bien trop fréquente mais qui, indirectement, avait peut-être eu un effet positif.) Je voulais qu'il sursaute, je crois.

Il a hoché la tête à contrecœur :

– C'est la deuxième fois que tu as raison, et c'est probablement la dernière.

Cela ne méritait pas de réponse.

À la place, j'ai écouté la voix, la flamme surgissant de nouveau dans ma poitrine, aussi brillante et muette que le soleil, comme ce matin où j'avais aidé Motus à retrouver le chemin de la vie.

Cette fois-ci, elle me parlait de mon père.

7

– Comment va notre Maisie ? a demandé ma mère.

Elle était encore dans la cuisine où elle moulait du maïs. Nous aurions certainement des *johnnycakes** pour le déjeuner et peut-être les derniers œufs qui nous restaient.

– Elle est fatiguée, mais les chiots vont bien.

Samuel a dit en enlevant ses bottes :

– Ils sont laids comme des vers de terre.

– Ça ne va pas durer. (Elle devait élever la voix pour couvrir le ronronnement du moulin à grains.) D'ici une semaine, ils vont ouvrir les yeux et leur pelage va pousser.

Le dos tourné, j'ai actionné la pompe pour remplir à ras bord un pichet d'eau glaciale. Ma mère n'a rien remarqué quand je suis passée devant elle et me suis dirigée vers la petite pièce où nous entreposions nos cuvettes, le savon et la bassine dans laquelle nous prenions notre bain hebdomadaire.

* Sorte de galette frite à la farine de maïs, cuite à la poêle, que les colons de la Nouvelle-Angleterre auraient empruntée aux Amérindiens.

Le sol était pourvu d'un trou pour évacuer l'eau qui, à la fin de notre toilette, s'écoulait jusqu'au bas de la montagne. Il arrivait qu'un serpent emprunte ce chemin pour remonter dans la pièce, avant d'en être chassé par les hurlements d'Esther.

Mais je ne suis pas entrée dans la salle d'eau et j'ai transporté le pichet jusqu'à la porte suivante, qui était fermée, comme toujours.

À l'intérieur, j'ai trouvé mon père, non pas endormi, mais dans un état plus profond que le sommeil, plus constant, et qui durait depuis des mois.

Il avait cette terrible cicatrice rose au sommet du crâne, là où l'arbre qu'il abattait l'avait abattu.

Après l'accident, Mr Peterson était immédiatement parti chercher un médecin. Ce dernier avait mis une journée entière à arriver à cheval, derrière Mr Peterson qui ouvrait le chemin.

Je n'avais jamais vu d'homme plus soigné que ce docteur – impeccable, même après la dure chevauchée depuis la ville, dans son costume noir, le visage rond et brillant comme une assiette sous son chapeau. Il était allé directement à l'endroit où mon père était allongé et l'avait examiné avec attention, lui piquant les pieds avec une aiguille, écoutant sa poitrine, lui faisant respirer des sels. Puis il avait prononcé un mot que nous ne connaissions pas :

– Coma. Il se réveillera peut-être demain, ou peut-être jamais. Impossible de dire s'il ira bien. Impossible de dire grand-chose, sauf que son corps a décidé que ce dont il avait le plus besoin, c'est de repos. Donc il va se reposer jusqu'à ce qu'il aille mieux, ou pas.

Ma mère et nous, les enfants, l'avions écouté, serrés les uns contre les autres.

Je me souviens d'avoir essayé de penser à une question qui n'aurait pas eu une réponse effrayante.

Je me souviens de ne pas en avoir trouvé.

Je me souviens d'avoir regardé ma mère prendre la mandoline que mon père lui avait offerte en cadeau de mariage. Je me souviens de la façon dont elle la tenait contre elle, comme si elle était un quatrième enfant. Puis elle l'avait reposée et avait retiré de son cou le pendentif en argent qui lui venait de sa mère afin de le donner au docteur en paiement pour ce qu'il n'avait pas fait.

Après son départ, je me souviens d'avoir essayé de trouver la façon d'expliquer ce qui s'était passé quand l'arbre était tombé – ce que mon père et moi avions tenté de faire.

Je me souviens de n'avoir pas réussi.

J'étais donc restée muette.

Depuis, nous avions appris à nous occuper de lui. Comment le redresser et verser avec précaution de la soupe dans sa bouche, quelques gouttes à la fois pour qu'il ne s'étrangle pas. Comment repousser son menton contre sa poitrine, lui caresser les joues et lui masser la gorge afin de l'aider à avaler.

Comment le retourner, encore et encore, dans un combat sans fin contre les horribles escarres suintantes provoquées par le fait de rester allongé depuis si longtemps. Esther emmenait toujours Samuel jouer dehors quand j'aidais ma mère à nettoyer ces plaies avec du vinaigre. Nous ne pouvions pas savoir si mon père ressentait la terrible douleur de ce liquide acide sur sa peau à vif. Je le craignais, bien que ce ne fût pas lui qui pleurait.

Mais, surtout, nous avions appris à faire de sa petite chambre un monde à part.

Dès que les fleurs avaient poussé au printemps, dans le monde au-delà de la maison, il y en avait eu dans sa chambre aussi : jonquilles, crocus et perce-neige disposés dans de nombreux petits vases.

Ma mère avait déplacé le gramophone dans la chambre, la seule chose de notre ancienne vie qu'elle avait exigé de conserver et que le cheval, suant et soufflant, avait hissé jusqu'en haut de la montagne sur un traîneau. Elle le mettait en marche pour mon père endormi, comme autrefois, même si nous n'avions plus jamais dansé depuis notre arrivée dans les bois.

Le jour où je lui avais demandé pourquoi elle avait cessé de jouer de la mandoline depuis qu'elle avait failli la donner au docteur pour le payer, elle avait répondu d'un soupir, en secouant la tête, la main posée à plat sur sa poitrine. Je n'avais plus reposé la question.

Avant l'accident, à l'heure d'aller se coucher, Esther nous lisait des histoires, à Samuel et à moi. Depuis, elle en lisait à mon père, Samuel et moi allongés au pied du lit à l'écouter. Rien de triste, que des histoires heureuses.

Le rôle de Samuel consistait à s'installer près de mon père et à lui raconter notre journée, des épisodes comiques emplis d'histoires de chiens et d'anecdotes sur la montagne : comment un orignal avait empêché Mrs Anderson de sortir des toilettes, ou comment Mr Peterson, dont la lanterne était un peu faible, avait pris une moufette pour Dinky, son chat. Des choses comme cela, inoffensives et douces.

J'avais toujours agi de même, n'apportant dans cette chambre que de la lumière et de l'amour. Nous étions tous unis par le serment de tenter de le faire revenir à la vie qu'il avait eue avant. La vie que nous avions tous eue avant.

Mais le jour de la naissance de Motus, je lui ai apporté quelque chose de différent.

Le soleil qui entrait de biais par la fenêtre à côté du lit éclairait son visage maigre et immobile.

Je l'ai regardé respirer.

Puis je lui ai renversé le contenu du pichet sur la tête et sur la poitrine et j'ai attendu qu'il revienne à la vie, comme Motus.

En passant la porte, Esther s'est exclamée « Maman ! ». Elle a lâché son livre et s'est précipitée vers le lit.

Ma mère a accouru derrière elle. Elle m'a aperçue, le pichet vide au bout du bras. Elle a vu mon père tout dégoulinant, les draps mouillés plaqués sur ses os.

– Ellie ! a-t-elle crié. Qu'est-ce qui t'a pris ?

Elle s'est ruée vers le lit et a serré mon père dans ses bras pour le réchauffer contre sa poitrine pendant qu'Esther tirait pour enlever le drap de dessous…

… et que je restais figée sur place, les yeux rivés sur la main droite de mon père.

Elle tremblait, juste un tout petit peu.

8

– Ce n'est pas du tout pareil, a dit ma mère, une fois que mon père a été de nouveau sec et que sa chambre est redevenue un monde à part. Le chiot… ce qui vient de se passer… cela n'a rien à voir.

– Pourquoi ? J'ai vu sa main trembler. L'eau l'a un petit peu réveillé.

Je savais combien elle était fatiguée. Combien elle voulait que mon père revienne. Et je savais qu'elle s'irritait si quelqu'un ébranlait le calme qu'elle s'efforçait tant de conserver. Mais je n'en pouvais plus, du calme.

– Il a bougé, Maman, pour la première fois depuis qu'il a été blessé.

Je voulais qu'elle ait de l'espoir. Qu'elle dise au moins « Peut-être, c'est possible ». Mais, au contraire, elle m'a prise par les épaules et m'a dit :

– Le corps fait des choses, avec ou sans notre accord. La main de ton père a bougé parce que tu lui as soudain donné froid. Rien de plus.

Je n'étais pas convaincue.

– Et s'il était prisonnier à l'intérieur et que nous puissions lui trouver un moyen de s'échapper ?

– C'est ce que nous faisons tous les jours… tous les jours, a-t-elle répondu, avec une tristesse mêlée d'impatience.

En lui parlant doucement, voulait-elle dire, en lui faisant la lecture. Par la chaleur de son petit garçon blotti contre lui, ou celle de ma main dans la sienne.

– Tout ce que nous lui donnons, ce sont des berceuses, ai-je rétorqué. (Je ne voulais pourtant pas aggraver la situation.) Pourquoi se réveillerait-il pour des berceuses ?

Elle a enlevé ses mains de mes épaules et elle a reculé d'un pas.

– Va lui demander pardon.

Cela n'avait aucun sens. S'il était trop profondément endormi pour être réveillé par une giclée d'eau glaciale, comment pourrait-il m'entendre lui dire que j'étais désolée ?

À ce moment précis, j'ai compris pour la première fois que l'espoir pouvait être très compliqué.

Mais je n'ai dit qu'un mot, « Désolée », parce que je l'étais. Désolée qu'elle ait tant perdu et qu'elle risque de perdre plus encore.

– Va le lui dire à lui, a-t-elle déclaré en se détournant.

Je me suis heurtée à Esther qui sortait de la chambre, les bras chargés de draps mouillés.

– C'est horrible, ce que tu as fait. Tu veux qu'il tombe malade ?

Je l'ai ignorée. Aucun de nous ne voulait cela.

Pourtant, malade, il l'était.

Après l'avoir observé pendant des mois, couché dans son lit, j'étais soudain certaine que je pouvais faire quelque chose.

Ma mère aurait appelé cela de l'orgueil.

Ma sœur, de la stupidité.

Mon frère, des bêtises.

Mais c'était l'opinion de mon père qui comptait le plus.

– Papa, lui ai-je murmuré à l'oreille, en dépit des relents aigres qui avaient remplacé sa bonne odeur de sueur propre, de fumée de bois, de chien poussiéreux. Maman dit que je dois te demander pardon, alors voilà... (Je me suis interrompue pour prendre une grande inspiration.) Je suis désolée si l'eau était glaciale.

Toutefois, comme Esther l'avait dit un peu plus tôt, « si » était « le mot qui changeait tout ». Je me suis donc corrigée :

– Je suis désolée que l'eau ait été glaciale, mais je voulais que tu la sentes.

Je lui ai raconté l'histoire du chiot, l'histoire de Motus se réveillant dans l'eau.

– Tu l'as sentie, toi aussi, n'est-ce pas ? lui ai-je demandé.

Mais il n'a pas de nouveau bougé. Même pas un tout petit peu. Je me suis redressée, j'ai jeté un coup d'œil vers la porte qui était déserte et je me suis penchée vers lui :

– Les choses ne vont pas bien sans toi, Papa. Maman est tout le temps fatiguée, elle ne rit jamais. Plus jamais. Elle n'a pas non plus chanté une seule fois depuis ton accident, ni joué de la mandoline. Samuel se comporte comme un petit garçon, mais il est triste comme les pierres, je le sais. Et Esther pense qu'elle doit devenir adulte d'un seul coup.

Je me suis arrêtée pour rassembler mes esprits :

– Et moi, j'ai envie de mettre le feu à tous les arbres de la forêt. (C'était vrai. Même si je ne le voulais pas. J'aimais profondément les arbres, même ceux qui étaient morts. Même celui qui avait blessé mon père en tombant.) C'est horrible sans toi, Papa. Nous avons tant besoin que tu reviennes.

Ceci n'était pas une berceuse. Il n'y en aurait plus de ma part.

– Et tu es le seul à savoir que ce n'était pas ma faute, ai-je ajouté, la voix brisée.

Ce n'était pas tout à fait vrai : je le savais, moi aussi.

Et peut-être quelqu'un d'autre, observant depuis la forêt.

Mais rien de tout cela ne compterait plus s'il se réveillait – quand il se réveillerait.

Avant de quitter la chambre, j'ai déposé un baiser sur le sommet de son crâne. Sur sa cicatrice qui dessinait une carte sous mes lèvres. Une carte que j'ai suivie.

Pour le déjeuner, ma mère, Esther et Samuel ont mangé des *johnnycakes*, avec des œufs sur le plat et du beurre.

Je n'ai eu droit qu'à du gruau.

– Il y a certaines choses que tu dois apprendre, m'a dit ma mère, même s'il n'y avait pas beaucoup de mordant dans sa réprimande. La prochaine fois qu'il te viendra une idée folle, tu y réfléchiras à deux fois.

– Ou à trois, a ajouté Esther.

Ses cheveux étaient impeccablement coiffés, les poignets de sa chemise boutonnés. Elle n'avait que trois ans de plus que moi mais elle se comportait comme si elle vivait dans un monde plus adulte, plus distingué, un monde où tout se faisait selon des règles – même si je savais que cela n'existait pas.

J'ai donc mangé mon assiette de gruau en silence et j'ai fait la vaisselle sans rechigner. Si c'était le prix à payer pour avoir suivi la flamme qui brûlait dans ma poitrine, il n'était pas si élevé.

Puis j'ai ramassé les restes que nous avions délibérément laissés dans nos assiettes pour Maisie, bien que nous soyons tous affamés. Je les lui ai donnés, petit morceau par petit morceau. Elle était étendue sur la paille, les chiots de nouveau collés à ses mamelles. Elle avait faim et soif, elle aussi, et m'a léché la main jusqu'à ce que toute trace de nourriture ait disparu. Puis elle a bu le lait que je lui avais apporté, pendant que les chiots tétaient le sien.

Lentement, très lentement, j'ai tendu la main vers les chiots. Elle n'a pas protesté quand j'ai effleuré leurs minuscules têtes, en m'attardant sur celle de Motus, qui m'a répondu par une brève pression contre ma paume, comme pour dire *Je suis occupé mais, attends, je vais bientôt arriver.*

J'ai quitté l'abri à bois et je me suis engagée sur le sentier qui montait. Je suis entrée dans la forêt et j'ai traversé un bois de pins tsugas si sombre que rien ne poussait entre leurs vieux troncs. Une épaisse couche d'aiguilles couvrait le sol, telle la fourrure moelleuse d'un immense animal étendu que ne dérangeait ni le poids de mon corps ni le frottement de mes bottes.

En peu de temps, je suis arrivée au lieu où je réfléchissais le mieux.

C'était un vieil endroit abandonné par des gens qui étaient venus bien avant nous, qui s'y étaient construit une maison en bois, puis l'avaient quittée. Il ne restait plus qu'un grand creux bordé de blocs de granit et de rochers ronds, un puits effondré, des poutres pourries et rongées par les insectes et les oiseaux, par les intempéries et le passage du temps.

Quand je posais la main sur ces pierres, je percevais combien leur manquaient le poids stable de la maison et le sentiment d'être utiles.

Et lorsque je caressais les poutres friables autrefois dressées solidement contre le blizzard et la grêle, je les devinais rêver au temps où elles avaient été plus fortes que les tempêtes.

Je venais à cet endroit quand je me sentais triste et solitaire mais, quand je descendais m'asseoir dans le creux de la maison en ruine comme dans la paume d'une grande main de granit, protégée par les arbres qui y poussaient, je me sentais également forte et capable. Une vraie fille de la montagne. Astucieuse et agile. Sur le chemin de la maturité.

Parfois, j'y trouvais de vieilles bouteilles, des morceaux de métal rouillé et même, un jour, une tête de poupée, les yeux ouverts pour toujours, encore bleus – vestiges de vies depuis longtemps disparues, tous nostalgiques.

C'est là aussi que j'avais trouvé un cadeau – la mésange dodue –, posé sur un rocher où j'aimais me percher.

Le jour de la naissance de Motus, je me suis assise sur les pierres éboulées et j'ai passé lentement en revue tous les remèdes que je connaissais, réfléchissant à la façon dont ils pourraient l'aider à se réveiller.

J'ai pensé à la gomme que le sapin baumier nous procure contre le rhume de cerveau, les plaies et les coupures, et de nombreux autres maux.

À la balsamine, contre les allergies déclenchées par le sumac.

À l'épine-vinette, en hiver, pour éviter le scorbut.

Aux cataplasmes à la moutarde, qui éclaircissent les bronches.

À la boue, qui apaise les piqûres d'abeilles et les morsures d'araignées.

À l'ail et à l'oignon, nos deux infirmiers jumeaux, pour tout ce qui noue l'estomac. Et au vinaigre aussi, non seulement pour le ventre, mais pour les blessures infectées.

Je les essaierais tous, et bien d'autres encore.

Quand j'ai pensé aux jonquilles, disposées près de son lit, qui n'avaient pas réussi à le réveiller, je me suis dit que leur contraire pourrait faire l'affaire et j'ai échafaudé un plan qui me vaudrait certainement de ne manger que du gruau pendant une semaine, et peut-être pis encore.

Quand j'ai pensé aux chansons que ma mère passait sur le gramophone et qui n'avaient pas réussi à le réveiller non plus, j'ai songé à les remplacer par une cacophonie, qui signifierait certainement une pleine cuillerée de raifort… ce qui m'a donné une idée supplémentaire à essayer.

J'ai dû m'arrêter là. Rien que cela me tordait déjà le ventre. La perspective de contrarier ma mère me rebutait.

Celle d'infliger de la douleur à mon père me faisait souffrir, moi aussi. Mais la flamme qui m'éclairait semblait me montrer le vrai chemin et me donnait du courage.

Mon père avait besoin que je sois courageuse.

J'avais aussi besoin de l'être, pour moi-même.

C'était donc ce que je serais.

9

– Et la viande ? s'est exclamée ma mère quand je suis revenue à la maison.

Elle étendait le linge dans la cour.

J'avais complètement oublié. J'ai appelé « Samuel ! ».

Nous avons attendu qu'il nous réponde par un cri venu d'en contrebas, là où le ruisseau faisait une pause suffisamment longue pour former une vasque peu profonde où les écrevisses avaient parfois la stupidité de nager tout droit dans les mains de mon frère qui les attendait.

– Ne t'avise pas de traîner en chemin, reviens directement de chez les Peterson.

Il y avait deux endroits que notre père nous avait appris à craindre. Le premier était la rivière, qui faisait parfois rage après une forte pluie et était encline, par tous les temps, à emporter les choses. Le second était le flanc de montagne surplombant l'endroit où vivaient les autres familles.

« On y rencontre des ours, nous répétait-il, et des coyotes. Des barres rocheuses très raides et des corniches qui tombent dans le vide. Donc vous ne vous aventurez pas là-haut, c'est bien entendu ? »

Nous l'avions bien entendu et nous lui obéissions, d'autant que sa voix recelait un avertissement contre des dangers autres qu'un ours ou une jambe cassée, bien que je n'aie aucune idée de ce dont il s'agissait.

Je savais qu'au-delà de la rivière on tombait sur la route qui mène en ville, à une foule d'habitants impossibles à dénombrer, à ses bâtiments, ses ponts, ses trains et bien d'autres choses encore.

Mais au-delà du sommet ? D'autres montagnes, de vieilles forêts, des grottes et des cavernes, où les choses que j'ignorais étaient bien plus nombreuses que celles que je connaissais déjà.

Ici, sur notre versant de la montagne au-dessus de la rivière, il y avait un peu des deux. Des espaces apprivoisés. Des espaces sauvages. Des réalités connues de moi. D'autres que j'ignorais.

Ici, parmi les familles et en plein jour, si nous nous déplacions à deux – dont Samuel, qui faisait du bruit pour dix –, il y avait peu de risques qu'un ours ou qu'un coyote s'en prenne à nous.

Mais, au retour, nous porterions un sac de viande fraîche, ce qui revenait à brandir un grand panneau qui dirait « Venez vous servir » dans le langage des carnivores.

J'ai donc répondu « Oui, directement » en regardant ma mère droit dans les yeux, sans la moindre tendresse, ni de sa part ni de la mienne.

J'ai été la première à détourner le regard. Je savais que j'avais raison au sujet de ces berceuses, mais cela ne voulait pas dire qu'elle avait tort.

J'ai ramassé un paquet de linge mouillé et l'ai secoué pour le déplier. C'était une chemise de nuit de mon père, marbrée de marron à l'endroit où ses escarres avaient saigné. Je l'ai accrochée au fil à linge.

– Qu'est-ce qu'il y a ? nous a crié Samuel.

Il est sorti du bois, le visage caché par l'ombre de son chapeau. Malgré cela, le port de ses épaules, la façon dont il balançait les bras en remontant la cour faisaient de lui le portrait craché de mon père, en miniature.

– On va chez les Peterson, maintenant.

– C'est pas toi qui commandes, a-t-il grommelé, mais nous l'avons quand même entendu.

– Non, c'est moi, a répliqué ma mère, en tournant la tête pour le regarder.

– Bon, alors, j'y vais le premier.

Et il nous a dépassées en fonçant tout droit pour contourner la maison et filer vers le sentier qui montait chez les Peterson.

Il avait l'habitude, Samuel, de foncer tout droit dans la vie sans faire trop attention où il allait. Ma mère a secoué la tête et dit :

– Un vrai petit taureau.

Enfin, elle avait prononcé une phrase qui n'était pas qu'un squelette de mots.

J'ai eu envie d'en faire autant – de lui parler des trésors que je cachais sur l'étagère de l'abri à bois ; de mon immense solitude ; et de ce qui s'était véritablement passé le jour où mon père avait été blessé.

Au lieu de cela, j'ai renchéri :

– Un petit taureau. Ou un chiot. (Cela m'a donné une idée.) Quand pourrai-je reprendre Motus dans les bras ?

– Quand Maisie le voudra bien, m'a-t-elle répondu en haussant les épaules, avec, entre les mains, un caleçon long de Samuel comme une poupée sans tête.

Cela voulait dire que je retournerais voir les chiots dès que j'aurais rapporté le gibier.

Si j'étais suffisamment imprégnée d'une inoffensive odeur de cerf et de bon dîner, Maisie me laisserait peut-être bercer Motus.

– Dis aux Peterson que je leur monterai un sac de pommes de terre plus tard. Et prends le bidon de lait que j'ai laissé près du puits.

C'est une autre façon que nous avions de payer nos voisins de la montagne aux Échos.

Nos deux vaches, Vénus et Déméter, avaient un petit enclos en contrebas de la maison, mais nous aimions trop ces deux grosses bêtes bruyantes pour les garder prisonnières de la boue et des mouches. Mon père avait donc tiré du fil de fer barbelé entre les arbres pour former un grand cercle autour de l'enclos et, chaque matin, nous les libérions pour qu'elles vagabondent à leur guise, se régalent d'herbes et de mousse, se frottent l'épaule contre les troncs des arbres et somnolent à l'ombre. Au crépuscule, nous les rentrions dans leur minuscule étable, juste assez grande pour les abriter avec un ballot de foin et un abreuvoir.

Une nuit, un puma avait grimpé sur le toit de tôle, d'où il feulait pour les effrayer. Leurs mugissements avaient fait sortir mon père, une torche à la main, et il avait chassé le félin.

Je lui rappellerais que les vaches aussi avaient besoin de lui.

C'est à cela que je pensais en montant leur lait aux Peterson, Samuel loin devant moi.

Le sentier était raide, et je savais ce qui arriverait si je trébuchais sur une racine et que je renversais le lourd bidon. J'ai donc gardé les yeux fixés au sol jusqu'à atteindre un vieux sapin baumier de haute taille, qui s'est légèrement incliné dans le vent, comme s'il me saluait.

J'ai posé le bidon avec précaution et tiré de ma poche mon couteau et un bout de cuir. Puis j'ai plongé sous les branches qui lui faisaient une jupe piquante. En passant la main sur l'écorce rugueuse, j'ai retrouvé la cloque qui s'était formée à l'endroit où j'avais coupé une branche pour préparer une infusion pour ma mère.

Le sapin n'avait pas semblé contrarié de partager ce qu'il avait à donner.

La cloque, telle une bulle à la peau durcie, faisait la grosseur de mon pouce. Quand je l'ai percée avec la pointe de mon couteau, de la sève poisseuse a coulé sur la lame. Je l'ai essuyée sur le morceau de cuir à plusieurs reprises. J'en ai ainsi récupéré une bonne cuillerée, puis j'ai soigneusement replié le morceau de cuir pour le glisser dans ma poche.

J'ai nettoyé mon couteau en le plongeant dans la terre et en le frottant plusieurs fois sur une pierre avant de le remettre, lui aussi, dans ma poche.

Aussi loin que je m'en souvienne, la gomme de ce sapin avait guéri nos petites blessures, tel le jour où ma mère s'était presque entièrement coupé le bout du doigt avec un couteau à viande. Elle nous faisait une peau de substitution lorsque nous avions besoin de temps pour nous réparer.

Je ne savais pas si elle pouvait guérir ce qui avait déjà cicatrisé mais quel mal y avait-il à essayer ? Je risquais d'en mettre partout... de toute façon, salir les draps de mon père était un moindre mal.

Il n'y avait pas encore de balsamine : la source était trop froide pour cela. Je devrais donc me contenter de la sève du sapin baumier, et me réjouir d'avoir aussi de la moutarde en poudre dans une boîte en fer de la cuisine ; de la cannelle, bien qu'en petite quantité ; du vinaigre et des oignons ; de la boue, bien sûr, partout et à profusion ; et bientôt du miel, si je parvenais à en voler aux milliers d'abeilles qui monteraient la garde. La prochaine fois que les Lockhart iraient acheter du café et du sel au marché, peut-être pourraient-ils revenir avec du gingembre. Mais, pour cela, je devais trouver le moyen de les rembourser.

Quand je suis ressortie, courbée en deux, de dessous les branches basses, j'avais l'esprit empli de toutes ces idées. J'ai repris le bidon et me suis tournée vers le chemin.

D'un coup, j'ai vu que je n'étais plus seule.

Sur le chemin devant moi se tenait une créature que je n'avais jamais vue, les pattes tendues, la tête basse, les oreilles dressées.

Un coyote, ai-je tout d'abord pensé… Non, trop grand.

Un loup. Je n'en avais vu qu'un seul dans ma vie, mais ça ne semblait pas en être un non plus. Pas assez effilé. Le museau trop court.

Un chien ? Pas d'une espèce connue, alors.

Un chien sauvage, peut-être.

Il avait une grosse tête, un corps maigre, un pelage d'hiver encore épais, marbré de brun, de roux et de gris, et une longue queue.

Même à cinq pas de lui, j'ai vu une énorme tique pendre au-dessus de son œil, si gonflée de sang qu'elle a oscillé quand il a incliné sa tête sur le côté avec une sorte de curiosité féroce.

Je n'ai pas bougé.

– Qui es-tu ? lui ai-je demandé, sur mes gardes.

Comme pour me répondre, il a lentement fait un pas vers moi, le regard passant de mon visage au bidon de lait, puis revenant sur mon visage.

J'ai posé le bidon avec précaution et ôté le couvercle.

Quand j'ai relevé les yeux, le sentier était désert.

Si ce chien avait été à moi, je l'aurais appelé « Fantôme ».

10

J'ai attendu que le chien réapparaisse, partagée entre espoir et crainte.

Rien.

J'ai refermé le bidon et me suis remise en route vers la ferme des Peterson. Je n'avais pas peur, pas vraiment, mais j'étais sur mes gardes et je cherchais le chien des yeux en montant. J'ai crié « Samuel ! », tout en sachant que la plupart du temps il ne répondait pas et que, de toute façon, il devait déjà avoir rejoint Mr Peterson et être en train de le suivre comme son ombre tout en jacassant de choses et d'autres.

Depuis quelque temps, il recherchait une compagnie masculine, et je ne pouvais lui en vouloir. Je savais qu'il nous aimait, moi, ma mère et Esther, mais je savais aussi combien mon père lui manquait.

– Il faut toujours faire attention lorsqu'on s'approche d'un cheval, même docile, ai-je entendu Mr Peterson lui expliquer lorsque je suis arrivée dans leur cour. (Ils étaient en train d'examiner le sabot d'un grand cheval de labour alezan appelé

Scotch.) Si tu lui fais mal, même sans le vouloir, il peut ruer et t'envoyer valser de l'autre côté de la colline.

Il montrait à Samuel comment prendre le sabot dans sa main gauche pour pouvoir le curer de la main droite.

– C'est très bien, comme ça, lui a-t-il dit pendant que Samuel délogeait du creux du sabot un gros amas de boue. On dirait que tu as fait ça toute ta vie.

Samuel a regardé Mr Peterson avec un sourire, puis il m'a aperçue au débouché du chemin, le bidon à la main.

– Tu en as mis, du temps.

Il a reposé le sabot et s'est redressé.

– Est-ce qu'un grand chien est passé par là il n'y a pas longtemps ? leur ai-je demandé, mais ils ont secoué la tête.

– Non, a répondu Mr Peterson, en jetant un coup d'œil circulaire. Pas vu un seul chien.

– Quel grand chien ? a dit Samuel.

– C'est ce que je voudrais bien savoir.

– À quoi ressemblait-il ? a demandé Mr Peterson, un soupçon d'inquiétude sur le visage.

J'ai rassemblé mes impressions :

– Il était crasseux. Le poil bringé. Nerveux.

Pensif, Mr Peterson a jeté un coup d'œil vers le sommet de la montagne puis il a dit :

– Je crois bien que je l'ai déjà vu, ce chien, une fois ou deux. Mais il n'y a rien pour lui dans les parages.

Il s'est retourné vers le cheval.

– Il a un problème ? ai-je demandé.

Mr Peterson a secoué la tête, sans me regarder.

– C'est un corniaud sauvage. Pas un chien qu'on voudrait voir traîner dans les parages.

– Non, Scotch. (L'hostilité que Mr Peterson manifestait à l'égard du chien n'a fait qu'attiser ma curiosité.) Je veux dire, est-ce que Scotch a un problème ?

– Il ne posait pas correctement son pied, a répondu Samuel d'une voix qui imitait celle de Mr Peterson. Mais je l'ai débarrassé de ce qui le gênait.

Pourtant, nous avons vu Scotch lever son sabot douloureux et le reposer uniquement sur le devant.

– Il boite encore.

Mr Peterson lui a repris sa jambe pour regarder attentivement sous le sabot. Samuel s'est approché d'aussi près qu'il l'osait.

– C'est une épine, ça ? a-t-il demandé en effleurant doucement l'endroit, jusqu'à ce que Scotch rejette la tête en arrière et bouge sur ses appuis, forçant Mr Peterson à lâcher le sabot et à reculer d'un pas.

– Une épine ou la pointe d'un bout de bois, bien enfoncée. (Il a fait la grimace.) Il ne va pas aimer ça, quand je vais l'arracher.

Il est rentré dans l'étable et en est ressorti avec une pince.

– Je vais lui tenir la tête, ai-je dit en mettant le bidon à l'abri.

– Reste bien à l'écart, Samuel, a lancé Mr Peterson en reprenant le sabot.

Mais il est venu se placer à côté de moi. J'ai pris la bride à deux mains, près de la bouche de Scotch, et j'ai approché ma tête de la sienne en lui murmurant :

– Là, là ! mon garçon, ça ne va pas faire mal bien longtemps.

J'ai senti qu'il répondait. Et combien il aimait Mr Peterson.

– C'est juste une méchante épine, a murmuré Samuel, juste…

Au moment où Mr Peterson l'a arrachée, Scotch a brusquement relevé la tête, m'entraînant dans son mouvement, et nous nous sommes tous retrouvés à effectuer une sorte de danse – Mr Peterson se dégageant rapidement, Samuel attrapant les rênes, moi tenant ferme la bride et Scotch caracolant sur place jusqu'à ce qu'il se calme… se calme… et reste immobile.

Nous avons tous respiré librement.

– Je n'en aurais pas voulu dans mon sabot, a dit Mr Peterson en brandissant la longue épine ensanglantée au bout de ses pinces.

– Vous n'avez pas peur que ça s'infecte, avec toute la boue et le fumier dans lesquels il piétine ? ai-je demandé.

Il a poussé un soupir.

– C'est son fumier à lui. Et je ne peux pas lui mettre une botte.

J'ai tiré le morceau de cuir de ma poche et le lui ai tendu.

– De la gomme de sapin toute fraîche, ai-je dit.

– Pour mettre sous un sabot ?

– Ça marche bien sur une main. Pourquoi pas sous un sabot ?

Mr Peterson a déplié le paquet et l'a porté à son nez.

– Ça sent bon.

– Tu te balades tout le temps avec de la gomme dans ta poche ? m'a demandé Samuel en plissant les yeux.

– Il se trouve qu'aujourd'hui j'en ai.

Nous avons regardé Mr Peterson prendre son couteau dans sa poche, l'ouvrir et racler une partie de la sève pour l'étaler sous le sabot, là où se trouvait la plaie.

Scotch a tourné la tête pour me regarder avec intensité. La lueur dans ses yeux m'a réchauffée jusqu'à la moelle.

– Je te suis redevable, a dit Mr Peterson, alors que nous savions tous que c'était nous qui étions en dette envers lui.

Il m'a tendu le reste de la gomme.

– Gardez-la. Je peux aller en chercher quand je veux. Et je vous ai apporté du lait, ai-je ajouté en ramassant le bidon.

– Oui, *nous* vous avons apporté du lait, a ajouté Samuel. (Son élan de fierté n'a pas duré, vite remplacé par un sentiment tout différent.) Nous vous aurions apporté de la viande si nous en avions eu, ou même du poisson.

– De la viande, j'en ai, a répondu Mr Peterson gentiment. C'est du lait dont j'ai besoin, et de la gomme aussi.

Il nous a emmenés jusqu'à une dalle de granit posée sur l'orifice d'un trou, à l'ombre d'un grand pin tsuga, et l'a repoussée sur le côté. Il a retiré du trou un paquet de viande enveloppé dans du tissu et lié avec une corde, et nous l'a tendu.

Le trou creusé dans la roche, qui lui servait de cache, était suffisamment profond pour rester froid, et suffisamment étroit pour empêcher qu'un ours, un coyote ou un puma ne s'y introduise, en admettant qu'il ait pu déplacer la dalle.

– Cela devrait vous durer un bon moment. (Il a remis la dalle en place.) Et il y a aussi du suif pour vous.

Il a fait un pas vers sa maison et s'est écrié « Molly ! » une fois, puis une deuxième fois, faisant apparaître sa femme sur le seuil, un tablier autour de la taille, les mains blanches de farine. Elle a souri.

– Bonjour. Comment va votre mère ?

– Elle va bien.

– Et votre père ?

J'ai marqué une pause en me souvenant de sa main qui avait tremblé.

– Toujours pareil.

Elle a fait un rapide signe de tête.

– Je vais aller vous chercher le suif. (Elle a reculé d'un pas à l'intérieur et elle est ressortie avec un morceau de suif de cerf emballé dans un vieux mouchoir.) Il est prêt à l'emploi.

Elle nous a rejoints dans la cour où Samuel et moi l'attendions, tenant chacun par un bout de la corde le paquet de viande d'où s'échappaient des gouttes de sang.

Nous ne pouvions pas prendre le risque de laisser ce genre de traces sur le chemin. J'ai donc laissé traîner le fond du paquet sur le sol pour que la poussière absorbe le sang ; Samuel, comprenant ce que je voulais faire, s'est penché lui aussi, pendant que Mrs Peterson glissait le suif dans un repli du tissu sur le dessus.

– Vous devriez en tirer une bonne quantité de savon, ou de chandelles, si vous préférez.

Nous leur avons dit merci, puis au revoir.

– Dis à ta mère de venir avec vous la prochaine fois. Une visite me ferait grand plaisir.

– Elle va bientôt monter avec des pommes de terre.

– Et je reviendrai voir Scotch, a ajouté Samuel.

Nous nous sommes mis en route pour redescendre la montagne, le paquet de viande se balançant entre nous comme dans un hamac. Malgré nos efforts pour éviter qu'il traîne par terre, il a laissé une trace sanglante du côté de Samuel.

11

Il n'est pas facile de récolter de la puanteur, mais c'est précisément ce que je voulais faire avant la nuit.

Le dîner – du cerf savoureux qui nous changeait de la soupe – m'a rendue somnolente et a failli me faire changer d'avis.

Pendant que ma mère saisissait le morceau de viande dans la poêle, j'avais eu envie de lui dire : « Si cette délicieuse odeur ne réveille pas Papa, rien de bon ne le fera jamais. » Mais je savais que j'allais très bientôt la mettre de nouveau en rogne et je me suis donc comportée comme elle le souhaitait. Je l'ai aidée à préparer le dîner, je l'ai remerciée après et j'ai fait la vaisselle, la voix calme, le sourire aux lèvres, jusqu'à penser que peut-être elle me pardonnait (et Esther aussi) d'avoir trempé mon père ce matin, malgré tous les autres reproches qu'elles pouvaient encore me faire.

– Je vais apporter son dîner à Maisie, ai-je dit, une fois la cuisine rangée et les lanternes allumées.

– Et après, nous fabriquerons du savon.

Ma mère n'a pas remarqué que je prenais un bocal dont

le couvercle fermait bien, ainsi que le dernier œuf, celui que j'aurais dû manger au déjeuner. Puisque c'était en quelque sorte le mien, je pensais avoir le droit de l'utiliser comme je le voulais, mais je n'étais pas certaine qu'elle verrait les choses ainsi. Je l'ai donc récupéré à un moment où elle regardait ailleurs, puis je suis sortie avec les restes du repas pour Maisie.

– Oh, tu as l'air en pleine forme ! me suis-je exclamée en la voyant debout sur ses pattes, la queue frétillante.

Je me suis agenouillée pour attendre qu'elle vienne jusqu'à moi. Les chiots gigotaient et geignaient dans leur nid de paille. Elle a placé sa truffe humide dans le creux de mon cou et a reniflé, m'a donné un coup de langue sur la joue et a posé une patte sur mon bras jusqu'à ce que je lui frotte les oreilles et l'embrasse en retour. Elle a avalé les restes de cerf que je lui tendais sur ma paume ouverte, pas seulement les morceaux tout durs mais aussi de la bonne viande tendre.

Je savais que le crépuscule allait bientôt envahir la montagne aux Échos et, avec lui, toutes les créatures de la nuit. Les cerfs, partout où les feux de forêt avaient créé des clairières. Les coyotes, partout où il y avait des cerfs. Des ratons laveurs, masqués pour le pillage. Et des moufettes, à la recherche de larves et de vers de terre, ou de grenouilles trop jeunes pour savoir qu'il faut se taire les soirs de printemps.

Mais ce sont les œufs que les moufettes préfèrent, et j'en avais un, pondu par une des belles poules brun-rouge de Mrs Anderson. Abondamment nourries de fleurs de soucis et de grains de blé, elles donnaient de bons gros œufs pour tous les habitants des alentours.

J'avais eu l'intention de le casser dans le creux d'une grosse souche qui pourrissait en contrebas de la maison, un endroit où j'avais souvent vu des moufettes creuser à la recherche de termites, puis d'attendre, cachée dans les arbres, que son épaisse odeur en attire une.

Cependant, en voyant le regard de Maisie, en passant la main sur son flanc maigre comme une planche à laver, j'ai songé au lait qu'elle devait fabriquer pour ses petits et je le lui ai donné. Je l'ai cassé dans ma main où elle l'a lapé jusqu'à la dernière goutte.

– Pour que tu dormes bien, lui ai-je murmuré à l'oreille, que tu puisses vite sortir d'ici et profiter du printemps.

J'ai été surprise par la vague de bonheur et de plénitude qui m'a envahie lorsqu'elle a posé sa tête contre la mienne.

Elle a un peu tremblé, mais sans protester, quand je me suis glissée jusqu'à la litière et me suis allongée parmi ses petits. Ils ont rampé pour venir se coller contre la chaleur de mon corps, me cognant de leurs petits crânes durs. Motus a trouvé le creux de mon cou et se l'est approprié. Blotti contre mon pouls, il a poussé un soupir comme s'il avait découvert ce qu'il cherchait.

– C'est toi, mon tout-petit, ai-je dit, les vibrations de ma gorge jouant une musique nouvelle à ses minuscules oreilles. Mon Motus à moi.

Au bout d'un moment, Maisie s'est mise à geindre et je lui ai rendu sa litière et ses chiots. J'ai caché le bocal que j'avais emporté pour récolter de la puanteur de moufette et je suis sortie dans le crépuscule pour reprendre à zéro ma quête de remèdes.

Le ciel était encore assez clair pour que je sois tentée de retraverser la clairière vers le chemin qui montait au sapin baumier.

Mais la forêt était sombre et j'avais oublié les traces de sang de cerf que Samuel et moi avions laissées peu de temps auparavant.

12

Ce n'est pas un coyote qui m'a surprise. Ni un ours. Ni même un renard.

Je n'ai rien entendu, debout sous l'arbre où je récupérais de la sève sur une plaque d'écorce que j'avais trouvée par terre, près du tronc, sur les aiguilles de pin. Aucun bruit hormis le murmure des profondes racines enfoncées dans le sol encore froid au sortir d'un long hiver.

Je n'ai rien vu non plus pendant que je prélevais une fois de plus au vieil arbre patient la gomme dont j'avais besoin.

Je ne me suis pas rendu compte que j'étais observée jusqu'à ce que je revienne sur le sentier et me retrouve de nouveau face à face avec le grand chien.

Cette fois-ci, dans le peu de lumière qui restait, il ressemblait encore plus à un loup. À un animal sauvage.

J'espérais qu'il n'avait pas suivi les traces de sang et qu'il ne s'attendait pas à trouver un animal blessé. Un animal à dévorer.

Quand il a baissé la tête et avancé d'un pas, j'ai eu un moment de peur, mais le son qu'il émettait n'était pas tout à fait un grondement. Il s'agissait plus d'une question que d'une menace, comme s'il avait besoin de quelque chose sans trop savoir comment me le demander.

– Ellie !

L'appel de ma mère, tel un fil d'Ariane, m'est parvenu depuis le bas.

Je me suis d'instinct tournée vers sa voix, puis de nouveau vers le sentier.

Il était désert, le chien avait disparu.

Exactement comme l'autre fois.

Cette fois-ci, je ne l'ai pas cherché du regard entre les troncs, ni suivi sur le chemin.

Cette fois-ci, dans l'obscurité croissante, rentrer à la maison m'a paru le bon choix.

Ma mère m'attendait dehors, les mains sur les hanches.

– Qu'est-ce que tu fabriquais là-haut ?

J'aurais pu lui parler du chien, mais elle lui ressemblait un tout petit peu trop dans la façon qu'elle avait de me regarder fixement comme si elle voulait la réponse à une question qu'elle ne pouvait pas vraiment formuler.

Je me suis contentée d'un « Je me promenais », ce qui m'arrivait fréquemment. Je l'avais souvent fait avec mon père qui aimait, lui aussi, aller faire un tour après le dîner dans la douceur de l'air obscur.

– Bon, eh bien retournes-y et va chercher du petit bois pour le feu.

Elle s'est approchée des pierres disposées en cercle où nous faisions chauffer ce qu'il valait mieux faire chauffer dehors.

J'ai failli dire, comme Samuel ce matin, « Et pourquoi c'est pas Esther qui t'aide à fabriquer du savon ? » mais je me suis tue.

Esther faisait sa part de travail, et peu importait qu'elle aime les tâches ménagères. L'essentiel était qu'elle les menait à bien, ce qui me laissait libre d'accomplir une partie de ce que mon père faisait auparavant : les travaux dans la cour, le jardinage, la pêche, et tout ce qui avait trait au feu.

Ma mère n'a pas remarqué que je tenais un morceau d'écorce recouvert de gomme dans mon dos, ni que je suis allée le cacher derrière l'abri à bois.

En revanche, je savais qu'elle le remarquerait, quand je l'étalerais sur la cicatrice de mon père. À l'endroit où l'arbre l'avait frappé. Au plus près de ce qui l'empêchait de guérir.

Sa blessure était à l'intérieur, et la gomme était surtout bénéfique pour les blessures externes. Mais peut-être y avait-il des choses que j'ignorais ? Il était possible que tout ce que nous ayons à faire pour le guérir, c'était essayer encore. Essayer n'importe quoi. Tout essayer. Et admettre qu'il y ait des choses que nous ne comprenions pas.

Travailler avec ma mère pour démarrer le feu, mélanger le suif à la soude caustique dans un récipient suspendu au-dessus des flammes – tout cela m'a donné envie de rompre le silence désolant qui s'était installé entre nous.

– J'ai vu un chien sur le sentier, plus tôt dans la journée.

Dans la lueur dorée du feu, ma mère paraissait plus douce, mais il n'y avait aucune douceur dans le regard qu'elle m'a lancé.

– Quel chien ?

– C'est ce que je voudrais bien savoir. Un grand chien bringé, les oreilles dressées. Il n'avait pas l'air tout à fait domestiqué.

– Tu es sûre que ce n'était pas un coyote ? a-t-elle demandé, en ajoutant une branche dans le feu.

– Non, c'était un chien. Il venait de plus haut.

– Peut-être que quelqu'un là-haut a un nouveau chien ?

J'ai secoué la tête :

– Il n'avait rien de nouveau, ce chien. Et Mr Peterson ne sait pas à qui il est.

– Ce ne serait pas le corniaud de la vieille harpie ? Sauf qu'il n'est jamais descendu de son campement auparavant.

La vieille harpie… Cela faisait une éternité que je n'en avais pas entendu parler.

Depuis ce lointain matin brumeux où, attirée par la façon dont le sommet de la montagne disparaissait dans le brouillard, et ignorant les avertissements de mon père, j'avais grimpé au-delà de l'endroit où habitait la dernière des cinq familles, là où il n'y a plus d'autres sentiers que les pistes tracées par les cerfs et les orignaux. J'avais senti un feu et j'étais redescendu en courant pour donner l'alerte à mon père.

Un feu de forêt, avais-je alors pensé, et je ne m'étais pas complètement trompée.

Mon père fendait du bois quand j'étais arrivée pour lui dire qu'il y avait un feu tout là-haut.

– Ça va, Ellie. (Il avait posé sa hache et s'était essuyé à deux mains la sueur qui lui couvrait le visage.) C'est juste la vieille harpie qui vit là-haut.

– «Juste la vieille harpie»? (Les seules harpies que je connaissais vivaient dans des livres de contes, de vieilles créatures toutes tordues qui lançaient des sorts et dévoraient des enfants pour leur dîner.) Quelle vieille harpie?

– La seule que j'aie jamais vue, et je ne lui ai parlé qu'une seule fois, quand nous sommes arrivés. Je ne savais pas qu'elle vivait là lorsque je suis allé explorer le sommet de la montagne. Elle était dans sa petite clairière, en train d'écorcher un cerf. Je peux te dire que j'ai fait un effort pour ne pas tourner les talons quand je l'ai vue. Elle était si bizarre. Avec son chien. Un grand chien à l'œil noir.

– Quoi? Tu veux dire qu'il avait un œil noir et pas l'autre?

– Non. (Il avait ri.) Il avait un regard noir, pas du tout accueillant. Elle non plus.

– Elle t'a parlé? avais-je demandé, en m'imaginant la scène.

– Oui. «Il faut mettre une sangsue sur votre oreille. Puis du miel, si elle est chaude.»

Je me rappelle qu'il avait souri en voyant l'expression de mon visage.

– Je m'étais blessé en tombant et j'avais l'oreille tout enflée. Elle m'a dit de descendre au marais et de récupérer une ou deux sangsues pour drainer le sang, sinon j'allais la perdre.

– Et tu l'as fait ?

– Non. J'ai demandé à ta mère de l'inciser. Ça a saigné tellement fort que nous avons cru avoir fait une bêtise, puis tout le pus est sorti. Je me souviens d'avoir mis du miel sur la plaie, qui a très bien guéri, et vite. Voilà.

Il avait repris sa hache pour se remettre au travail mais je l'avais interrompu une nouvelle fois :

– Et la vieille harpie ? Tu es retourné la voir après ça ?

Il s'était contenté de secouer la tête.

– Tu ne parles même pas d'elle. Pourquoi est-ce que personne n'en parle jamais ?

Il avait posé un nouveau rondin sur la souche et levé sa hache.

– Il n'y a rien à dire. Et ce serait absurde de vous donner à vous, les enfants, l'envie d'aller embêter quelqu'un qu'il vaut mieux laisser tranquille. C'est ce que tu vas faire, Ellie, la laisser tranquille.

Il y avait eu une telle dureté dans sa voix que je lui avais obéi.

Ce soir-là, beaucoup plus tard, alors que je me tenais près du feu avec ma mère et que nous remuions le suif, je me suis demandé si c'était la harpie qui avait sculpté le petit agneau, le chien et les autres cadeaux que j'avais reçus.

– Quel âge a-t-elle, la harpie ? ai-je demandé.

Je me rappelais le visage aperçu dans la forêt et qui m'avait semblé trop jeune pour être celui d'une harpie.

– Je n'en ai aucune idée. D'après ce qu'en disait ton père, j'imagine qu'elle est vieille.

Donc ce n'était pas elle. Mais peut-être quelque chose de mieux.

– Tu ne lui as jamais demandé de venir voir Papa ? Depuis qu'il a été blessé ?

Ma mère m'a regardée comme si j'étais un monstre à deux têtes.

– Elle ? Alors que le médecin a dit qu'il n'y avait rien à faire ? Ne sois pas stupide. (Elle a remis une branche dans le feu.) Je ne sais pas si ce chien est le sien, ou si c'est un chien errant, mais si tu le revois, ne t'en approche pas et préviens-moi. (Elle a repoussé une braise du pied.) Apprivoisé ou pas, un chien affamé ne se privera pas de manger. Et ton frère est suffisamment petit pour se faire enlever.

J'imaginais Samuel prisonnier de la gueule d'un animal, et j'ai instinctivement rentré la tête dans les épaules. Pour un tout petit garçon qui ne regardait jamais où il mettait les pieds, la forêt pouvait s'avérer cruelle.

– Je te le dirai, si je le revois.

Et je le pensais, vraiment. Mais je ne savais pas encore où ce chien allait me conduire. Ni ce qu'il allait faire de moi.

13

Ce soir-là, quand nous nous sommes rassemblés autour de mon père pour lui souhaiter une bonne nuit, j'ai posé ma main sur son front, j'ai fermé les yeux et je lui ai dit, en silence, que je viendrais le chercher pour le ramener.

Je me suis concentrée si fort sur cette pensée que je l'ai sentie battre à mes oreilles et que ma main est devenue brûlante sur sa peau froide, comme si la flamme de ma poitrine avait grandi.

Esther m'a fait sursauter quand elle m'a pris le bras et dit :

– Qu'est-ce que tu fais, Ellie ? Papa n'a pas besoin de ta main moite sur son visage.

– Tu as de la fièvre ? m'a demandé ma mère en pressant ses lèvres sur mon front.

J'ai fermé les yeux pour savourer ce qui était presque un baiser. Puis elle a reculé et m'a dit :

– Tu ferais mieux d'aller te coucher. Ton père est suffisamment malade comme cela.

Plus tard, alors que je n'arrivais pas à m'endormir, j'ai effleuré à plusieurs reprises cet endroit sur mon front, mais il était aussi dur que le reste de mon corps. J'espérais que ce presque baiser m'aiderait à m'assoupir – peut-être même à rêver de mon père se réveillant et se levant, recouvrant ses forces et sa bonne mine. Mais je suis restée allongée dans le noir, comme cela m'arrivait désormais tous les soirs, tourmentée par un souvenir qui m'empêchait de dormir et m'emplissait de tristesse pendant de longues heures.

Alors que tous dormaient, j'ai songé à ce jour de janvier où Esther ramassait du petit bois sous les arbres en bordure de notre clairière, là où la neige était la moins épaisse, tout en surveillant Samuel pendant que ma mère, à l'intérieur, préparait un ragoût.

Je me rappelais que j'aidais mon père à abattre des arbres derrière le potager afin qu'au printemps nous ayons plus de place pour planter nos haricots, nos pois et nos courges. Il m'avait montré où me tenir pendant qu'il maniait la hache et comment rester à distance au cas où l'arbre, en tombant, se cabrerait comme un cheval en colère.

Comment faire une encoche pour que l'arbre s'abatte dans le sens voulu, cette fois-ci, dans la pente, à l'opposé de l'endroit où il se tenait, à l'opposé aussi de l'endroit d'où je l'observais. Là où l'arbre ne pourrait causer aucun dégât.

Ma mère était occupée dans la cuisine, Esther était occupée à ramasser son bois, et mon père était occupé à manier sa hache. C'est donc moi qui ai soudain aperçu Samuel traverser la cour à toutes jambes, là où la neige avait été soufflée par le vent et où le gel avait blanchi le sol nu. C'est moi qui l'ai vu poursuivre un lapin, les yeux fixés sur la petite touffe blanche de sa queue…

… à l'instant précis où l'arbre a cédé. Il a commencé sa chute, décrivant un grand arc de cercle en direction de Samuel, ralenti dans sa chute par les branches d'autres arbres, tournant lourdement sur sa souche…

Je me suis précipitée sous l'arbre, j'ai attrapé Samuel au vol et tous deux, nous avons été violemment poussés dans le dos et projetés au sol, hors de danger, à un cheveu près.

Je me souviens de m'être retrouvée allongée sur le sol gelé, tenant Samuel serré contre moi. Il se débattait en criant « Pourquoi tu as fait ça, Ellie ? ».

Je me souviens de l'avoir fermement maintenu pendant que je me retournais et découvrais mon père immobile sous les branches.

Son sang sur le sol.

La tête vide de toute pensée, j'ai entraîné Samuel avant qu'il ne puisse l'apercevoir. Je l'ai tiré jusqu'à la maison pendant qu'il essayait de se libérer de ma main qui lui emprisonnait le poignet, traîné loin du potager, de l'arbre et de mon père, jeté dans la neige, là où Esther ramassait du bois et était censée le surveiller, dans l'ignorance de l'accident qui venait de se produire, jusqu'à ce que je me précipite dans la maison en appelant ma mère avant de repartir à toutes jambes vers l'endroit où gisait mon père, suivie de ma mère, d'Esther qui accourait en criant « Que s'est-il passé ? », et de Samuel qui courait derrière elle.

Je me souviens de nous tous, nous frayant un chemin dans le chaos de branches, de terre et de neige pour essayer de dégager mon père en tirant sur le tronc de toutes nos forces. Mon père, si immobile que j'étais certaine qu'il était mort. Esther avait beau hurler son nom, ma mère avait beau s'arracher la peau des mains à tenter de briser les petites branches, nous ne pouvions pas l'atteindre.

Ensemble, nous avons fini par dégager une partie de l'enchevêtrement, puis j'ai écarté les branches les moins épaisses et je me suis arc-boutée pour les retenir, pendant que ma mère et Esther le tiraient, centimètre par centimètre, Samuel criant « Papa ! Papa ! », trop petit pour aider. Ma mère a passé une main entre les branchages pour tâter son cou à la recherche de son pouls, qu'elle a perçu, et dans un ultime effort l'a libéré des dernières branches. Enfin à découvert, elle l'a retourné et l'a appelé par son nom, le visage de mon père entre ses mains. Il avait les cheveux poissés de sang, la peau d'une pâleur effrayante. Nous ne cessions tous de l'appeler. Ma sœur serrait l'une de ses mains dans les siennes, Samuel tirait sur le bas de son pantalon, ma mère était à genoux à côté de lui.

Elle s'est remise sur ses pieds, a jeté un coup d'œil éperdu tout autour, les mains pleines de sang, puis elle a couru chercher une vieille couverture dont nous avons fait un hamac pour le transporter, son pauvre corps heurtant le sol gelé. À pas horriblement lents, nous lui avons fait monter la marche devant la maison, franchir le seuil et traverser la cuisine jusqu'à la salle d'eau où nous l'avons allongé près du trou d'évacuation pour verser de l'eau tiède sur sa blessure et la nettoyer, et attendre qu'il revienne à lui.

Je n'oublierai jamais le moment où nous avons tout arrêté et où nous nous sommes redressées, épuisées, à bout de souffle, pour nous regarder mutuellement, regarder mon père, regarder l'eau rosie qui gouttait de sa tête. Samuel, sanglotant toujours, le visage morveux, rouge et gonflé, est allé se réfugier sur les genoux de ma mère.

– Cours chez les Peterson, a dit ma mère d'une voix tremblante, dis-leur d'aller chercher le docteur. Dis-leur de faire vite.

14

Ce n'est que quelques jours plus tard, après avoir vu le médecin venir et repartir, après avoir tous eu le temps d'envisager que mon père, si fort et rieur, ne se réveillerait peut-être jamais, que ma mère m'a demandé comment il s'était retrouvé sous la trajectoire de cet arbre.

Elle me regardait fixement, moi qui avais été avec lui. Esther me regardait aussi, moi qui avais été avec lui. Et Samuel m'a demandé :

– Est-ce que tu as vu ce qui s'est passé, Ellie ? (Puis il s'est tourné vers ma mère.) Ellie m'a fait tomber par terre.

Je ne pouvais tout simplement pas lui dire « Je t'ai fait tomber par terre pour te sauver la vie », ni lui dire « Et l'arbre a fait tomber Papa à cause de toi. »

Je l'aimais trop pour lui infliger cela, et mon père se réveillerait, je le savais, et il leur dirait à tous la vérité. Alors, cela n'aurait plus aucune importance que Samuel se soit mis en danger parce qu'il pourchassait un lapin. Mon père irait de nouveau bien, ma mère se remettrait à sourire et tout rentrerait dans l'ordre. Je le savais.

– Non, Samuel, je n'ai pas vu ce qui s'est passé, lui ai-je donc répondu. L'instant d'avant, Papa coupait l'arbre, et moi… je dégageais des branches pour en faire un tas. L'instant d'après, l'arbre s'est abattu. Je n'ai pas fait exprès de te faire tomber, Samuel. Je courais pour aller chercher de l'aide, je n'ai pas fait exprès.

Il m'a regardée, les sourcils froncés, pendant un bon moment. J'espérais qu'il ne réfléchirait pas trop pour suivre ce fil. Pour démêler l'écheveau de ce qui s'était passé.

– Tu étais au mauvais endroit, c'est ça ? a demandé ma sœur.

Au début, j'ai cru qu'elle parlait à Samuel, puis je me suis aperçue que c'était moi qu'elle regardait. Elle s'adressait à moi.

Esther n'était pas une méchante fille mais elle ne faisait jamais rien pour se montrer plus douce, et il était clair qu'elle avait besoin d'une raison. D'une explication. De quelqu'un à accuser.

Ma mère me regardait aussi et attendait une réponse. Elle n'était pas en colère comme Esther, mais il n'y avait plus de place dans son cœur pour autre chose que mon père.

Une partie de moi voulait leur dire que c'était la faute de Samuel, si tant est que l'on puisse accuser un petit garçon d'une telle chose. Mais, sur le point de prononcer ces mots, je me suis sentie triste et nauséeuse. À l'idée que Samuel apprenne que c'était lui qui avait entraîné son père dans cette catastrophe, peut-être même dans la mort, je me suis sentie encore plus mal.

Et je savais ce que ressentirait Esther, elle qui aurait dû surveiller Samuel.

J'ai instantanément compris que me décharger de la responsabilité serait pire que de l'endosser.

Si j'avais appris une chose de la montagne – et de mon père –, c'est que je me sentais plus forte et plus heureuse quand j'étais capable de faire quelque chose de difficile, et de le faire bien.

Je me suis donc tue. Et tous ont pris mon silence pour un aveu.

Allongée dans l'obscurité avec mes souvenirs, le visage trempé de larmes froides, je n'aurais su dire si je m'étais assoupie, puis réveillée, ou si je n'avais pas dormi du tout.

Esther était immobile, hormis le rythme lent de sa respiration. Samuel soupirait et murmurait en rêvant.

Je me suis glissée hors du lit et de la maison, en refermant silencieusement la porte derrière moi.

Les arbres étaient revêtus de grandes robes étoilées, une abondante rosée froide trempait mes pieds nus.

Il aurait été dommage de dormir par une telle nuit et j'étais heureuse de m'être levée avant le soleil.

– Maisie, ai-je murmuré en ouvrant la porte de l'abri.

Elle a levé la tête et battu le sol avec sa queue lorsque je me suis glissée à l'intérieur pour récupérer le bocal que j'avais pris pour attraper de la puanteur.

J'ai dévissé le couvercle et frotté le rebord du récipient contre mes joues pour récupérer ce qui me restait de larmes, très peu. Puis je suis sortie et je l'ai passé dans l'herbe pour ramasser de la rosée. Je suis allée chercher la gomme de sapin que j'avais cachée derrière l'abri à bois pour la racler et la faire tomber au fond du bocal.

Peut-être descendrais-je demain jusqu'à la rivière qui avait creusé la vallée à travers les montagnes et dont les eaux froides et limpides avaient toujours fait sourire mon père.

Peut-être récolterais-je aussi du miel d'un essaim sauvage qui se trouvait de l'autre côté du ruisseau, en emportant par précaution une petite poche de boue pour soigner les piqûres que m'infligeraient les abeilles.

Mais, pour le moment, je me contentais des étoiles scintillant au-dessus de moi, des arbres qui s'étiraient vers le ciel et de la sensation d'avril sur ma peau.

Quand j'ai remué les cendres du feu que nous avions fait pour le suif, elles ont rougi, affamées, et je les ai nourries de brindilles, de feuilles et de pommes de pin jusqu'à retrouver une belle flambée.

– Ellie ! m'a interpellée ma mère en chuchotant, debout sur le seuil, une couverture sur les épaules. Tu as perdu la tête ?

– Je n'arrivais pas à dormir, alors je suis allée voir Maisie.

– Et le feu ?

– Il se sentait seul, lui aussi, ai-je dit, en haussant les épaules.

Cela lui a tiré un sourire. C'était si… inattendu de la voir là, recouverte de la lueur des étoiles, la blancheur de son sourire, une surprise fugace qui a disparu quand elle s'est retournée pour rentrer.

Je suis restée un moment près du feu qui crépitait et sifflait, à penser très fort à ce sourire.

Quand le feu s'est épuisé, j'ai rapporté mon bocal de larmes, de rosée et de gomme dans l'abri pour le remettre sur l'étagère avec mes autres secrets.

– Je fabrique un remède, ai-je murmuré à Maisie en me blottissant près d'elle, ses chiots formant une masse sombre et douce contre son ventre. Peut-être faudrait-il que je rajoute un peu de ton lait ?

Elle n'a pas répondu et j'ai plongé dans un sommeil sans rêves, jusqu'à ce que le matin me réveille de nouveau.

15

La matinée a commencé comme toutes les autres – bâiller, cligner des yeux pour évaluer le temps qu'il allait faire, osciller sur la corde raide entre hier et aujourd'hui –, mais ce jour allait être l'un des plus longs et des plus intéressants de ma vie.

Après un vrai petit déjeuner, sans punition, je suis sortie finir mes tâches matinales auxquelles j'ai ajouté :

Apporter son petit déjeuner à Maisie et lui chanter une petite chanson improvisée qui parlait de chats dans une grange, de musaraignes dans les champs et de gerbes d'or ployant sous le poids de leur couleur.

La convaincre d'aller prendre un peu l'air dehors pendant que je restais dans l'abri avec les chiots pour qu'elle ne s'inquiète pas.

Poser ma main comme une cape douillette sur le dos de Motus, à qui j'ai répété des petits mots doux – « Tu es un petit chien magnifique, un nigaud de petit chien magnifique. »

Quand Maisie est revenue, j'ai décidé d'aller chercher du miel et de l'eau à la rivière. Mais mon père m'avait appris à ne jamais laisser passer une occasion de récupérer de la nourriture – « On ne sait jamais quand on va se retrouver à court. »

J'ai donc fourré son matériel de pêche dans mon sac avec le bocal à remèdes, un morceau de toile cirée pour envelopper mes prises, une paire de gants de travail et du petit bois. Puis j'ai jeté le sac sur mon épaule et suis partie pour la rivière.

Samuel m'a emboîté le pas et je l'ai laissé faire, certaine qu'il se fatiguerait vite et qu'il rentrerait à la maison.

– Tu vas où, Ellie ? m'a-t-il demandé au moment où je m'engageais sur le chemin de la rivière.

– Je vais voir si je peux attraper du poisson pour le dîner, ai-je répondu, même si ce n'était qu'une partie des choses que je voulais faire.

– Alors qu'on a plein de cerf à manger ?

– Maman va en faire de la viande séchée, pour quand on n'en aura plus de fraîche. En plus, j'aime bien le poisson.

– Moi, j'aime pas beaucoup ça.

Pourtant, Maman le faisait toujours frire et le servait avec des cornichons et de la crème.

– Moi, je n'aime pas beaucoup la viande séchée, et je déteste avoir faim. Mais si tu préfères les cornichons et la crème sans poisson, je m'en fiche.

Il a poussé un grognement, mais n'a rien ajouté.

Le sentier était raide et par endroits envahi de rochers. À force de nous tenir aux petits arbres pour garder l'équilibre dans les passages délicats, nous en avions lissé les troncs. J'avais depuis longtemps compris qu'il valait mieux trouver un point d'appui avant de franchir un grand espace mais, comme Samuel préférait sauter de rocher en rocher, il n'a pas fallu longtemps pour qu'il tombe.

– Bon sang ! me suis-je exclamée en le voyant pleurer, allongé sur le sol, couvert d'éraflures, sans rien de grave. Combien de fois va-t-il falloir que tu te casses la figure avant de comprendre que tu n'es pas une chèvre des montagnes ?

Il m'a regardée, le visage luisant de larmes.

– Mais je ne pense pas que je suis une chèvre des montagnes ! Pourquoi tu dis ça ?

– Peu importe. (Je l'ai aidé à se relever.) Va moins vite, c'est tout. J'ai un poisson à attraper, alors soit tu viens m'aider, soit tu retournes à la maison.

– Je viens t'aider, a-t-il répliqué en s'époussetant. Je rentrerai à la maison quand je le voudrai, et pas quand tu le diras.

Je n'ai rien ajouté.

Nous nous sommes remis en route. La rivière était encore loin en contrebas et Samuel, déterminé à ouvrir le chemin, m'a dépassée dès que le sentier est devenu moins abrupt.

Je l'ai laissé faire car il était plus facile de garder un œil sur lui s'il était devant, et je n'avais pas envie qu'il s'éloigne.

Cela a toujours été l'un de mes souhaits : qu'il ne s'éloigne pas.

J'aurais été tentée d'aller explorer les nombreux endroits devant lesquels nous passions en descendant de la montagne : un pré d'herbe verte, là où un feu de forêt déclenché par la foudre avait dégagé quelques arpents avant d'être éteint par la pluie ; une mare printanière où les rainettes coassaient si fort au crépuscule que nous les entendions depuis chez nous, beaucoup plus haut ; une corniche de granit assez large pour s'y prélasser comme une tortue au soleil. Mais j'ai décidé de les garder pour un autre jour, tout comme j'ai laissé le miel pour le trajet du retour, parce qu'il est difficile de pêcher avec des mains couvertes de piqûres d'abeilles. J'ai cependant entendu l'essaim, caché dans un chêne, quand nous sommes passés devant ; le vieil arbre bourdonnait lui aussi d'excitation au spectacle de ses petites feuilles sortant des bourgeons.

C'est là que j'ai aperçu un cadeau tout neuf, posé sur une pierre blanche au bord du sentier, à un endroit où même Samuel aurait pu le voir s'il n'avait pas été aussi pressé.

Une abeille à miel. En bois et en une autre matière, dont j'ignorais le nom. Je l'ai levée dans la lumière, j'ai souri et scruté la forêt, et j'ai prononcé tout haut, au cas où quelqu'un m'entendrait :

– Merci. J'aimerais beaucoup que vous veniez et que nous fassions connaissance.

– Et moi, j'aimerais bien que tu te dépêches, a dit Samuel en contrebas, sinon le temps qu'on y arrive, la rivière sera à sec.

J'ai glissé l'abeille dans ma poche en la gardant dans la main. J'ai longuement observé les arbres tout autour de moi mais je n'ai rien vu.

J'ai attendu que Samuel disparaisse au tournant et, bien que me sentant un peu bête, j'ai dit à voix haute :

– Je ne sais pas pourquoi vous ne vous montrez pas.

Les arbres sont restés silencieux. Tout comme moi, ils attendaient, mais rien n'a bougé. Personne ne m'a répondu.

Je n'osais pas laisser Samuel atteindre la rivière sans moi. Lorsque je l'ai rejoint en toute hâte, il était immobile et silencieux, la main levée pour me faire signe de m'arrêter. Il a chuchoté :

– Regarde là-bas, Ellie.

Par-dessus sa tête, j'ai vu – non pas sur le chemin mais au milieu des arbres – le chien fantôme. Et, dans sa gueule, un lapin sans vie.

Il nous regardait fixement, lui aussi.

Samuel avait dû voir quelque chose dans son œil noir parce que, quand je suis arrivée à sa hauteur, il s'est lentement glissé derrière moi, il a posé sa main dans mon dos et a surveillé l'animal à la dérobée en me disant :

– Je ne l'aime pas, ce chien.

Je me sentais triste pour ce pauvre lapin qui pendait, prisonnier des crocs. Cela dit, à moi aussi, il m'arrivait d'en manger.

– Il ne nous fera pas de mal, ai-je murmuré.

– Qu'est-ce que tu en sais ?

– Je l'ai déjà rencontré deux fois et il ne m'a rien fait. Tu te souviens quand je suis arrivée chez les Peterson et que j'ai dit que j'avais vu un chien ?

Je n'ai rien dit sur la vieille harpie, ni sur le fait qu'il s'agissait peut-être de son corniaud. J'imaginais Samuel grimpant jusqu'à son campement et finissant dans un pâté en croûte. Et je comprenais pourquoi les parents n'avaient jamais parlé d'elle.

– C'est juste un chien errant affamé.

– Alors on n'a qu'à l'attraper et le ramener chez nous !

Je n'avais aucune intention de le suivre dans cette idée. Maisie, Motus et les autres chiots étaient bien à nous, mais pas ce chien. Et s'il appartenait à la harpie, alors quelque chose avait dû changer là-haut, à son campement, quelque chose qui l'avait poussé à descendre chez nous.

À l'instant où je me suis posé la question, j'ai décidé d'aller voir.

– Fiche le camp ! ai-je soudain crié, avec un grand geste du bras.

Le corniaud s'est enfoncé dans le sous-bois, le lapin tressautant dans sa gueule, et il a disparu. Étrange, ai-je pensé, qu'il n'ait pas dévoré sa proie sur place, comme l'auraient fait la plupart des chiens affamés, pendant qu'elle était encore chaude.

– Pourquoi est-ce que tu as fait ça ? m'a demandé Samuel. (Il est sorti de mon ombre pour me fusiller du regard.) Il aurait pu devenir mon chien, Ellie !

– Ou toi, tu aurais pu devenir son petit garçon. Il est bien trop gros pour toi. Et sauvage, en plus. Sinon, tu ne te serais pas caché derrière moi.

Son regard est devenu encore plus furieux.

– Je ne me cachais pas ! Tu fais toujours comme si j'étais un bébé, Ellie. Je ne suis pas un bébé.

– Bien sûr que non. Cela fait des années et des années que tu n'es plus un bébé.

– Des années, en effet. C'est la troisième fois que tu as raison.

16

La rivière était là où nous l'avions laissée, voyageant sans fin le long de son chemin tortueux, traversant l'ombre et le soleil, se glissant sous les troncs abattus couverts de mousse ou sur de gros rochers polis par le courant.

Quelqu'un, quelque part, lui avait donné le nom d'Androscoggin, mais le plus souvent nous disions simplement « la rivière ».

Au bout du chemin, après avoir franchi un passage marécageux, nous avons atteint un rocher plat qui surplombait une vasque profonde abritée du courant, ce qui en faisait l'endroit idéal où lancer sa ligne.

– Trouve-moi des appâts, ai-je demandé à Samuel, qui aurait été tout content d'attraper des criquets en septembre mais avait moins envie de chercher des limaces en avril.

Il a fait la grimace.

– Je n'aime pas les choses gluantes.

– Tu m'aides ou tu retournes à la maison, lui ai-je répété.

Avec un profond soupir, il s'est glissé dans la végétation en quête de limaces. Il m'en a rapporté une sur une feuille barrée d'un trait de bave.

–Va m'en trouver une autre.

Moi non plus, je n'aimais pas beaucoup appâter avec des limaces. Elles étaient vraiment collantes et avaient tendance à se vider de tous leurs intestins quand on les accrochait à l'hameçon, où il ne restait que de la peau et de la bave. Mais je n'avais pas pris de pelle pour trouver des vers de terre, et je ne voulais pas utiliser de salamandres, à cause de leurs gros yeux brillants et de leurs petites mains.

– Pardon, pardon, pardon, ai-je donc répété en serrant les dents à en avoir mal à la mâchoire pendant que j'accrochais la bestiole à l'hameçon le plus vite possible et la jetais dans l'eau, l'autre extrémité du fil attaché à une bonne perche bien solide.

Puis j'ai attendu.

Certains poissons n'apprécient pas plus les limaces que moi, mais les truites s'y intéressent, et l'une d'elles s'est vite approchée. J'ai tiré un coup sec sur la ligne pour accrocher l'hameçon à sa bouche, désolée d'avoir à faire cela. Désolée d'enrouler le fil et de remonter la truite jusqu'en haut du rocher, désolée de l'achever d'un coup de pierre, de remettre une nouvelle limace sur l'hameçon et de la lancer dans l'eau.

Leur douleur me faisait trembler, leur mort me faisait frémir. Pourtant, rien de tout cela ne m'arrêtait dans ce que j'avais à faire.

– Laisse-moi essayer, a dit Samuel en me prenant la perche des mains.

Il était depuis peu devenu assez grand pour cela, et je me désolais que ce ne soit pas mon père qui lui apprenne à pêcher. Alors je lui ai laissé la perche, je lui ai montré comment la tenir à deux mains, la faire lentement bouger pour donner l'impression que la limace, bien que morte, était en train de nager, comment attendre, attendre, attendre encore, puis ferrer d'un coup sec pour que l'hameçon s'accroche. Cela ne servait à rien d'hésiter : il fallait le faire et en finir vite, une bonne fois pour toutes.

C'est ce que je lui ai dit lorsqu'un poisson a mordu à l'hameçon, lorsqu'il s'est débattu si fort pour se libérer que j'ai dû retenir à la fois Samuel et la perche, même s'il voulait y arriver tout seul. Je le lui ai redit lorsque nous avons sorti la truite de l'eau et l'avons ramenée sur le rocher, ses écailles étincelant de beauté dans le soleil, l'œil fou, avant que je ne l'achève d'un coup.

Cette dernière étape, je l'ai épargnée à Samuel. Moi-même, je ne l'avais jamais franchie avant que mon père ne s'endorme, mais je l'accomplissais toujours depuis. Chaque fois cependant je m'en attristais.

Samuel n'arrêtait pas de jacasser, de répéter que son poisson était beaucoup plus beau que le mien. J'espérais qu'il en mangerait aussi. Il fallait de la viande pour faire du muscle et il était si petit. Je voulais qu'il devienne plus grand, plus fort, plus résistant. Du poisson frais lui ferait du bien.

J'ai donc convenu que sa truite était bien plus belle que la mienne et je suis partie chercher une autre limace pour qu'il essaie d'en attraper une troisième.

Je suis restée près de lui, sans toucher à la ligne pendant qu'il la lançait, qu'il ferrait un poisson et faisait tout ce qu'il fallait, sauf la dernière étape avec le caillou.

Je l'ai quand même obligé à regarder pendant que je vidais nos prises et jetais les entrailles dans la rivière pour qu'elles soient emportées comme de gros vers sanguinolents – un festin pour les tortues, les poissons-chats et les mouches –, et pour éviter aussi d'attirer des ours à l'endroit où nous pêchions.

– Personne n'a jamais pris de plus belles truites, a dit Samuel en désignant les siennes. Mais la tienne n'est pas mal non plus.

Nos trois prises étaient toutes identiques.

– Tu as raison. Et elles vont être délicieuses.

Il a souri. J'ai enveloppé les poissons dans le morceau de toile cirée pour les mettre dans mon sac et j'ai sorti mon bocal.

– C'est quoi ? a demandé Samuel.

À l'intérieur, la gomme avait un peu fondu sous la chaleur du soleil, ce qui avait donné aux larmes et à la rosée une jolie couleur cuivrée.

– Rien. Un genre de thé, tu n'aimerais pas ça.

J'ai escaladé les rochers jusqu'au bord de la rivière pour y puiser un peu d'eau froide, juste la quantité de nature sauvage qu'il me fallait.

J'ai aussi ramassé une galette de boue que j'ai enveloppée dans mon mouchoir, en prévision des inévitables piqûres d'abeilles.

17

Quand nous y sommes arrivés, l'essaim était en pleine activité, ce qui n'est jamais une bonne nouvelle pour quelqu'un qui veut du miel. Mais j'y étais, et j'allais essayer.

– Assieds-toi ! ai-je dit à Samuel en lui indiquant une souche à côté du chemin. Et ne bouge plus.

Il m'a jeté un drôle de regard mais il m'a obéi et m'a observée boutonner ma chemise jusqu'au cou.

– Tu n'as pas peur de te faire piquer ?

– Non, pas trop, mais j'espère que cela n'arrivera pas.

J'ai tiré de ma poche un couteau et une pointe de flèche en silex que j'avais trouvée en plantant des pommes de terre avec mon père.

« Garde-la toujours sur toi, m'avait-il dit. Un jour, elle te sauvera peut-être la vie. »

Je pensais qu'il voulait dire que ce serait une arme jusqu'à ce qu'il me montre comment frapper le silex sur le fer de sa bêche pour produire des étincelles.

« Du feu. Il n'y a pas grand-chose qui ait plus de valeur en ce monde, et tu pourras en faire chaque fois que tu en auras besoin, si tu sais comment. C'est le secret de tout : savoir comment faire.

– Et tu m'apprendras. »

C'était une affirmation autant qu'une question.

« Oui. Mais tu apprendras mieux en le faisant toi-même. »

J'avais réfléchi un moment.

« Comment suis-je censée faire quelque chose qui va m'apprendre comment la faire si je ne sais pas comment faire, pour commencer ? Ça se mord la queue. »

Mon père avait ri.

« Effectivement, ça se mord la queue, mais c'est ainsi. Cela dit, tu peux aussi apprendre en lisant des explications.

– Et comment apprend-on les choses enseignées par ceux qui ne savent pas écrire ? (Ce qui était le cas de certains des habitants de la montagne aux Échos. Ou des bébés. Ou des chiens.) Et si quelqu'un ne sait pas lire ? Il faut des leçons pour apprendre à lire.

– Il faut des leçons pour tout. Mais, parfois, on se les donne à soi-même. »

Il avait eu raison. J'étais parfois mon meilleur professeur. Il m'avait montré comment fabriquer un allume-feu, comment frapper le silex avec mon couteau, comment faire jaillir une flamme mais, en fin de compte, c'est moi qui avais dû faire tout le travail pour vraiment y parvenir.

« Pourquoi nous n'utilisons plus d'allumettes ? » lui avais-je demandé.

Il avait poussé un soupir.

« Pour les mêmes raisons que nous avons construit notre

maison nous-mêmes et que nous faisons pousser nos légumes nous-mêmes. Les allumettes, cela coûte de l'argent, Ellie, et le commerçant le plus proche est à l'autre bout du monde.»

Je m'étais donc entraînée à frapper le silex jusqu'à en avoir des ampoules aux mains. Cela m'avait pris très longtemps avant de pouvoir démarrer un feu. Le jour où j'y étais parvenue sans aide avait vraiment été un grand jour.

– Regarde, ai-je dit à Samuel, assis sur sa souche.

J'ai dégagé le sol à ses pieds et j'ai sorti de mon sac à dos une sorte de nid d'oiseau – un petit amas d'écorce de chêne que j'avais déchiquetée pour la réduire en filaments, puis entortillée. J'en avais toujours sur moi une petite boule, souvent plusieurs.

– Ça, c'est l'allume-feu, lui ai-je expliqué en posant la petite boule par terre. Tu peux le fabriquer toi-même avec des écorces sèches ou de longues herbes, à condition que ce soit très fin.

Avec quelques brindilles, j'ai bâti une minuscule pyramide, juste assez grande pour contenir quelques feuilles mortes et garder de la place pour mon petit nid d'écorce.

J'ai raclé mon couteau sur le silex avec force pour projeter des étincelles sur l'allume-feu qui s'est soudain enflammé. Avec précaution, j'ai soufflé sur la petite flamme jusqu'à ce qu'elle grandisse, puis j'ai rapidement glissé la boule sous les brindilles qui ont pris feu à leur tour, en donnant de plus grandes flammes. Rapidement, ce petit feu a brûlé suffisamment fort pour que j'ajoute d'autres bouts de bois, et enfin une branche plus grosse que j'utiliserais comme torche.

Samuel m'observait en silence, les yeux ronds, l'air sérieux. J'ai eu l'impression d'être une géante.

– Qui est-ce qui t'a appris à faire cela ?

– C'est Papa.

J'ai soufflé sur les flammes et rajouté des feuilles mortes pour être sûre que la torche s'enflamme bien.

– Et pourquoi il ne me l'a pas appris, à moi ?

Il avait l'air si petit que j'ai eu envie de le serrer très fort dans mes bras.

– Il le fera. Bientôt.

Je n'ai pas ajouté « Ou moi, je le ferai. » C'est notre père qui le ferait lui-même, j'en étais certaine.

La branche flamboyait quand je l'ai retirée pour l'agiter doucement et donner plus d'air à la flamme, la nourrir, la faire grandir. Puis, la tenant bien haut, j'ai recouvert de terre le petit feu que je venais de faire et l'ai piétiné.

– Pourquoi tu fais ça ? s'est écrié Samuel. C'était un beau feu.

– Parce que j'ai ce dont j'ai besoin. Maintenant, reste là et ne bouge pas.

L'essaim était tout proche du chemin. Peut-être aurais-je dû faire reculer mon frère, mais je savais que je ne trouverais pas de mots pour le convaincre. Je lui ai donc répété « Ne bouge pas ! » avant de remonter le col de ma chemise, d'enfiler mes gants et de me glisser dans les buissons jusqu'au gros chêne. J'ai tenu la torche bien droite jusqu'à ce qu'elle commence à s'éteindre, puis j'ai soufflé sur les dernières petites flammes pour qu'elle ne produise plus que de la fumée.

Je me suis rapprochée du chêne, l'essaim caché dans une grosse cavité noire et bourdonnante, et j'ai lentement glissé la torche fumante à l'intérieur, juste assez profondément pour remplir le creux de fumée et rendre les abeilles somnolentes.

Au bout d'un moment, quelques-unes sont sorties, tout engourdies, et se sont laissées paresseusement tomber sur le sol.

D'autres, qui revenaient avec leur récolte de pollen, tournoyaient, affolées, à la recherche d'un ennemi, mais je suis restée aussi immobile qu'une pendule cassée et j'ai attendu que l'essaim se calme.

Alors j'ai retiré la branche dont j'ai enfoncé l'extrémité incandescente dans la terre. Puis j'ai lentement passé ma main gantée par l'ouverture à la recherche des rayons de miel.

Les abeilles restées à l'intérieur ont recouvert mon gant. Je le sentais vibrer sous leurs bourdonnements endormis, je sentais sous mes doigts les rayons où elles conservaient le miel qui les nourrirait pendant l'hiver et leur permettrait de survivre aux mois les plus durs et les plus stériles de l'année. Ce miel leur était destiné, ainsi qu'à leur progéniture. J'ai ressenti leur terreur, leur panique, dans la fumée où elles avaient du mal à respirer et à voler, où leur reine pleurait. J'ai lâché le rayon et, doucement, j'ai retiré ma main.

Le gant était couvert d'abeilles qui reprenaient lentement leurs esprits, encore désorientées par la fumée mais se réveillant sous mon regard. Je l'ai secoué doucement en m'éloignant de l'essaim et certaines sont tombées. D'autres s'accrochaient sans bouger. Je savais qu'elles avaient piqué le gant et qu'elles en étaient mortes. J'en ai eu le cœur serré.

– Vas-y ! ai-je lancé à Samuel en émergeant du sous-bois. Vite maintenant !

Il s'est levé et s'est mis à remonter le chemin devant moi.

C'est à ce moment seulement, bizarrement, alors que je partais, qu'une abeille solitaire m'a piqué la joue.

L'une des leçons les plus dures que j'avais jamais apprises concernait les abeilles : elles meurent quand elles piquent. En laissant leur aiguillon dans la peau, elles laissent une part d'elles-mêmes. Et elles en meurent. Comme celles qui étaient restées sur mon gant. Et celle qui m'avait piqué la joue. Je ne comprenais pas pourquoi. Je ne leur avais pas pris une seule goutte de miel. J'étais loin de l'essaim. Une abeille était malgré tout venue mourir.

J'avais la joue en feu. La douleur a crû quand j'ai ôté le petit morceau d'abeille duveteux qui y était resté attaché, puis s'est un peu apaisée quand j'ai déplié le mouchoir plein de boue pour le presser contre mon visage.

J'ai dit aux abeilles que j'étais désolée, tout en détachant leurs corps du gant et en frottant celui-ci par terre pour le nettoyer.

Samuel est revenu sur ses pas.

– Qu'est-ce qui ne va pas ? Pourquoi tu ne m'as pas suivi ? Et pourquoi tu as de la boue sur la figure ?

– Une piqûre d'abeille, ai-je répondu en grimaçant de douleur.

Il s'est rapproché pour regarder de plus près.

– Tu as une grosse bosse sur la joue.

J'ai hoché la tête.

– Ça va partir.

– Pourquoi tu ne pleures pas ?

– Ça n'irait pas mieux si je pleurais.

Pourtant, il y avait des moments où les larmes me faisaient du bien.

Pensif, il a tendu la main pour essuyer un peu de boue qui coulait le long de ma joue.

– Il est où, le miel ?

– Je n'en ai pas pris.

– Quoi ?! Pourquoi ça ? Tu t'es fait piquer pour rien ?

J'ai entamé la remontée sur le chemin.

– Les abeilles n'en avaient pas suffisamment pour qu'on en prenne. Pas encore.

La réponse ne l'a pas convaincu.

– Tu aurais quand même pu en récupérer un peu, pour notre porridge, a-t-il répliqué avec aigreur.

Le porridge sans sucre, ce n'est pas très bon, mais je me suis abstenue de lui répondre que le miel n'était pas fait pour le porridge. À la place, je lui ai dit ce que notre père m'avait appris : les abeilles en ont plus besoin que nous, surtout en hiver et au printemps, pour nourrir leurs petites, leur reine, et se nourrir elles-mêmes.

J'ai repensé à l'œuf que j'avais donné à Maisie au lieu de l'utiliser à récolter de la puanteur.

– Allons chez Mrs Anderson pour échanger un de nos poissons contre des œufs.

Il a rétorqué :

– D'accord, mais seulement si c'est le tien.

En fin de compte, c'est d'abord sur un serpent que je suis tombée.

18

Quand nous avons débouché dans la clairière, nous avons trouvé ma mère et Esther qui se relayaient pour baratter le lait.

– J'ai attrapé deux poissons pour le dîner ! s'est exclamé Samuel en se précipitant vers elles pendant que je finissais de remonter la pente, chargée de nos prises, fatiguée, en frottant les dernières traces de boue sur ma joue.

– Nous ne savions pas où tu étais partie, a crié Esther avec irritation, mais pas contre Samuel – contre moi. Nous nous sommes inquiétées, Ellie. Il faut nous prévenir si tu l'emmènes quelque part.

J'aurais pu lui rétorquer une foule de choses, mais il restait toujours une réponse que je ne pouvais pas lui faire : *C'est toi qui étais censée surveiller Samuel le jour où Papa a eu son accident.*

– Et pourquoi êtes-vous allés à la pêche, alors que nous avons du cerf ? a-t-elle repris.

– Je vais faire sécher le poisson pour qu'il se garde, lui ai-je répondu. Ou nous pourrons en faire du bouillon pour Papa.

Mais elle a juste secoué la tête.

– Samuel ne sait pas nager, tu le sais très bien. Tu n'aurais pas dû l'emmener et tu aurais dû nous le dire.

– C'est lui qui m'a suivie. Je n'avais pas l'intention de l'emmener.

– Maman non plus, elle n'avait pas l'intention d'échanger les chiots de Maisie contre une des vaches à lait de Mr Anderson.

Ma mère l'a coupée :

– Esther ! Ça suffit !

Elle se trompait : cela ne suffisait pas.

– Tu as donné les chiots ? ai-je prononcé, d'une voix bien trop faible pour l'immense émotion qui me serrait la gorge.

– J'avais promis de les donner, oui, dès qu'ils seraient assez grands. Nous avons besoin de cette vache. Elle est beaucoup plus jeune que Vénus et Déméter. On ne peut pas s'attendre à ce que les deux nôtres donnent du lait indéfiniment.

– Tous les chiots ?

– Mr Anderson est un chasseur, a-t-elle dit, manipulant la baratte avec tant de force qu'elle risquait d'en faire du petit bois. C'est principalement grâce à lui que nous avons de la viande dans notre assiette. Il a besoin de nouveaux chiens pour remplacer ses chiens âgés.

– Mais tu les as tous donnés ? Tu lui as donné Motus ?

Elle ne m'a pas regardée.

– Nous avons à peine de quoi nourrir Maisie. Nous n'avons pas besoin d'un chien de plus. Par contre, d'une vache de plus, si.

– Tu n'aurais pas eu Motus si Ellie n'avait pas été là, a alors dit Samuel, qui s'était rapproché de moi. Elle l'a sauvé.

– Et Ellie aussi, elle boira le lait de cette nouvelle vache, elle mangera sa crème, son beurre, et son fromage, a répondu ma mère, qui refusait toujours de croiser mon regard.

Je n'avais moi non plus aucune envie de la regarder, ni Esther, qui ne souriait pas franchement, mais qui n'avait pas du tout l'air désolée.

– Tu pourras lui rendre visite aussi souvent que tu le voudras, a-t-elle ajouté.

Ce n'était pas une consolation. Je savais ce que devenait un chien qui vit en meute, un chien qui chasse pour vivre. J'ai lancé :

– Ce n'est pas parce qu'un chien de plus va trop manger. Mr Anderson nous aurait laissé un chiot si tu le lui avais demandé. C'est pour me punir. (Ma voix était encore plus coupante que la sienne.) Tu ne peux pas me forcer à l'abandonner.

– Nous abandonnons tous des choses que nous aimons, a-t-elle répliqué. Que nous le voulions ou pas.

J'ai alors pensé à tout ce qu'elle avait perdu lorsque nous avions quitté notre vie citadine. J'ai pensé à notre père, qui s'affaiblissait lentement. À ses plaies horribles. Et à Motus se débattant sous l'eau lorsqu'il s'était réveillé.

Je suis entrée dans l'abri à bois. Maisie m'a regardée d'un air curieux. Elle était debout et léchait un de ses chiots. Elle n'a pas protesté quand je me suis glissée dans leur litière et que j'ai posé ma tête au milieu d'eux. Je me suis mise à pleurer sans pouvoir m'arrêter et j'ai su que c'était Motus qui léchait le sel sur mes joues, apaisant le feu de la piqûre d'abeille pendant que cette nouvelle douleur s'installait dans ma poitrine à côté de la flamme qui brûlait plus fort, maintenant que j'avais encore plus à faire.

19

J'ai laissé mon sac à dos avec le bocal empli de sève de sapin, de larmes, de rosée et de l'eau de la rivière, et je suis ressortie dans la cour avec les poissons.

– Où est Samuel ? ai-je demandé à Maman et à Esther qui continuaient à baratter le beurre.

Esther s'est redressée, elle a jeté un coup d'œil autour d'elle, puis s'est tournée vers moi sans rien dire.

Ma mère m'a répondu :

– Il a dû rentrer dans la maison pour aller se laver les mains.

Je suis entrée moi aussi et j'ai posé les poissons dans la cuisine près de la pompe. Je l'ai appelé, mais il n'a pas répondu.

J'ai traversé la cuisine jusqu'à la salle d'eau. La porte était ouverte.

Pas de Samuel.

Mais quelque chose d'autre y était.

J'avais déjà vu un serpent dans la salle d'eau, une fois ou deux, mais aucun semblable à celui-ci. Il était aussi long que moi. Noir et brillant. Posé en tas sur le sol comme une corde qu'on aurait fait tomber dans une tache de soleil près du trou d'évacuation. Il avait un peu déplacé le petit couvercle pour pouvoir remonter de dessous la maison où il s'abritait et se glisser sur le plancher, avant de s'endormir.

Je savais que, dès que je poserais le pied dans la pièce, il se réveillerait.

Ma première idée a été de frapper sur le sol et de le laisser filer par le trou.

La deuxième : le piéger.

C'était une couleuvre agile noire. Je savais qu'elle n'était pas venimeuse. Mon père disait toujours que les couleuvres sont inoffensives, même si les souris et les criquets n'auraient pas été de cet avis et moi non plus, car je savais aussi qu'elles avaient des dents acérées comme des aiguilles. Si je la ramassais, elle se débattrait, s'enroulerait autour de mes mains. Elle serait lourde, glissante, furieuse. Elle me mordrait si je lui en laissais l'occasion. Il faudrait que j'essaie de toutes mes forces de ne pas crier quand elle se tordrait en tous sens et me fouetterait les bras, mais je savais qu'elle arracherait à Esther un hurlement à réveiller les morts.

Les berceuses, c'était fini.

J'ai bondi vers le trou pour poser le pied sur l'orifice. Le serpent, réveillé en sursaut, a tenté de s'enfuir. Il a fusé dans la pièce, fin et agile, comme le long trait d'encre qui s'échappe d'une plume.

J'avais laissé la porte ouverte derrière moi.

Il ne fallait absolument pas que je le laisse filer hors de la pièce, sinon il irait se cacher quelque part et attendrait la nuit, sans bouger, pour venir se réchauffer en se glissant contre l'un de nous pendant notre sommeil.

Alors je me suis jetée sur lui au moment où il se faufilait derrière moi.

Il n'est pas facile d'attraper un serpent pris de panique mais je l'ai fait, à deux mains, aussi près de la tête que possible pour qu'il ne puisse pas se retourner sur lui-même et me mordre. Ses yeux se sont écarquillés de terreur, peut-être autant que les miens. Et soudain, j'ai vu son monde en noir et blanc. J'ai ressenti l'étouffement qui saisit la grenouille qu'il avale. Ses côtes arquées, comme de fins croissants de lune dans la galaxie noire de son corps.

J'ai failli le relâcher.

Je n'ai pas flanché.

Je me suis forcée à le tenir serré, aussi loin de mon visage que possible, et je me suis précipitée hors de la salle d'eau vers la chambre où dormait mon père. J'ai tenu la couleuvre d'une main pour ouvrir la porte de l'autre, je l'ai jetée à l'intérieur et j'ai claqué la porte. Je me suis appuyée dessus, respirant si fort que j'en avais mal à la poitrine.

Mes mains tremblaient en essayant d'oublier la sensation de sa peau et sa taille immense.

Je voyais son ombre glisser derrière la porte, je la sentais cogner contre le seuil, je l'entendais se frotter contre cette fente trop étroite.

Je l'imaginais rampant le long des murs à la recherche d'une issue, d'un trou, regardant à l'intérieur de la mandoline couverte de poussière de ma mère, puis se hissant le long du pied du lit pour aller se lover sur le ventre tiède de mon père, sa langue apparaissant et disparaissant comme une petite lame, les yeux écarquillés par l'angoisse.

Je savais qu'un serpent ne mord que ce qu'il dévore ou ce qui essaie de le dévorer. Il ne mordrait pas quelqu'un d'endormi.

Je savais qu'Esther reviendrait bientôt, après avoir fini de baratter le beurre. Elle rentrerait dans la chambre de mon père pour voir si tout allait bien, comme elle le faisait toujours lorsque nous l'avions laissé seul un moment – une des raisons pour lesquelles j'aimais ma sœur.

Ce serait elle qui découvrirait la couleuvre.

Je savais que, si un hurlement pouvait réveiller mon père, alors il se réveillerait.

20

Avant de ressortir, j'ai déballé deux truites que j'ai laissées pour les faire cuire plus tard. J'ai remis la troisième, enveloppée dans la toile cirée, dans mon sac à dos.

– Il n'est pas à l'intérieur, ai-je dit à ma mère, qui récupérait le beurre dans la baratte et le versait dans une jatte qu'Esther tenait à deux mains.

– Alors trouve-le, m'a lancé Esther.

J'ai brandi mon sac.

– Je vais apporter un poisson à Mrs Anderson et le lui échanger contre des œufs. Je chercherai Samuel sur le chemin.

Ma mère a acquiescé.

– Et ramène-le directement ici pour ses leçons.

Elle nous faisait la classe, à tous les trois, tous les jours ou presque, par beau temps comme par mauvais temps, été comme hiver, que nous soyons malades ou pas, et nous n'aurions même pas songé à discuter.

Nous savions lire tous les trois, bien que Samuel ne soit pas encore très à l'aise. Nous connaissions le langage des chiffres et nous savions tout ce qu'il fallait savoir sur les guerres, les présidents et la crise qui nous avait chassés de la ville grise et affamée pour la montagne, verte et généreuse. Mais j'imaginais le chaos lorsque Esther trouverait le serpent à mon retour, il y aurait sûrement autre chose que de la lecture, de l'écriture et du calcul au programme.

Je n'ai pas aperçu mon frère sur le sentier qui montait et j'ai crié «Samuel!» plus d'une fois, sans réponse. Il devait être quelque part non loin de la maison, peut-être en train d'essayer de démarrer son propre petit feu avec deux cailloux inadéquats.

Au niveau du tournant qui mène chez les Anderson, je me suis arrêtée pour suivre du regard le sentier jusqu'à l'endroit où il disparaissait dans les taillis.

Personne ne montait plus haut, sauf pour chasser.

Personne ne vivait plus haut, sauf la harpie.

Samuel ne serait pas allé là-haut tout seul.

J'étais certaine qu'il était quelque part en bas près de la maison, peut-être même dans la cour, à harceler ma mère pour qu'elle lui fasse goûter un petit morceau de beurre tout juste sorti de la baratte. Je les ai imaginés tous: de retour à l'intérieur, Esther qui allait voir si mon père allait bien, trouvait le serpent, hurlait comme si on l'avait ébouillantée et sortait de la chambre en courant, la bouche tel un grand trou noir. Ma mère se précipiterait dans la chambre, le serpent se débattrait frénétiquement pour s'enfuir et elle chercherait à le tuer d'un grand coup de couteau.

J'ai dit au serpent que j'étais désolée, que j'espérais qu'il atteindrait le trou d'évacuation et qu'il pourrait s'échapper.

Puis j'ai imaginé Esther et ma mère tremblant de fureur, car elles sauraient que quelqu'un avait enfermé cette couleuvre avec mon père et que cela ne pouvait être que moi. Alors je me suis détournée de la ferme des Anderson et j'ai continué à monter dans la montagne en suivant le sentier qu'avaient laissé des êtres sauvages, en me frayant un chemin dans les taillis comme une aiguille à la recherche de quelque chose à rapiécer.

Aussi haut dans la montagne, je m'attendais à voir le chien, et je l'ai très vite aperçu.

J'étais en train de franchir un passage particulièrement raide et rocheux lorsque, levant les yeux, je l'ai vu qui me dominait et me regardait. Un de ses crocs dépassait de ses babines mais j'ai décidé que cela ne voulait rien dire. Il ne grondait pas. Il ne montrait pas les dents ; en revanche, il n'avait pas non plus l'air très amical. La tique accrochée à son visage était répugnante et je me suis dit que je l'arracherais dès que je le pourrais, si je pouvais m'approcher suffisamment sans me faire mordre.

De ma voix la plus douce, je lui ai dit :

– Hello, mon garçon.

Je sentais l'odeur du poisson dans le sac qui pendait de mon épaule, donc il la sentait lui aussi. J'avais eu l'intention d'échanger cette truite contre des œufs, mais je n'étais plus dans ce monde-là désormais.

– J'ai un poisson pour toi… Pour toi et pour…

Je ne voulais pas l'appeler la harpie. Cela ne me paraissait pas poli.

Il a reculé d'un pas, je suis montée d'un pas, puis d'un autre, en me concentrant de nouveau sur l'escalade, avançant avec précaution pour éviter toute chute.

Lorsque le terrain est redevenu plus facile, j'ai à nouveau levé les yeux : le chien avait encore reculé sans toutefois trop s'éloigner.

– Pourquoi est-ce que tu ne me montres pas le chemin ? Je te suis. Vas-y.

C'est ce qu'il a fait en progressant le long de ce qui était certainement sa propre piste entre des arbres désormais plus clairsemés, des taches de mousse verte et de mousse grise, de gros rochers, des lichens, des champignons, des plumes perdues et, soudain, une ramure de cerf épanouie comme une fleur blanche et dure dans un nid de lierre.

Mon père et moi, nous aimions ces surprises, telles que découvrir une longue paire d'incisives incurvées de castor près de la rivière, ou une mue de serpent si fine qu'elle en était transparente – ruban de losanges et de dentelle blanche que j'avais porté dans les cheveux jusqu'à ce qu'Esther me l'arrache et la jette au feu.

Quand elle avait brûlé, j'avais senti l'odeur de la foudre.

Un peu plus loin, le chien et moi avons émergé d'entre les arbres rabougris dans une clairière presque plane, blottie contre les corniches les plus hautes de la montagne. On y voyait l'emplacement d'un feu où rien ne brûlait, surmonté d'un chevalet en fer d'où pendait un chaudron froid et vide. Des branches et des brindilles étaient entassées tout près, mais aucun bois fendu ni coupé, juste du bois mort. Non loin, entre deux pins tsugas, un vieux châle rapiécé pendait sur un fil à linge. Des feuilles mortes et une plume de faucon étaient restées prises dans le tissu.

Il y avait aussi une plate-bande potagère, longue et étroite, où rien ne poussait à part quelques mauvaises herbes que personne ne s'était donné la peine d'arracher.

À l'autre bout de la clairière, j'ai vu une toute petite cabane en bois tapie contre un bosquet de cèdres rouges. La porte était ouverte mais aucune fumée ne sortait de la cheminée. Pas un bruit. Pas un signe de vie.

Le chien a trotté jusqu'à la porte, puis il s'est retourné pour attendre.

Bizarrement, au moment où je me suis approchée, il a fini par se mettre à gronder.

– Qu'est-ce qui se passe ? Tu veux que je vienne ou pas ?

Pour toute réponse, il a disparu à l'intérieur et, comme je ne le suivais pas, il a ressorti la tête et m'a regardée curieusement.

– D'accord, je vais entrer.

21

J'ai jeté un coup d'œil prudent par la porte. Les cèdres qui entouraient la cabane teintaient de vert la lumière qui pénétrait par les fenêtres et donnaient à l'intérieur un air de sous-bois.

Mais j'y voyais suffisamment.

Des vêtements suspendus à des chevilles plantées dans le mur. Des bottes posées dans un coin. Un bureau et une malle au couvercle bombé.

Le long d'un mur, des étagères ployaient sous le poids de bocaux et de bouteilles.

Dans un coin, une armoire ouverte contenait d'autres bocaux et des sacs – céréales et pommes séchées, à première vue. Dans un autre coin de la pièce, la cheminée était froide. À côté se trouvaient une bassine de cuivre pleine de bûches et une moins grande, remplie de petit bois.

Il y avait des chandelles sur toutes les surfaces planes. L'une d'elles posée sur le sol, la mèche entièrement consumée, était réduite à une flaque de cire. J'étais stupéfaite qu'elle n'ait pas mis le feu à toute la maison.

Mais je savais que, si j'avais été une flamme, j'aurais préféré m'éteindre plutôt que de détruire un tel endroit. Car en plus des objets de la vie de tous les jours, habits et bottes et le reste, la cabane était emplie d'une foule d'autres choses.

Sur un mur, des étagères pleines de livres de toutes les couleurs et de toutes les tailles. Ils étaient pour moi comme les touches d'un nouvel instrument de musique dont j'avais très envie de jouer.

Suspendues au plafond, des dizaines de bouquets séchés composaient un jardin à l'envers.

Un établi était installé contre le mur du fond, recouvert d'outils qui auraient tiré des larmes à mon père – de magnifiques outils de toutes sortes, comme si quelqu'un avait fabriqué ici des merveilles.

Et *attendez !...* Là, sur l'appui de la fenêtre près de la porte, il y avait de véritables trésors. Un faon minuscule taillé dans du bois rouge, les sabots plus délicats que des pétales. Une souris, la queue pendant de la tablette. Un petit écureuil, les pattes repliées sous le menton, qui me regardait pendant que j'avançais dans la pièce.

Je me suis alors aperçue que le lit en désordre dans l'ombre le long du mur du fond n'était pas vide, comme je l'avais cru.

J'ai fait un pas en scrutant l'obscurité : une vieille femme était étendue, le visage si pâle qu'il se confondait avec l'oreiller et les draps décolorés et usés.

J'ai encore une fois regardé les petites figurines près de la fenêtre. Un court instant, je me suis dit que la femme les avait peut-être sculptées pour moi, qu'elle les avait laissées pour que je les trouve. Mais elle était bien trop âgée pour que ce soit son visage que j'avais vu me scruter depuis les bois.

L'une de ses mains, posée sur la couverture, m'a fait penser au jour où j'avais trouvé un oiseau mort dans la cour, ses serres toutes molles mais recroquevillées, comme la main d'un nouveau-né qui se ferme quand il dort. Pourtant il n'y avait rien qui parle de naissance dans cette pièce. Rien du tout. Malgré les livres, malgré les fleurs au-dessus de ma tête, malgré les petites créatures de bois et les beaux outils, tout paraissait vieux, usé et triste.

Des mouches emplissaient l'air de leur vrombissement.

Le chien, assis près du lit, attendait.

J'ai posé mon sac et je me suis approchée lentement. La femme allongée dans le lit était immobile, les yeux fermés mais elle respirait, je le voyais.

Un lapin mort gisait près de sa tête, des mouches agglutinées sur ses yeux.

J'ai avalé ma salive et je me suis forcée à respirer.

– C'est le lapin que j'ai vu dans ta gueule, en bas de la montagne ? ai-je murmuré en m'adressant au chien. Tu essayais de la nourrir, c'est ça, mon garçon ?

Il m'a fixée sans ciller.

La femme paraissait propre mais sa peau était grise. Elle avait l'air à la fois entière et brisée.

– Madame ? ai-je dit doucement, puis plus fort.

Elle n'a pas réagi.

Je lui ai touché la main. Je m'attendais à du froid, mais j'ai senti de la chaleur. Trop de chaleur. J'ai soudain été emplie d'une tristesse terrible et d'un tel manque que je me suis sentie vidée, abattue, démunie.

J'ai touché son visage, ridé comme une vieille pomme. Il était plus brûlant encore, comme lorsqu'on approche de la fin d'une histoire triste.

Elle allait très mal.

Dans le creux de son cou, une petite poupée en tissu, faite de bouts de chiffons comme ceux que mon père utilisait pour astiquer des objets.

Je l'ai regardée un moment, songeuse, puis j'ai doucement tiré la couverture jusqu'à l'ourlet de sa chemise de nuit et j'ai vu qu'une de ses cuisses était enflée, à la fois violacée mais aussi étrangement blanche... et qu'elle avait l'air de bouger, bien que sa jambe fût immobile.

Je me suis penchée plus près dans la faible lumière et j'ai compris que je regardais un caillot d'asticots festoyant sur sa jambe.

J'ai lâché la couverture et me suis reculée avec un haut-le-cœur.

Je me suis précipitée dehors. Pliée en deux, les mains sur les genoux, j'ai dégluti plusieurs fois avec difficulté sans pouvoir me débarrasser de la vision de cette jambe. De son odeur. De l'idée de cette femme, seule dans ce lit alors que sa jambe se gangrenait sous l'effet de la pourriture et des vers affamés.

Dès que cela m'a été possible, je me suis essuyé le visage avec les mains, j'ai repoussé mes cheveux, et je suis retournée dans la maison, dans l'horrible bourdonnement éraillé des mouches.

Je suis restée à regarder fixement la vieille femme. Le lapin sur l'oreiller.

Que faire ?

Je voulais qu'elle se réveille, mais pour quoi ? Pour qu'elle regarde sa propre jambe en train de pourrir ?

Le chien s'est allongé près du lit et a posé la tête sur ses pattes, les yeux fixés sur moi, les sourcils frémissants.

– Qu'est-ce que je dois faire maintenant ? lui ai-je demandé.

Il ne m'a rien répondu.

22

Un feu, ai-je pensé. Je vais faire un feu.

Il y avait beaucoup d'herbe sèche, de mousse et de feuilles mortes près de la maison. J'en ai ramassé et entassé près de l'âtre froid pour démarrer une flambée.

J'ai fait un petit nid avec les fragments les plus secs. Je l'ai placé entre les briques du foyer, puis j'ai frappé mon silex avec le dos de la lame de mon couteau jusqu'à ce que les étincelles prennent.

Cela ne m'a demandé qu'un instant. J'ai doucement soufflé sur la petite flamme avant qu'elle n'ait consumé le nid, puis j'ai fait prendre de petites brindilles, puis de plus grosses. J'ai ajouté un bout de bois, un deuxième, un troisième, et enfin une petite bûche jusqu'à obtenir une bonne flambée.

J'avais conscience de la présence de la femme dans son lit et de la montagne au-dehors.

Le chien m'observait sans broncher.

La fumée dégagée par le feu a couvert la puanteur de la jambe mais je savais que j'aurais à y retourner très vite.

J'avais un jour vu mon père cautériser une plaie avec la lame brûlante d'un couteau. Une coupure qu'il s'était faite dans la paume, peu profonde, avait commencé à suppurer.

« Mieux vaut tuer les microbes avant qu'ils ne s'étendent », m'avait-il expliqué tout en faisant chauffer la lame de son couteau sur le poêle de la cuisine. Puis il était sorti à l'extérieur avant d'appuyer fortement le bout du couteau sur la plaie.

Il avait hurlé comme un orignal. J'avais sangloté en sentant l'odeur, si semblable à de la viande qui cuit.

Ma mère lui avait reproché d'avoir fait cela alors qu'il aurait pu aller chez le docteur. Elle lui avait aussi reproché de m'avoir laissée regarder la scène. Mais il l'avait embrassée en disant que le docteur coûtait de l'argent, que la coupure guérirait plus vite ainsi et que cela me servirait de savoir ces choses-là.

Esther n'avait pas voulu assister à la scène.

Samuel était en train de faire la sieste.

Cette leçon n'avait donc servi qu'à moi.

Il ne s'était cependant agi que d'une petite coupure dans la paume de la main d'un homme fort et en bonne santé. Là, c'était une blessure grave, couverte d'asticots et de pus.

J'ai réfléchi à une autre manière de l'aider.

Je pouvais aller chercher ma mère. Mais que pourrait-elle faire ?

Il y avait des choses qu'elle savait faire, et bien faire, sans y réfléchir à deux fois. Elle aussi était courageuse. Suffisamment pour avoir renoncé à la ville, avoir suivi mon père dans la montagne, avoir recommencé à partir de rien dans un endroit où il n'y avait ni route, ni docteur, et presque aucun autre habitant. Mais son courage s'accommodait mal de la vie sauvage. La montagne n'y avait pas de part. Moi, je n'avais que cela : la sauvagerie et la montagne – à profusion, et d'une grande variété, comme les arbres et les fleurs.

J'ai regardé tout autour de moi dans la cabane.

Il y avait un corniaud galeux, avec une tique grosse comme une fève accrochée au-dessus de l'œil. Une vieille femme, inconsciente dans son lit grouillant de vers dans un brouillard de mouches. Et moi. Personne d'autre.

J'allais m'y mettre. Je ferais ce que je pourrais, et même ce que je me pensais incapable de faire, avant d'aller chercher de l'aide d'une autre sorte.

Le feu commençait à faiblir. J'ai rajouté du bois jusqu'à ce que la chaleur me force à reculer.

Le couteau que j'avais sur moi n'était pas assez grand pour m'être utile.

Je me suis dirigée vers les outils accrochés au-dessus de l'établi et j'ai choisi un grand ciseau à bois.

Il ferait l'affaire.

J'en ai glissé la lame entre les bûches ; pendant qu'il chauffait, je suis retournée près de la vieille femme et l'ai contemplée un bon moment.

Sa peau était marquée par les rides et les taches d'une vie passée au soleil. Ses longs cheveux gris étaient emmêlés.

– Je vais vous faire terriblement souffrir, ai-je murmuré. Je suis désolée.

Je n'avais aucune envie de regarder cette plaie de nouveau

mais je n'avais pas le choix. Quand je l'ai fait, j'ai eu le souffle coupé.

Les asticots grouillaient et se repaissaient de la chair morte autour de sa blessure.

Je me suis retournée pour aller chercher le ciseau incandescent.

C'est à ce moment précis qu'elle s'est réveillée.

23

– Tu n'as pas frappé, a-t-elle dit.

Sa voix était sèche comme le bois d'un arbre mort. Ses yeux en revanche étaient si bleus que, pendant un instant, j'ai oublié qu'elle était vieille.

Je suis restée fascinée par ses yeux, par elle, par le son de sa voix, affaiblie et pâle… mais qui éveillait un fort écho. Qui allumait une étincelle de souvenir.

– La porte était ouverte, ai-je dit lorsque l'écho et l'étincelle se sont éteints. C'est votre chien qui m'a invitée à entrer.

Elle a écarquillé les yeux.

– Lui ?

Elle a voulu regarder autour d'elle mais elle s'est immobilisée avec une grimace. Visiblement, bouger lui faisait mal. J'ai fait un pas de côté pour que le chien puisse prendre ma place.

– Ah, te voilà !

Elle a posé la main sur sa tête, fermé les yeux et poussé un soupir. Puis elle a saisi la tique qui lui pendait sur la figure et l'a arrachée d'un coup sec.

Le chien a poussé un cri, s'est frotté avec ses pattes, puis s'est rassis sans bouger.

Elle m'a tendu la tique.

– Mets-la dans un de ces bocaux qui sont là. Un bocal vide, sur l'étagère du bas.

Je ne savais pas quoi dire. Je suis allée chercher un bocal dont j'ai déverrouillé l'attache en fer et soulevé le couvercle. Je le lui ai tendu pour qu'elle puisse y faire tomber la tique, qui a rebondi comme une myrtille.

J'ai remis le couvercle et je m'apprêtais à refermer l'attache lorsqu'elle m'a dit :

– Laisse-le comme cela. Elle aura de l'air et tout ce sang va lui permettre de vivre un bon moment.

Elle ne m'avait même pas demandé quel était mon nom, ni moi le sien, et pourtant nous étions en train de discuter de tiques.

– Mais pourquoi voulez-vous la garder ?

C'était la première fois que j'entendais quelqu'un parler d'une tique comme d'une personne.

– Je pourrais en avoir besoin.

Elle a refermé les yeux.

Je l'ai imaginée prenant la tique pour l'écraser, récupérer le sang, et faire une potion.

Une sorcière, ai-je pensé. Ce n'est pas une harpie. C'est une sorcière. J'ai reculé d'un pas.

– Ne sois pas nigaude, m'a-t-elle lancé, sans ouvrir les yeux, comme si elle avait entendu mes pensées.

J'ai remis le bocal sur l'étagère et je me suis rapprochée

de nouveau, plus curieuse qu'effrayée. J'avais des centaines de questions à lui poser, davantage, même. J'ai commencé par la première :

– Comment vous appelez-vous ?

Elle a marqué une pause, comme si elle réfléchissait. Comme si cela faisait une éternité que personne ne lui avait posé cette question.

– Cate, a-t-elle dit.

– C'est le diminutif de quoi ?

– De Cathrine. Avec un « c » et un seul « e ». (Elle a épelé son prénom.) J'ai hérité du prénom de ma mère, bien qu'on ne l'ait jamais appelée Cate. Et toi ?

– Ellie.

– C'est le diminutif de quoi ?

– De rien du tout. Au contraire, ça rallonge Leigh.

– Leigh. (La vieille femme a hoché la tête.) C'est un bon prénom, fort et simple, avec des contours bien arrondis, comme une poire.

Ayant épuisé le sujet de nos prénoms, je lui ai demandé :

– Pourquoi avez-vous une poupée ?

Elle a semblé perdue puis elle a cherché la petite poupée à tâtons et l'a serrée contre sa poitrine.

– Pourquoi ne devrais-je pas en avoir une ?

– Je n'ai pas dit que vous ne devriez pas, j'ai juste demandé pourquoi vous en aviez une.

Elle ne m'a pas répondu, toutefois je pense avoir compris. Cela faisait longtemps que j'avais donné la mienne à Samuel, qui l'avait perdue dans la forêt, mais je me souvenais encore de ce que je ressentais quand je la tenais dans mes bras pour m'endormir.

– Comment vous êtes-vous fait cette blessure à la jambe ?

Elle m'a jeté un regard dur.

– C'est très malpoli d'être entrée chez moi et de m'avoir examinée pendant mon sommeil.

Qu'elle parle de bonnes manières ne faisait que rendre la situation plus bizarre et plus surprenante encore.

– J'ai essayé de vous réveiller, mais vous êtes restée inconsciente. Vous avez de la fièvre. Il y a un lapin mort près de votre tête. Évidemment que je vous ai examinée.

Tournant la tête, elle a vu le lapin. Et les mouches.

– *Ô Captan, mon Captan !* a-t-elle murmuré en tendant de nouveau la main vers le chien.

Je l'ai vu se détendre sous la caresse. Sa queue balayait le plancher.

– C'est comme ça qu'il s'appelle ? Capitaine ?

– Oui. Mais pas Capitaine. Captan. Sans « i » et sans « e ».

J'aurais voulu lui demander une explication, mais le nom du chien, les tiques en bocaux et tout le reste pouvaient attendre. Puisqu'elle n'avait toujours pas répondu à ma question, je la lui ai reposée :

– Comment vous êtes-vous fait cette blessure ? Vous vous êtes coupée toute seule ?

Elle a poussé un soupir de dédain :

– On ne vit pas bien vieux lorsqu'on est maladroit.

À ma grande surprise, j'ai vu deux larmes grossir et couler du coin de ses yeux en suivant la carte que traçaient les rides sur son visage.

– C'était une martre pêcheuse. Une grosse. Elle a attaqué Captan et c'est moi qu'elle a mordue.

Je n'en avais vu qu'une fois, et cela m'avait suffi. Il y avait bien trop de dents dans la gueule de ces créatures à peine plus grandes qu'une marmotte. Des crocs blancs, acérés comme des poignards.

De nouveau, comme si elle avait entendu mes pensées, la femme a dit :

– Je ne peux pas vraiment lui en vouloir, étant donné qu'elle était deux fois moins grosse que Captan, et coincée contre une barre rocheuse. Elle ne pouvait s'enfuir nulle part.

– Vous vous êtes mise entre elle et le chien ?

Cate a braqué ses yeux sur moi.

– Tu ne l'aurais pas fait ?

Songeant à Motus, un chien que je ne connaissais que depuis deux jours à peine, j'ai répondu :

– Si.

Elle a acquiescé :

– C'est bien ce que je pensais.

Comme si elle me connaissait… Elle a scruté sa jambe.

– Quelle misère !

– J'étais sur le point de la cautériser.

Elle m'a regardée d'un air alarmé.

– Tu allais brûler mes asticots ?

Ce qui m'a alarmée à mon tour.

– «Vos» asticots?

– Oui, eux! a-t-elle dit, en désignant sa jambe.

J'ai fait la grimace.

– Je sais ce que c'est, des asticots. Mais vous avez dit «mes» asticots. C'est vous qui les avez mis là?

Elle a fermé les yeux.

– Ils ne mangent que ce qui est mort.

– Il y a du pus aussi. Est-ce qu'ils peuvent arrêter l'infection?

Elle a secoué la tête.

– Les martres pêcheuses mangent des charognes et elles ont la gueule pleine de microbes qu'elles transmettent quand elles mordent. J'ai essayé la racine de bardane. Le poivre. Il me faut du miel pour tuer les microbes.

J'ai pensé à l'essaim que j'avais voulu piller.

– Et de l'hamamélis?

Cate m'a lancé un regard aigu.

– De l'hamamélis, peut-être. Mais seul, cela ne sera pas efficace. Ce sont les asticots et le miel qui sauveront ma jambe, et moi avec, peut-être. Si je dois être sauvée.

24

Je me suis frotté la joue à l'endroit où l'abeille m'avait piquée.

– Quelle quantité de miel ?

– Autant que tu pourras en trouver.

Voilà. Elle attendait de moi que je le fasse. Mais je m'y attendais aussi. C'était quelque chose que je pouvais faire, alors je le ferais.

– Je ne dois donc pas la brûler, votre jambe ?

Je reconnais que cela m'a soulagée. Elle m'a fait signe que non.

– Nous allons ouvrir la plaie et la remplir de miel.

Je ne voyais vraiment pas comment elle pouvait dire *nous* : elle avait à peine la force de soulever la tête. Son expression a soudain changé.

– Ça sent le chaud. Qu'est-ce que tu fais chauffer ?

– Le ciseau à bois. Pour cautériser votre blessure.

Elle s'est péniblement soulevée sur ses coudes.

– Quel ciseau ?

– Un de ces outils, ai-je répondu en désignant l'établi.

– Tu l'as mis dans le feu ? (Elle s'est redressée encore un peu plus.) Enlève-le tout de suite !

J'ai obéi le plus vite possible, la main enveloppée dans un chiffon. La lame était noircie par la suie et la chaleur.

– Suspends-le pour qu'il ne se déforme pas ! m'a-t-elle dit rapidement. Ne le pose surtout pas. Suspends-le !

On aurait dit qu'elle allait pleurer. J'ai fait ce qu'elle me demandait, avec précaution, pour ne pas me brûler.

– Je suis désolée. Je voulais seulement vous aider.

– Je sais. Ce n'est pas grave.

Elle a passé une main maigre sur son visage. Je l'ai regardée se rallonger lentement et se calmer, se calmer en respirant profondément.

– Que fabriquez-vous avec ces outils ?

– Ils ne sont pas à moi. Je ne fabrique rien du tout.

J'ai voulu poser une autre question mais, avant même que j'ouvre la bouche, elle a soulevé la tête et m'a demandé :

– Je te serais très reconnaissante de m'apporter un peu d'eau.

– Oh, pardon.

J'étais vraiment désolée : cela devait faire un bon moment qu'elle n'avait rien eu à boire ni à manger.

– Il y a une source juste derrière le plus grand des pins tsugas, à l'autre bout de la clairière. Elle sort de dessous un rocher. Un filet d'eau, parce qu'on est haut, ici, mais cela suffit.

J'ai pris une cruche vide sur l'étagère et je suis sortie, surprise de voir que le jour n'était qu'un jour de printemps comme les autres, que la nuit attendait encore son tour bien loin de l'autre côté de la courbe du monde, et que les arbres n'étaient pas plus grands qu'auparavant. Que rien n'avait changé pendant que j'étais restée dans cette cabane.

Tant d'événements avaient déjà eu lieu en ce jour de printemps comme les autres – et si extraordinaires – que je me suis sentie un peu étourdie et irréelle en traversant la cour à la recherche de la source, que j'ai trouvée exactement là où Cate me l'avait dit.

Elle avait raison : ce n'était qu'une toute petite source mais, lorsque j'ai pressé le flanc de la cruche contre la mousse sous l'endroit où l'eau sourdait du rocher, une petite flaque s'est formée et a rempli la cruche comme si c'était elle, la bouche assoiffée.

L'eau était fraîche et claire, délicieuse quand je l'ai goûtée. Tel un hiver liquide, froid et parfait.

Je suis revenue dans la maison.

– C'est bien. Une fille qui sait puiser à une source.

– N'importe quelle fille sait faire cela.

Elle m'a observée un bon moment avant de dire :

– Je sais.

D'une main, je lui ai soutenu la tête et l'ai soulevée assez haut pour qu'elle puisse boire sans s'étrangler.

Comme un puits tari qui s'emplit de nouveau, les larmes sont revenues pendant qu'elle buvait. Et j'ai ressenti un peu de lumière en elle aussi, là où, auparavant, je n'avais perçu que des ténèbres.

– C'est tellement bon, a-t-elle murmuré, avec quelques sanglots, une fois toute l'eau bue.

J'ai reposé sa tête et repoussé ses cheveux pour dégager son front fiévreux. Puis je lui ai posé une des centaines de questions qui m'agitaient :

– Est-ce vous qui avez sculpté ce faon ? Et l'écureuil ?

– Oh, mon enfant, si j'en étais capable, je le ferais à coup sûr, mais ce n'est pas le cas. Ce n'est pas moi.

– Qui alors ?

Elle a de nouveau hésité, comme si elle prenait une décision.

– Si tu as de la chance, il viendra peut-être ici à temps pour que tu le voies de tes propres yeux.

« Il. » Mon sculpteur était donc un « il ». C'est ce que j'avais imaginé.

– Et d'où viendra-t-il ?

– D'ailleurs, a-t-elle répondu d'une voix soudain sèche.

Alors je lui ai posé une question différente :

– Pourquoi avez-vous autant de livres ?

Elle m'a dévisagée, les yeux plissés.

– Laisse-moi deviner : tu penses qu'une vieille femme qui vit au sommet de la montagne ne peut pas savoir lire ?

Son amertume ne m'a pas surprise, mais je ne l'ai pas beaucoup appréciée.

– Ce n'est pas ce que je pense. C'est juste que je ne connais personne qui possède autant de livres. Vous les avez tous lus ?

Elle a regardé les livres sur les étagères derrière moi.

– Oui, et certains de nombreuses fois. Je ne sais pas si j'aurais pu tenir ici sinon.

Je me suis demandé pourquoi elle avait décidé de venir vivre dans un tel endroit, livres ou pas livres, même si elle y était mieux que nous lorsque nous étions arrivés dans la montagne.

Je me suis dit que tout refuge pouvait être une maison, si on s'y sentait chez soi.

– Voulez-vous que je vous aide à aller aux toilettes ?

Elle a de nouveau poussé un soupir de dédain :

– Je n'ai pas de toilettes.

– Tout le monde a des toilettes, ai-je dit, surprise.

– Pas ici dans la montagne. Pas pour moi. Les animaux font leurs besoins dans la forêt. Moi, je fais comme eux, dans la forêt. (Elle a levé le menton.) Et si quelqu'un trouve à y redire, ce n'est pas une personne que je souhaite connaître.

Elle avait parlé aussi fièrement qu'une reine.

– Vous voulez que je vous aide à sortir alors ?

– C'est inutile. Je n'ai rien mangé et je viens de boire pour la première fois depuis hier.

– Vous avez de la fièvre.

– Je le sais. Mes os me font souffrir. Mais la fièvre n'est pas un problème, elle fait plus de bien que de mal. Sauf si elle monte trop et finit par me tuer.

– Alors je vais aller vous chercher du miel et je reviendrai aussi vite que possible. (J'ai désigné le lapin posé près de sa tête.) Je peux vous le faire cuire avant d'y aller.

Elle a acquiescé.

– Pour moi et pour lui.

Le chien a fait un sourire de chien pour la première fois.

– Et je vous ai apporté un poisson, ai-je ajouté, me rappelant la truite.

– Pour quelle raison serais-tu montée tout en haut de la montagne avec un poisson pour quelqu'un que tu n'avais jamais rencontré ? a-t-elle demandé avec une grimace. D'ailleurs, comment as-tu su que j'étais là ?

– Mon père m'a parlé de vous. Vous l'avez rencontré une fois, il avait une blessure à l'oreille.

– Je me souviens de lui, a-t-elle dit, pensive.

– Et votre chien, j'ai pensé qu'il essayait de me dire quelque chose.

– C'est bien. (Elle a eu un petit mouvement vif.) Une fille qui comprend les chiens.

– Toutes les filles comprennent les chiens.

Là, elle a secoué la tête, les yeux fermés.

J'ai cru qu'elle allait ajouter quelque chose à ce propos mais, lorsqu'elle a rouvert les yeux, elle m'a dit d'une voix plus dure :

– Ce lapin ne va pas se cuire tout seul, tu sais.

J'ai pris le pauvre petit cadavre par les pattes arrière, et la truite, et je suis sortie dans la clairière.

J'avais déjà dépecé un lapin. Mon père m'avait appris comment faire, comment racler la peau et l'étaler au soleil pour la faire sécher.

Cette fois n'avait rien de différent, sauf que j'étais seule, et que le vent qui se levait au sommet de la montagne ne parlait pas la même langue que le vent d'en bas. Et que cette femme, Cate, avait de terribles ennuis.

Je voulais guérir mon père, et je le ferais.

Mais soudain, j'étais devenue le seul être dressé entre cette vieille femme et un grave danger. Peut-être même sa fin.

Elle, au moins, ne me punirait pas pour tout le mal que je me donnais.

Je ne pouvais pas en dire autant de ma propre famille.

25

Je m'attendais à être punie dès mon retour à la maison, mais, Samuel ayant disparu depuis deux longues heures, l'urgence était de le retrouver.

– Aucun signe de lui, m'a déclaré ma mère, visiblement effrayée. Nous espérions qu'il était avec toi.

Esther et elle se tenaient dans la cour comme je les avais laissées, elles avaient l'air sombres et paniquées.

– Je vous avais dit que je le renverrais ici si je le voyais.

Je sentais qu'elles me rendaient de nouveau responsable de quelque chose que je n'avais pas fait et cela me démangeait comme si j'avais du crin sous mes vêtements.

Puis j'ai compris qu'elles n'avaient pas que cela à me reprocher. Esther semblait vouloir me planter ses ongles dans la figure.

– Pourquoi as-tu fait cela ? a-t-elle sifflé. Pourquoi as-tu enfermé un serpent dans la chambre de Papa ?

Je me suis redressée de toute ma taille.

– Je savais que cela te ferait hurler.

– Dieu tout-puissant ! s'est exclamée ma mère. Tu as complètement perdu la tête.

– Et pourquoi voulais-tu me faire hurler ?

Je ne me souvenais pas de la dernière fois où Esther m'avait adressé un sourire, mais j'étais certaine qu'elle souriait à Papa tous les soirs avant d'aller se coucher, même s'il ne pouvait pas le voir.

– Tu ne crois pas que Papa ferait n'importe quoi pour t'aider s'il entendait cela ? (Je m'étais dit que je ne pleurerais pas, quelle que soit la punition qui m'attendait, mais cette conversation m'a rendue si triste que j'ai dû lutter pour empêcher ma voix de trembler.) Si quelque chose doit le réveiller, tu ne crois pas que ça pourrait être d'entendre son Esther hurler ainsi ?

Ma mère et ma sœur m'ont alors regardée avec un peu moins de fureur, mais sans rien de bon ni de tendre.

– Je m'occuperai de toi un peu plus tard, a dit ma mère. Trouve Samuel, et vite.

J'étais sur le point d'y aller quand elle m'a arrêtée :

– Où sont les œufs ? Tu es partie suffisamment longtemps pour avoir eu le temps de les pondre toi-même.

– Je n'en ai pas.

– Alors où est le poisson ? Et où étais-tu, si tu n'es pas allée chez les Anderson ? a demandé Esther.

– Je suis allée… chercher Samuel dans la montagne… Et un chien a mangé le poisson, ai-je ajouté.

Ce qui était la vérité. Ou une partie, du moins. Ma mère a froncé les sourcils.

– Le corniaud ?

– Quel corniaud ? a demandé Esther.

– Celui que j'ai vu sur le sentier.

– Il a pris le poisson ?

De ma propre main, oui. Il l'avait mangé avidement, ce poisson chaud fumant dans l'air frais. J'aurais pu dire ça. Ou alors : « Oui, il me l'a pris » et raconter ainsi la moitié de la vérité. Mais je ne ferais pas porter à ce chien la responsabilité de ce que j'avais fait. J'ai donc ajouté :

– Je le lui ai donné.

Ma mère a secoué la tête :

– C'est stupide ! Tu veux qu'un chien sauvage vienne ici pour mendier de la nourriture ? (Elle m'a fixée durement.) Bon sang, qu'est-ce qui te prend, Ellie ?

J'aurais voulu lui dire la vérité : je n'étais pas une fille de la ville, bien sage, qui essayait de domestiquer la montagne de toutes ses forces, comme elle ou comme Esther. Lui dire que j'avais beaucoup à faire : du miel à récolter ; une harpie à sauver ; un père à sauver ; et bien plus encore.

Mais je me suis contentée de dire :

– Il avait faim. Et, s'il est sauvage, moi aussi.

Ma mère a poussé un soupir.

– C'est précisément ce qui me fait peur.

Après avoir cherché partout, y compris près de la rivière où nous étions allés pêcher ce matin même – un endroit dont je me suis approchée, le ventre tordu d'appréhension –, j'ai fini par retrouver Samuel dans l'étable, caché derrière la mangeoire.

Il tenait Motus dans les bras.

– J'ai attendu que tu rentres dans la maison puis je suis allé chercher Motus.

– Tu as pleuré ?

On voyait bien que c'était le cas.

– Cela fait des heures que je suis caché ici. Je me suis endormi et j'ai attrapé un torticolis et j'ai faim et Maman va donner ton chien à quelqu'un d'autre. Mais non, je ne pleure pas, a-t-il dit d'un air de défi. Plus maintenant.

Je n'avais aucune intention de le taquiner, certainement pas pour avoir fait quelque chose d'aussi courageux.

À cet instant, j'ai pensé que cette terrible journée de janvier aurait pu se terminer autrement. Non pas par l'accident de mon père, mais par Samuel frappé comme un clou peut l'être par un marteau, un clou d'os et de sang, l'air jaillissant de ses poumons au moment où il aurait touché le sol, son petit corps souple perdu dans un chaos de bois et de terre durcie.

– Comment as-tu fait pour emporter Motus sans que Maisie s'en aperçoive ? ai-je demandé, la voix mal assurée.

– Oh ! Elle s'en est aperçue, et elle n'a pas aimé du tout. Elle ne m'a pas mordu, même si j'ai cru qu'elle allait le faire, mais non. (Il a déposé Motus dans mes mains.) Est-ce que je vais avoir des ennuis ?

– Non, lui ai-je répondu, en mettant le chiot contre mon cou et en fermant les yeux. Mais moi, si, pour avoir donné un des poissons à ce chien que nous avons vu ce matin sur le sentier et pour avoir mis une couleuvre dans le lit de Papa.

Samuel ne savait pas par quelle question commencer alors il en a enchaîné trois, tout en se remettant debout :

– C'est mon poisson que tu lui as donné ? Le serpent, il a mordu Papa ? Et pourquoi tu as mis un serpent dans son lit ?

Je n'ai pas pu m'empêcher de sourire.

– Non. Et non. Et parce que je voulais faire hurler Esther si fort que cela le réveillerait.

Samuel a levé les yeux au ciel.

– Maman dit que faire beaucoup de bruit ne le réveillera pas.

J'ai hoché la tête.

– Je sais. Je pensais que, s'il entendait Esther aussi paniquée, il reviendrait pour la protéger.

Samuel a réfléchi.

– Et il est revenu ?

J'ai soudain pris conscience que je l'ignorais. Esther et ma mère me l'auraient dit, s'il y avait eu un changement. Elles m'auraient accueillie par cette nouvelle.

– Allons voir.

Je ne voulais pas lui donner de faux espoirs mais j'étais certaine que des choses extraordinaires arrivent tout le temps, en partie parce qu'il y a quelqu'un pour l'espérer.

Maisie a été contente de récupérer Motus. Je ne lui ai pas dit combien j'aurais voulu le garder, l'emporter tout en haut dans la montagne à un endroit où il aurait été en sécurité. Je savais qu'il était trop petit pour quitter sa mère et que je ne pourrais pas être celle dont il avait besoin juste maintenant, mais j'ai été tentée d'agir comme Samuel l'avait fait.

– Le voilà, ai-je dit en le reposant dans la litière. En pleine forme.

Maisie l'a léché et lui a donné de petits coups de museau pour s'assurer qu'il allait bien, puis elle m'a lancé un regard sévère comme pour me dire : *Que cela ne se reproduise pas.*

Je ne voulais pas imaginer le regard qu'elle me lancerait quand Mr Anderson viendrait quelques semaines plus tard pour emporter Motus et tous les autres chiots.

26

– Samuel n'a pas voulu nous dire où il était, m'a dit Esther quand je suis entrée dans la cuisine où elle coupait les radicelles de quelques carottes flétries conservées dans le cellier, pendant que ma mère farinait les poissons avant de les faire frire.

Je me suis imaginé Samuel blotti dans la paille, Motus dans les bras, la figure rougie d'avoir pleuré puis de s'être endormi. J'ai pensé à Cate, au sentiment que j'avais éprouvé à la nourrir des petits morceaux de lapin, à la voir attendre chaque bouchée, lèvres entrouvertes, comme un enfant. Et à mon père qui gisait immobile dans son lit. Tous attendaient de moi que je fasse quelque chose.

– Il était dans l'étable, ai-je répondu.

– Et qu'est-ce qu'il faisait là ? a demandé ma mère.

Je n'ai pas mentionné Motus.

– Il s'était endormi.

Samuel est alors sorti de la chambre de mon père et nous a rejointes dans la cuisine.

– Il est toujours pareil, m'a-t-il glissé dans un murmure. J'ai faim, a-t-il poursuivi en s'adressant à Esther.

– Tu dîneras dans deux heures.

– Mais je n'ai pas eu mon déjeuner !

– C'est ta faute pour avoir disparu comme cela. Nous nous sommes fait du souci, Maman et moi.

– Mais j'ai faim, Esther !

– Assieds-toi.

Elle lui a coupé un morceau de pain de maïs qu'elle a posé sur une assiette, et l'assiette sur la table. Mais quand elle m'a vue m'en couper une tranche, elle me l'a arrachée des mains.

Je n'avais pas déjeuné, moi non plus. Je n'avais pas mangé le plus petit morceau du lapin ou du poisson que j'avais donnés à Cate et à Captan, et je leur en avais laissé les restes. Depuis ce matin, j'étais déjà montée chez les Peterson pour le gibier ; puis j'étais allée pêcher ; j'avais gravi et redescendu la montagne en tous sens à la recherche de Samuel, avec seulement un peu de porridge dans le ventre.

– Tu as distribué ton déjeuner à quelqu'un d'autre, m'a dit Esther, et ton dîner aussi.

Ma mère m'a jeté un coup d'œil par-dessus son épaule. J'y ai vu du regret, et une expression que je percevais sur son visage lorsqu'une chose sauvage s'approchait trop près de la maison. Elle a dit :

– Tu passeras le reste de la journée à travailler, et tu dormiras dans l'abri à bois avec Maisie, et peut-être un de tes serpents.

Quand j'ai quitté la cuisine, elle m'a tendu un petit paquet – une pomme séchée et un biscuit, enveloppés dans un vieux torchon, ainsi que des restes de cerf froids que je savais destinés à Maisie.

Cela m'a un peu soulagée qu'elle n'ait alors pas précisé que la viande était pour la chienne.

Je n'ai rien dit non plus. J'avais la gorge trop serrée. Et ce que j'aurais voulu dire, elles auraient déjà dû le savoir.

En réalité, cette punition était exactement ce dont j'avais besoin : la liberté de passer le reste de l'après-midi à récolter du miel et à l'apporter tout en haut de la montagne. De chercher aussi une nouvelle façon d'aider mon père à revenir parmi nous.

Ma mère avait certainement en tête d'autres corvées, mais aucune n'était aussi urgente que celles-là.

J'ai apporté les restes de cerf à Maisie et je lui ai donné de l'eau. Puis j'ai pris mon petit repas moi aussi, avant de récupérer le sac que j'avais caché. J'ai vérifié que le silex était bien dans ma poche et j'ai examiné le contenu du bocal : une potion épaisse faite d'eau de la rivière, de rosée, de gomme de sapin, et de bien plus encore.

L'eau froide que j'avais jetée sur mon père n'était pas à moi. Elle appartenait au puits et, avant lui, à la source qui l'alimentait et, avant elle, à la pluie. Je l'avais trouvée par hasard et j'y avais vu un moyen de commencer.

Le serpent n'était pas à moi non plus. Il n'appartenait qu'à lui-même, un être sauvage qui était entré dans notre maison sans la moindre intention de servir à quelque chose. Je l'avais lui aussi trouvé par hasard, et j'y avais vu un moyen de poursuivre.

Mais ce mélange d'eau de la rivière, d'air froid de la nuit qui trempe l'herbe de rosée, de sève d'un vieil arbre patient, de mes larmes qui venaient du souvenir de mon père, blessé, et de ma propre douleur, je n'étais pas tombée dessus par hasard. Je l'avais fabriqué. Il m'appartenait, et il était destiné à mon père qui attendait un moyen de se réveiller, tout comme Cate attendait du miel pour l'aider à guérir.

J'essaierais de l'aider, lui, en premier, puis j'essaierais de l'aider, elle.

J'ai jeté un coup d'œil hors de l'abri : la clairière était déserte. J'ai traversé la cour sans voir personne, et je me suis glissée derrière la maison, le bocal à la main.

Quand j'ai regardé par la fenêtre, je n'ai vu personne en dehors de mon père.

Doucement, j'ai poussé la fenêtre et posé le bocal sur la table toute proche, puis je me suis hissée à l'intérieur.

J'entendais Esther et ma mère discuter dans la cuisine sans distinguer leurs paroles. Cela faisait longtemps que je n'avais pas bavardé ainsi avec l'une ou l'autre.

Je suis restée un moment en silence à les écouter puis je me suis tournée vers le lit.

Mon père était toujours immobile. Inchangé.

J'ai dévissé le couvercle du bocal. La décoction avait une douce odeur musquée. Je me suis réjouie de ne pas être allée jusqu'à la souche en contrebas de la clairière pour récolter de la puanteur de moufette.

J'ai refermé le bocal et je l'ai secoué pendant une minute pour que la gomme se mélange avec le reste.

Fallait-il que je lui en fasse avaler ? Ou, au contraire, la lui étaler sur la cicatrice de son crâne, même si je ne voyais pas comment cela lui ferait du bien puisque ce dont il souffrait était bien plus profond ? Cela risquait de faire des taches, et ma mère m'empêcherait à tout prix de tenter ce qui me restait à tenter.

J'ai donc décidé que je lui ferais avaler la décoction.

Il n'était pas facile de le maintenir assis et de lui verser cette potion collante dans la bouche. Je ne pouvais lui en donner qu'une toute petite quantité à la fois. Le surplus lui coulait sur le menton. J'ai quand même réussi à lui en faire avaler. Je l'ai recouché et j'ai incliné le bocal pour faire couler un peu de sirop sur mon doigt que je lui ai glissé dans la bouche. Puis je l'ai relevé pour qu'il ne s'étrangle pas. J'ai recommencé plusieurs fois. Quand il a eu pris tout ce que j'avais à lui donner, je lui ai essuyé la bouche avec un pan de ma chemise et je l'ai embrassé sur la joue.

Au moment où je me suis redressée, j'ai vu ses yeux rouler derrière ses paupières, s'immobiliser, puis rouler de nouveau.

– Papa ! ai-je murmuré, en le secouant par l'épaule. Papa, réveille-toi !

Mais rien. Ses yeux sont restés immobiles.

J'ai relevé une de ses paupières du bout de mon doigt. Son œil fixe regardait ailleurs, un endroit que je ne pouvais pas voir. La peau douce et fine de sa paupière était le rideau qui cachait un autre monde. Un monde où brillaient des étoiles, des points de lumière dans les ténèbres. Mais pas le soleil levant. Pas de réveil encore.

J'ai laissé son œil se refermer.

J'ai attendu, guettant le plus petit mouvement mais il n'a plus bougé.

– Papa, lui ai-je redit à l'oreille. Papa.

Je l'ai embrassé sur l'autre joue, je l'ai regardé encore, puis je suis ressortie en escaladant la fenêtre.

Beaucoup de travail m'attendait.

27

En bas de la montagne, près de l'essaim où le matin même j'avais eu l'intention de récolter du miel pour mon mélange, j'ai mis la main à la poche pour chercher mon silex et mon couteau et j'ai retrouvé l'abeille en bois.

Je l'avais complètement oubliée, ce qui m'a sidérée, car toutes les autres figurines m'avaient plongée dans une curiosité, un bonheur et des questions sans fin et j'avais toujours été reconnaissante du cadeau qu'elles représentaient. J'ai longuement contemplé cette petite abeille, émerveillée par sa beauté et sa perfection.

Cette fois-ci, c'est elle que j'ai remerciée.

Et toutes les autres abeilles dont j'allais prendre le miel.

J'ai dévissé le couvercle que j'ai glissé, avec l'abeille en bois, dans ma poche et j'ai posé mes gants de travail sur un rocher tout près du sentier.

J'ai redémarré un feu pour endormir les abeilles, bien que cela me fasse perdre du temps. Il ne m'en restait plus beaucoup car la journée se précipitait vers sa fin. Mais, sachant combien une seule piqûre était douloureuse, je voulais éviter d'en recevoir une centaine.

J'ai choisi une belle branche pour la poser dans les flammes. Je me suis protégée au mieux : chemise soigneusement boutonnée, jambes du pantalon glissées dans les bottes, col remonté jusqu'aux oreilles.

Mais la piqûre de ce matin était encore fraîche dans ma mémoire et j'ai eu une idée. Une fois la branche enflammée, j'ai vidé mon sac sur le bord du chemin et j'ai longuement observé le chêne qui abritait la ruche. J'ai mémorisé le trajet pour l'atteindre à travers les buissons. J'ai posé la torche sur le sentier pour que la flamme meure et j'ai enfilé le sac sur ma tête. J'ai glissé son ouverture sous le col de ma veste, que j'ai boutonné pour maintenir en place cette cagoule improvisée.

À tâtons, j'ai récupéré mes gants, je les ai enfilés et coincés sous les poignets de ma veste. J'ai repris le bocal, j'ai ramassé la torche du côté qui ne brûlait pas et inspiré profondément.

J'étais aveugle et mes pieds ont cherché le chemin. Je me suis aussi fiée au bourdonnement qui sortait de la ruche. J'ai repéré l'arbre à ses racines que je sentais sous mes pas. J'ai tendu la main pour effleurer son large tronc et j'ai repris mon souffle.

Sans raison, j'ai fermé les yeux et passé la main sur l'écorce pour repérer le gros trou où les abeilles attendaient.

Il m'était odieux d'avoir à leur prendre ce qui était à elles, d'avoir à les laisser affamées et perdues, d'avoir à penser que d'autres abeilles allaient mourir en essayant de m'arrêter.

Mais une femme au sommet de la montagne avait besoin de moi. Elle avait besoin de ce que les abeilles pouvaient me donner.

J'ai plongé la torche fumante dans le trou. J'ai attendu qu'elle agisse puis je l'ai jetée au loin.

Lentement, très lentement, j'ai passé la main dans le trou.

Je sentais les abeilles posées sur ma manche. L'une m'a piquée au poignet, là où il restait un peu de peau nue entre le gant et la manche. J'ai dû lutter pour ne pas bondir en arrière. Combien il était dur de rester immobile à cause de la piqûre, d'un aiguillon d'acide planté dans la chair ! Sachant qu'une abeille de plus était morte…

Le rayon de miel était une brique friable, agitée de vibrations.

J'en ai brisé un morceau que j'ai rapidement sorti du tronc et fourré dans le bocal, avec quelques abeilles. Je me suis éloignée de l'essaim, en trébuchant dans les buissons. Les abeilles attaquaient le sac qui m'aveuglait, leurs dards se prenaient dans le tissu, elles mouraient en piquant. J'imaginais leurs petits corps duveteux ornant le sac d'une broderie de jaune, de noir et de sang.

L'une m'a piquée à la cheville, là où le pantalon était un peu ressorti de la botte, une autre dans le cou, où la capuche s'était desserrée.

Soudain, je me suis sentie submergée par les abeilles, par la nécessité que j'avais eue de leur voler leur miel, par la façon dont j'avais été bannie de ma propre maison, par les reproches que je supportais comme un joug, comme une épine dans un sabot, comme un chiot arraché à sa mère, à Maisie, à moi-même.

Pleurer ne m'a pas soulagée.

Lorsque le bourdonnement s'est tu, j'ai retiré le sac de ma tête avec précaution et j'en ai détaché les abeilles mortes qui l'avaient attaqué, en frottant le tissu pour enlever les horribles dards. Je me suis empli les poumons d'air frais, j'ai pleuré un peu en remettant dans mon sac mes affaires et le bocal où les abeilles prisonnières s'agitaient en tous sens.

Puis je me suis précipitée sur le sentier, vers la maison et au-delà, vers le haut de la montagne.

28

Cette fois-ci, Cate n'était pas seule.

Un garçon se tenait près de son lit.

– Bien, a-t-elle dit en me voyant. (Elle avait visiblement du mal à respirer.) Larkin, voici la fille dont je t'ai parlé – celle qui comprend le langage des chiens.

Lui, c'était le garçon dont j'avais aperçu le visage dans la forêt. Il avait environ mon âge, peut-être un peu plus, mais il était plus grand que moi. Maigre, le visage pâli par l'hiver, les cheveux noirs épais comme la fourrure d'un ours.

Ses vêtements étaient rapiécés de partout, ses mains couvertes d'écorchures comme s'il avait manipulé des chatons sauvages. Des petites graines de bardane s'étaient accrochées à ses lacets.

Rien qu'à le regarder, de l'autre bout de la pièce, je souffrais de tout mon corps. Je ressentais sa solitude comme si elle était mienne, et ma propre solitude a redoublé... Puis elle a reflué et elle est devenue moins aiguë. C'est là que j'ai compris que deux solitudes partagées s'allègent mutuellement.

Il me regardait comme le chien l'avait fait au début. Immobile. Sans ciller.

– Elle ne va pas te mordre, a dit Cate, comme si c'était moi, le chien.

– Le lapin. Le poisson. Tu as fait une bonne action, a-t-il alors dit.

Je voulais lui dire : *C'est toi, mon sculpteur ! C'est toi qui as fait la superbe abeille que j'ai dans ma poche. C'est toi qui me guettes depuis si longtemps.*

Mais le garçon était un secret que je pouvais encore décider de garder. J'aurais tort de le divulguer brutalement, parce que c'était aussi son secret.

– C'est le chien qui a attrapé le lapin, ai-je dit, et c'est une limace qui a attrapé le poisson.

Il a paru apprécier cette réponse. Il a relevé la tête et ses épaules se sont détendues.

– Je lui avais apporté de la nourriture il y a quelques jours et je lui avais rendu quelques services. Je serais revenu plus tôt si j'avais su qu'elle était malade.

Cate lui a pris la main et l'a serrée.

– Il grimpe ici en cachette pour me rendre visite chaque fois qu'il le peut.

Je me suis demandé ce que signifiait « en cachette ». Et « grimper » aussi. Grimper d'où ?

Cate a fermé les yeux.

– Pas du côté de la montagne qui mène à la ville, a-t-elle dit, comme si elle lisait dans mes pensées. De l'autre côté.

Le côté qui ne menait nulle part, sauf à d'autres montagnes, d'autres vallées, d'autres forêts.

– Vous, les nouveaux arrivants, vous n'êtes pas les seuls à vivre sur cette montagne, a-t-elle repris.

Je l'avais toujours su mais sans y croire véritablement : il y avait ici des gens qui choisissaient de garder leurs distances, bien que nous soyons inoffensifs. Quoique en y réfléchissant, ils auraient pu dire que, nous aussi, nous gardions nos distances.

Et ils pouvaient ignorer que nous étions inoffensifs.

Mais lui, il le savait. Ce garçon qui me laissait des cadeaux depuis si longtemps.

Il savait certainement que j'étais une fille à qui il pouvait faire confiance.

Mais alors, pourquoi ne s'était-il jamais approché ? Pourquoi n'était-il pas venu directement à ma rencontre, ce garçon solitaire qui savait faire chanter son couteau ? Pourquoi n'avait-il pas dit, tout simplement : « Bonjour, je m'appelle Larkin. J'habite de l'autre côté de la montagne » ? Cela aurait été si simple.

J'ai répondu à Cate :

– Je me disais bien qu'il y avait d'autres gens, ailleurs. Mais personne ne descend jamais le chemin qui passe près de chez nous pour aller à la rivière. Ou pour rattraper la route vers la ville. Nous le saurions.

Cate a répliqué d'une voix sèche :

– Il y a plus d'un sentier par où descendre de la montagne et par où y monter. Plus d'un chemin pour traverser une rivière. Plus d'une route qui mène en ville. Et plus d'une ville, aussi.

En esprit, je me suis envolée comme un rapace pour planer au-dessus des crêtes et des vallées et les regarder d'un œil neuf.

– Mais pourquoi n'être pas descendu pour nous rencontrer?

Cette question s'adressait à Larkin, même si je regardais Cate, qui m'a répondu:

– Aurais-tu vraiment envie de redescendre un versant de la montagne dont tu connais par cœur chaque arbre, chaque ruisseau, mais qui appartient désormais à quelqu'un d'autre?

L'idée que je m'étais emparée de quelque chose qui ne m'appartenait pas m'a mise mal à l'aise, mais je n'avais pas de bonne réponse à cette question.

Larkin, toujours debout, nous observait. J'ai lu un peu de regret dans son regard.

– Enfin, ce n'est pas ta faute, a soupiré Cate, alors n'en parlons plus. As-tu trouvé du miel?

– Je ne suis pas sûre que «trouver» soit le bon mot, mais j'ai réussi à en récolter, bien que je me sois fait piquer, que des abeilles en soient mortes et que les autres risquent probablement de mourir de faim maintenant.

Cette déclaration a paru lui plaire.

– Tu as du cran, a-t-elle dit en hochant la tête, puis son expression a changé. Je suis désolée pour les abeilles mais j'ai autant besoin de leur miel qu'elles.

– Pourquoi? a demandé Larkin. Pour mettre dans ton thé?

Comme si Cate avait envoyé une inconnue chercher du miel pour une raison aussi futile ! J'espérais qu'il n'allait pas être le genre de personne à qui il faut tout expliquer.

– Je me suis blessée à la jambe et ça s'est infecté.

Il a froncé les sourcils.

– Tu as dit que tu étais malade. Pourquoi ne m'as-tu pas parlé de ta jambe ?

– Je viens de le faire, et les mouches en parlent depuis le début.

– Je pensais que c'était le printemps qui les réveillait.

– Et tu n'as pas voulu dire « Ta cabane est pleine de mouches. » (Elle a poussé un soupir de lassitude.) Quel bon garçon ! Quelle politesse ! Mais maintenant il va falloir l'aider pour ce qui reste à faire.

Larkin s'est tourné vers moi.

– Comment t'appelles-tu ?

Cate a fait la grimace :

– Oh, miséricorde ! Où sont passées mes bonnes manières ?

Pour un endroit aussi fruste, il y était beaucoup question de politesse.

– Je m'appelle Ellie.

Il le savait certainement déjà. Il avait dû entendre ma mère m'appeler dans la forêt.

Larkin a baissé un peu la tête, presque comme s'il s'inclinait. S'il avait eu un chapeau, il l'aurait ôté pour saluer. Les bonnes manières, de nouveau.

– Je vais t'aider avec le miel, a-t-il dit, le visage sérieux.

– Tu ferais mieux de jeter un coup d'œil d'abord. (Cate

tenait le bord de la couverture qui lui couvrait les jambes.) Ça va être horrible.

Larkin a écarté le tissu. Il a eu un haut-le-cœur en voyant les asticots grouiller sur la plaie et en sentant l'odeur qui s'en élevait.

Il a poussé un « Oh ! » de surprise, qui était aussi un gémissement, comme s'il était celui qui souffrait. En l'entendant, j'ai su qu'il ne serait pas l'une de ces personnes à qui il faut tout expliquer.

29

– C'est très grave, a-t-il dit après avoir vu l'état de la jambe de Cate.

Sincérité. Politesse et sincérité. Des qualités que j'aimais.

– Enfin, tu ne vas pas te laisser impressionner. Il existe plusieurs remèdes qu'on peut encore essayer. (Elle s'est tournée vers moi.) Je lui apprends à guérir, ceci cela, de temps à autre. Sinon tout sera perdu quand je ne serai plus là.

Elle a fermé les yeux, épuisée d'avoir tant parlé.

– D'abord, on va nettoyer la plaie, a dit Larkin, en déglutissant. Puis le miel. Après, on s'occupera de la fièvre.

J'étais soulagée qu'il y ait un ordre dans lequel faire les choses.

Cela faisait à peine quelques heures que j'avais découvert cet endroit, cette femme blessée. Si ma journée s'était déroulée dans l'ordre, je serais sans doute allée me coucher à cette heure plutôt que d'être projetée dans un monde aussi surprenant.

Petit déjeuner.

Nourrir Maisie.

Trouver l'abeille sculptée sur le chemin.
Voir le chien sauvage près de la rivière.
Pêcher avec Samuel.
Allumer un feu.
Me faire piquer par une abeille.
Apprendre que Motus n'était plus à moi.
Mettre un serpent dans le lit de Papa.
Escalader la montagne.
Retrouver le chien.
Découvrir la harpie.
Allumer un feu.
Cuire le lapin et la truite.
Nourrir Cate et Captan.
Redescendre la montagne.
Chercher Samuel et Motus.
Faire avaler la potion à Papa.
Récupérer du miel.
Me faire piquer de nouveau.
Remonter en haut de la montagne.
Rencontrer Larkin.

Tout cela en une seule journée, sans compter ce qui allait venir :

Nettoyer une terrible plaie.
La couvrir de miel.
Et sûrement d'autres actions que je ne pouvais prédire.

Mais tout semblait étrangement parfait. Nous avons allumé les lampes à pétrole car le jour baissait, puis nous nous sommes lavé les mains avec du savon au suif et de l'eau de la source.

Ensuite, nous avons tiré la couverture de Cate jusqu'à ses pieds et nous sommes restés là à fixer sa pauvre jambe.

Ma mère nous avait appris à ne pas invoquer en vain le nom du Seigneur et je ne le faisais pas, mais j'ai adressé une prière au Ciel avant que Larkin et moi ne prenions nos cuillères pour racler la peau à vif et récupérer les asticots que nous faisions tomber au fond d'un bocal, comme des flocons d'avoine, en tapant la cuillère contre l'ouverture.

Nous respirions par la bouche pour éviter de sentir l'odeur aigre-douce de la jambe.

Captan s'était réfugié dans le coin opposé de la pièce d'où il nous observait, ses yeux brillant comme deux petites lunes dans la lueur des lampes.

Après avoir ôté le dernier des asticots, j'ai utilisé ma cuillère pour enlever le pus qui suintait des trous faits par les crocs de la martre.

Jamais plus, me suis-je dit, je ne pourrai manger de crème anglaise sans penser à ce pus.

– De quoi ça a l'air ? a demandé Cate sans desserrer les dents.

Larkin a approché une lampe pour regarder de près.

– Il va falloir que j'incise pour mettre le miel.

Cate a acquiescé.

– Nettoie la lame d'abord.

Tout son corps était rigide, les pieds cambrés par la douleur et la pensée de ce qui allait venir.

Cela n'avait pas beaucoup de sens de nettoyer le couteau alors que sa jambe était déjà infectée, mais je ne voulais pas ajouter l'insulte à la douleur, et la propreté est rarement une mauvaise chose. J'ai sorti mon couteau en disant :

– Je vais le mettre dans le feu.

Nous avons attendu en silence que les flammes fassent leur office.

Puis Cate a tourné son visage vers le mur, elle a coincé sa petite poupée entre son épaule et son oreille et elle a attendu que nous commencions.

J'ai donné le couteau à Larkin. J'aurais pu faire cette incision, je pense que j'en aurais été capable, mais elle le lui avait demandé, pas à moi, et j'avoue que j'ai été soulagée de le laisser faire, tout en étant un peu déçue.

Larkin est resté immobile un bon moment, le couteau en suspens au-dessus de la plaie. Il a cligné des yeux, respiré à fond, puis il a fait l'incision d'un seul coup, déterminé et lent. Cate a tressailli un peu, elle a gémi un peu. Le sang a coulé comme si Larkin avait tiré de longs rideaux rouges sur sa jambe.

Quand nous avons écarté les bords de la plaie, nous avons vu que l'infection avait progressé dans le muscle, mais pas trop loin. Du moins, je l'espérais.

J'ai pris le bocal de miel dans mon sac et je suis sortie dans la clairière où j'ai ouvert le couvercle d'un geste rapide. Je me suis reculée à bonne distance pour attendre que les abeilles prisonnières s'échappent. Puis je suis revenue dans la cabane.

Pendant que Larkin maintenait la plaie ouverte, j'ai pressé le rayon comme une éponge pour la remplir de ce que j'avais pris aux abeilles puis nous avons rapproché les deux lèvres de la plaie avec nos doigts. Le miel qui débordait a collé ensemble les deux bords et pratiquement refermé l'incision. Pour la maintenir ainsi, j'ai découpé les manches de ma chemise – une chemise que mon père avait cousue de ses propres mains. Je n'avais aucune envie de la sacrifier mais je l'ai fait, malgré tout, pour pouvoir bander la jambe de Cate.

Bizarrement, ce n'est qu'après que nous avons fini, après avoir enduré cette terrible douleur, qu'elle s'est évanouie. Elle était parvenue à rester forte tant qu'il le fallait, mais elle a cédé à la faiblesse dès qu'elle l'a pu.

J'ai éprouvé une sensation similaire lorsque, ayant achevé ce que nous avions à faire, nous nous sommes assis sur le plancher pour récupérer.

30

– On va les garder, au cas où, même s'ils vont bientôt se transformer en mouches, a dit Larkin en examinant le bocal plein d'asticots – terribles petites infirmières dans leurs uniformes blancs.

Comme il était étrange que des créatures associées à la pourriture puissent être aussi propres. Il a repris :

– On pourra toujours en trouver d'autres si nécessaire.

– Comment cela ? ai-je demandé en contemplant Cate assoupie.

J'espérais qu'elle rêvait à des choses agréables.

– On tuera un animal, un lapin par exemple, et on attendra que les mouches le trouvent, qu'elles pondent leurs œufs, puis qu'ils éclosent. Ça ne prend pas longtemps.

J'ai imaginé le processus, Cate seule dans la montagne, faisant cela.

– Elle m'a dit que ces outils n'étaient pas à elle, ai-je déclaré en désignant l'établi.

– Non, c'est vrai.

La phrase n'avait rien de triste, mais c'est l'impression qu'elle m'a donnée.

– Alors pourquoi sont-ils ici ?

Il a attendu un long moment avant de répondre.

– Ils appartenaient à son fils.

– Et il…

– Il est mort.

Larkin a détourné les yeux.

– Oh ! Je comprends pourquoi elle a réagi si fort quand j'ai mis un des ciseaux dans le feu.

Il m'a regardée, interloqué.

– Pourquoi as-tu fait cela ?

– Je pensais que je pourrais essayer de tuer les microbes.

Il a levé les sourcils.

– Tu voulais cautériser sa blessure ?

– Elle était inconsciente quand je l'ai trouvée. Et je ne savais pas que les asticots avaient été mis là exprès. (Je me suis rappelé ce que j'avais ressenti quand je m'étais retrouvée dans cette cabane obscure sans personne pour m'apprendre ce qu'il fallait faire.) Je pensais que je pourrais purifier la plaie en la brûlant.

Il a ouvert de grands yeux.

– Tu penses que tu aurais été capable de faire ça ?

J'ai haussé les épaules.

– Je ne sais pas, mais j'avais l'intention d'essayer.

Il a paru apprécier la réponse, puis il a repris :

– Une brûlure, ça peut s'infecter. Il ne faut pas employer cette méthode sauf si quelqu'un se vide de son sang.

J'ai repensé à mon père cautérisant la coupure de sa main : il l'avait traitée après avec du vinaigre.

– Je suis heureuse qu'elle se soit réveillée au bon moment. Que fait-on maintenant ?

Larkin a pris son couteau pour percer un trou dans le couvercle du bocal aux asticots et l'a posé à côté de celui qui contenait la tique gonflée de sang.

Parmi les livres qui encombraient le bureau de Cate, il en a choisi un, aussi épais que trois bibles.

– Elle aime beaucoup celui-là.

J'ai rapproché la lampe du bureau. *Santé et longévité*, ai-je lu sur la couverture, éraflée et rugueuse d'avoir été autant manipulée.

– Tu sais lire ? m'a-t-il demandé.

– Bien sûr ! (Brusquement, j'ai pris conscience que tout le monde n'avait pas commencé sa vie dans une ville.) Avant que nous ne venions vivre ici, j'allais à l'école. Et ma mère était enseignante, c'est pourquoi nous continuons à avoir des leçons tous les jours.

Il a ouvert de grands yeux.

– Tous les jours ?

J'ai hoché la tête, même si ces derniers temps mes leçons avaient été d'une tout autre sorte.

– Tu pourrais descendre et apprendre avec nous si tu le voulais.

Il a réfléchi.

– Si elle vous donne toujours des leçons, pourquoi as-tu dit qu'elle *était* enseignante ?

J'ai considéré la question.

– Effectivement, elle *est* enseignante.

Sans rien dire, il est revenu au livre, qu'il a ouvert à un chapitre vers la fin. Il tournait les pages lentement et ses lèvres remuaient, puis il s'est interrompu et a dit « Blessures empoisonnées ». Il s'est remis à lire en silence, puis à haute voix : « … des blessures que se font parfois les bouchers, les cuisiniers et les poissonniers qui manipulent des matières animales… »

Il a hésité. J'ai lu par-dessus son épaule :

– « En putréfaction. »

– « En putréfaction, a-t-il repris. Ces blessures sont particulièrement… »

– « Virulentes. »

Il m'a regardée.

– Je ne sais pas très bien lire. (Il a désigné Cate d'un mouvement de tête.) C'est elle qui m'apprend.

– Plus tu liras, plus cela deviendra facile.

Hochant la tête, il a continué.

– « Une blessure de cette nature doit être soigneusement nettoyée, incisée et tamponnée au phénol pur, puis nettoyée avec (il a sauté un ou deux mots) une solution au mercure et protégée par un bandage antiseptique humide. C'est ainsi qu'il faut soigner les morsures d'animaux, les morsures humaines étant les plus dangereuses. »

Il a repris son souffle, on aurait dit qu'il avait escaladé une pente raide.

J'ai pensé à Samuel, qui s'énervait quand je l'aidais à déchiffrer un mot difficile.

– J'espère que cela ne t'a pas ennuyé que je t'aide à lire certains mots.

– Pourquoi cela m'ennuierait-il ?

– Mon petit frère est toujours persuadé qu'il est capable de faire ce qu'il n'a pas encore appris à faire.

Il a froncé les sourcils.

– Pourquoi pense-t-il cela ?

Je ne savais pas quoi répondre. J'ai désigné le livre :

– Que dit-il au sujet de la fièvre ?

– J'en sais déjà assez sur ce sujet.

– Mais pas moi.

Alors Larkin a tourné les pages, survolant des illustrations qui montraient comment faire un bandage à une personne blessée et comment la transporter, jusqu'à un chapitre intitulé « Inflammation », que nous avons lu ensemble.

– Nous n'avons pas les médicaments qu'ils mentionnent, mais Cate m'a parlé de l'écorce de saule, et il y en a dans ce bocal. (Il l'a montré du doigt.) Je vais ranimer le feu, tu vas aller chercher de l'eau à la source et on va lui en faire une infusion.

– Et qu'est-ce qu'on va utiliser à la place du phénol ou de… des autres produits décrits dans le livre ? Au cas où le miel ne serait pas efficace ?

Il a incliné la tête.

– Pourquoi s'inquiéter de ce qui n'arrivera peut-être pas ? Le miel, c'est ce qu'il nous faut pour l'instant, et on pourra faire une décoction d'hamamélis pour nettoyer la plaie. Si on a besoin de quelque chose d'autre, on l'essaiera.

J'ai songé à mon père, à tous les autres *autres* que j'avais tentés et à ceux qui attendaient leur tour. Larkin poursuivait sa lecture, Captan surveillait Cate comme une mère. Je suis sortie dans la nuit pour puiser de l'eau, seule à voir que les étoiles nous avaient rejoints. Elles s'inclinaient comme si elles guettaient mes paroles, ou qu'elles aient à me parler.

Mais le vent, dont la voix était plus forte, m'a dit de me dépêcher de rentrer. De faire chauffer de l'eau pour l'infusion d'écorce de saule. De réveiller Cate pour la lui donner. D'en faire suffisamment pour en rapporter chez nous, en bas, pour mon père, même s'il ne souffrait pas de la fièvre.

L'écorce de saule serait le premier de ces autres *autres* que j'essaierais.

– Et après ? ai-je demandé aux étoiles.

Elles sont restées silencieuses.

– Le pic des Étoiles, leur ai-je dit. Voilà comment s'appelle cette montagne désormais.

J'avais parfaitement le droit de la renommer, puisque tout le monde le faisait : avec la rivière, avec cette même montagne que quelqu'un avait baptisée « la montagne aux Échos », et qui était aussi la « montagne d'Ellie », « de Larkin », « de Cate ». « La montagne de mon père » et celle « de Samuel ».

Je doutais que ma mère ou Esther acceptent que leur prénom soit associé à cette montagne, et j'en ai été saisie de tristesse et de malaise.

Nous aurions besoin d'autre chose pour redevenir entiers, tous autant que nous étions. Pour leur donner envie de vivre là où elles vivaient. Pour réveiller mon père. Pour comprendre que je faisais partie d'eux comme eux faisaient partie de moi, alors que nous étions tous différents, et moi encore plus qu'eux.

Pour tout cela, nous aurions besoin d'un autre *autre* que je voulais trouver.

31

Après avoir réveillé Cate pour lui donner à boire, j'ai pris le bocal qui avait contenu le miel et je l'ai rempli de ce qui restait d'infusion refroidie. Je l'ai remis dans mon sac.

– Est-ce que tu reviendras demain ? m'a demandé Larkin.

Avant que je puisse répondre, Cate a dit :

– Je te remercie pour ton aide mais je n'aurai plus besoin de toi puisque Larkin sera ici ou, s'il n'y est pas, il ne sera pas loin.

Il n'y avait rien de grossier dans ce qu'elle disait. Il était logique qu'elle n'ait plus besoin de moi, une quasi-inconnue, quand elle pouvait se faire aider par ce garçon à qui elle avait appris à lire, à faire de l'infusion de saule et à soigner une plaie avec du miel. C'était du bon sens, mais cela m'a peinée.

– C'est moi qui aurai peut-être besoin de vous, ai-je alors dit. Mon père est dans le coma. Ça veut dire que…

Les yeux grands ouverts, brillants de fièvre et de quelque chose d'autre, Cate m'a interrompue :

– Je sais ce que cela veut dire.

Bien sûr : elle connaissait les remèdes de la nature ainsi que les maladies et les médicaments décrits dans les livres qui s'entassaient sur son bureau.

– Et ça veut dire quoi, être dans le coma ? a demandé Larkin.

S'il m'avait observée durant ces derniers mois, il devait savoir que quelque chose était arrivé à mon père, qu'il ait vu l'accident ou pas.

– Cela veut dire qu'il est inconscient depuis longtemps, a répondu Cate avec impatience. Et c'est seulement maintenant que tu me dis cela ?

J'ai reculé d'un pas.

– Je ne vous connais que depuis quelques heures. (Quelques heures qui me paraissaient des jours.) Vous êtes blessée, malade. Quand est-ce que j'aurais dû vous parler de mon père ?

Elle a agité la main faiblement.

– Bon, bon, ça va alors. Mais je sais quelques petites choses sur ce qui fait souffrir le corps. Reviens, si tu veux, pour que je t'aide.

– Toi aussi, tu peux venir me chercher si besoin, ai-je dit à Larkin. (J'ai scruté son visage avant de lui dire ce qu'il savait déjà.) Tu descends la piste des cerfs jusqu'à un sentier plus large et tu le suis, toujours tout droit, jusqu'à une maison avec un abri à bois. Mais ne t'approche pas de l'abri, il est plein de chiots et leur mère est nerveuse.

– Des chiots ? a repris Cate, d'une voix plus forte. Tu ne m'en as pas parlé non plus.

– Non. (J'étais déroutée par son humeur changeante : elle voulait me renvoyer et, l'instant d'après, elle voulait me connaître mieux.) Mais vous ne m'avez pas dit grand-chose non plus. (Je me suis tournée vers Larkin.) Et je ne sais rien du tout sur toi.

Ce qui n'était pas tout à fait vrai.

Ne pas le connaître mieux, ne pas les connaître mieux tous les deux, ressemblait à la faim.

Soudain, prise au dépourvu, j'ai eu l'impression que j'allais fondre en larmes.

J'ai essayé de parler, mais je n'ai pu sortir qu'un croassement. Un bruit d'animal chétif, habitué à se sentir petit.

Ils me regardaient tous les deux dans la lumière jaune de la lampe. Captan s'est levé pour venir m'observer de plus près.

J'ai remis ma veste par-dessus ma chemise, dont les manches avaient disparu. J'ai ramassé mon sac. Je me suis raclé la gorge.

– J'espère que vous allez vous remettre, Miss Cate. (J'ai regardé Larkin.) J'espère que nous n'aurons jamais à refaire ce que nous avons fait aujourd'hui. (Ce qui n'était pas totalement sincère.)

Et je suis sortie, en emportant avec moi les larmes que je n'avais pas versées.

Je ne suis pas allée bien loin. À peine sortie de la cabane de Cate, les étoiles m'ont arrêtée dans la clairière. Il n'y a guère de douleurs qu'un champ de ciel empli de fleurs blanches et pures ne puisse alléger ne serait-ce qu'un peu.

Mais en les regardant, en laissant mes yeux s'habituer à l'obscurité, alors que les arbres qui bordaient la clairière prenaient forme lentement et se distinguaient les uns des autres, j'ai vu quelqu'un qui se tenait debout entre les troncs.

Mes épaules se sont crispées, mon corps est devenu brûlant.

C'était une femme, immobile au point qu'elle aurait pu passer pour un arbre, mais tout en elle disait autre chose.

Il faisait sombre, elle était à une certaine distance, pourtant quelque chose de terrible a traversé la clairière pour venir me frapper. J'ai ressenti ce que la martre qui avait mordu Cate avait dû éprouver face à un chien affamé cinq fois plus gros qu'elle.

Je me suis rendu compte que je n'étais pas seulement effrayée. J'étais… choquée. Elle était si sombre, si amère. Comme une terre brûlée.

Son désespoir était palpable, même depuis l'autre côté de la clairière.

J'attendais qu'elle bouge, qu'elle dise quelque chose. Mais elle restait immobile.

Pour rentrer chez moi, il fallait que je passe près d'elle et je me suis demandé si je ne pourrais pas y aller rapidement, m'éloigner et disparaître. Mais j'avais un long chemin à faire, il faisait très sombre et je ne connaissais pas assez bien le sentier pour me dépêcher sans risquer de chuter.

Alors je me suis retournée et je suis rentrée dans la petite cabane de Cate en fermant la porte derrière moi.

– C'est la troisième fois que tu entres sans frapper, m'a-t-elle dit depuis son lit.

Larkin a levé les yeux du gros livre. Captan, allongé sur le plancher près de Cate, a dressé la tête. Il m'a regardée et s'est mis à gronder.

– Qu'y a-t-il, Captan ? a demandé Cate. Elle…

– Il y a une femme, au bord de la clairière.

Captan s'est levé, les pattes raides, et a continué de gronder encore plus fort.

Larkin a poussé un soupir qui m'a surprise. Il a refermé le livre et s'est levé de sa chaise. Il avait l'air plus grand qu'avant.

– Vas-y, m'a-t-il dit en ouvrant la porte de la cabane pour me faire sortir.

La femme s'était rapprochée. Elle avait traversé la moitié de la clairière.

– Vas-y, a-t-il répété, d'une voix urgente. Rentre chez toi.

J'ai observé la femme qui s'était approchée encore davantage.

– Qui est-ce ?

Il m'a prise par le bras et m'a poussée doucement vers le sentier.

– Ma mère.

32

C'est une chose que d'escalader une montagne en plein jour, et une autre que de la redescendre dans l'obscurité. Je devais avancer si lentement, si précautionneusement que je n'étais pas encore bien loin de la clairière quand j'ai entendu hurler au-dessus de moi. Je me suis arrêtée pour écouter.

La colère fait crier. Pourtant, j'ai eu du mal à comprendre la majeure partie de ce que j'entendais. Des mots lancés à Larkin, qui devait rentrer à la maison et y rester.

Puis Larkin répondant sur le même ton qu'il était assez grand pour faire ce qu'il voulait.

Au bout d'un moment, les cris ont cessé. J'ai imaginé Larkin et sa mère qui redescendaient à pas lourds l'autre côté de la montagne. Tous nous redescendions du pic des Étoiles, sauf Cate et Captan qui restaient seuls au sommet.

J'avais beaucoup de travail à faire en bas – les tâches que je n'avais pas accomplies, mon père que je voulais soigner. Mais j'ai décidé que je reviendrais vite pour aider Cate, qu'elle soit d'accord ou non.

C'était quelque chose que je pouvais faire, alors je le ferais.

Mais, plus encore, je le voulais – j'en avais aussi envie que de sortir dans l'air printanier, que de faire pousser des choses, que de grandir.

J'espérais que Larkin retournerait très vite là-haut pour rendre visite à Cate, quoi que puisse en penser sa mère.

Cela m'aurait été égal qu'il cesse de me faire cadeau d'autres figurines, qu'il ne vienne plus traîner aux abords de la maison comme un ami distant. Ce que je voulais désormais, c'était le connaître. Même si je le connaissais déjà. Et je voulais que lui me connaisse.

Redescendre cette montagne m'a pris un bon moment, surtout pour traverser les endroits les plus sauvages. Je tenais mon couteau le long de ma jambe pour me donner du courage. Mes yeux absorbaient la lumière des étoiles autant qu'ils le pouvaient. Je respirais par la bouche afin de mieux entendre, sur le qui-vive à cause des ours. Il n'y en a pas eu. En fait, j'avais plus peur de cette femme venue de l'autre versant de la montagne que de rencontrer un ours.

Comme le livre le disait : les morsures humaines sont les plus dangereuses.

Et j'ai compris, une fois encore, qu'il y a toutes sortes de sauvageries.

Quand j'ai ouvert la porte de l'abri à bois, Maisie s'est réveillée et a grondé jusqu'à ce qu'elle s'aperçoive que ce n'était que moi, de retour à la maison. Alors elle s'est levée pour venir à ma rencontre en remuant la queue.

– Oh, ma bonne fille !

Je me suis agenouillée pour prendre sa tête toute douce entre mes mains et lui embrasser le sommet du crâne. Les chiots dormaient, mais j'avais besoin de serrer Motus dans mes bras autant qu'il avait besoin de son sommeil.

– Bonjour, mon chiot chéri, ai-je chuchoté.

Je l'ai pris contre ma poitrine où il s'est rendormi presque immédiatement. Maisie, agitant la queue si fort que tout son corps remuait, n'a pas paru contrariée. Nous nous sommes couchés en pagaille dans la douce litière, pour nous réchauffer et dormir profondément jusqu'au matin.

– Tu veux prendre un petit déjeuner ou pas ? a demandé ma mère, debout dans l'embrasure de la porte, sa silhouette se détachant sur le jour qui se levait.

Je me suis assise, les cheveux pleins de paille, et je me suis frotté les yeux. Maisie était déjà réveillée, ainsi que les chiots qui titubaient dans la litière comme de petits bonshommes maladroits.

– Oui, je veux bien.

Je me suis remise debout en m'époussetant.

– Alors, rentre dans la maison.

Lorsque je l'ai suivie à l'extérieur, elle m'a prise par la main et m'a tirée derrière elle comme quand j'étais une petite fille. J'ai trébuché parce que je faisais moins attention où je posais les pieds qu'à la sensation de nos mains, qui semblaient reliées par un fil de lumière.

Elle m'a fait entrer et m'a assise à table près du fourneau.

– Réchauffe-toi.

Il était encore très tôt. Esther et Samuel dormaient toujours.

En bâillant, j'ai tendu les mains vers le fourneau. Ma mère m'a apporté une assiette d'œufs et de cerf cuits à la poêle avec un biscuit et du café.

– Mange pendant que c'est chaud, m'a-t-elle dit, en mettant d'autres morceaux de viande dans la poêle.

J'ai tout englouti en une minute. J'aurais pu en avaler le double sans aucun problème.

Lorsqu'elle a vu l'assiette vide, elle s'est immobilisée. Elle m'a regardée, puis l'assiette de nouveau.

– Est-ce que tu vas arrêter, s'il te plaît, d'agir comme tu le fais avec ton père ? m'a-t-elle demandé d'une voix faible comme un murmure.

J'ai posé ma tasse.

– C'était pour ça, ce bon petit déjeuner ? Pour que j'arrête d'essayer de réveiller Papa ?

Elle a poussé un soupir.

– Est-ce que tu m'as déjà vue tenter de soudoyer mes enfants, Ellie ?

– Non.

– Eh bien non, ce n'est pas pour ça que je t'ai donné un bon petit déjeuner. (Elle s'est assise à côté de moi.) Je sais que tu cherches à bien faire mais tu n'aides pas. Tu aggraves la situation. Tu donnes de faux espoirs à Samuel. Tu joues un jeu dangereux avec ton père, et Esther a peur que tu ne lui fasses du mal.

De nouveau. Elle n'a pas prononcé le mot mais je l'ai malgré tout entendu.

– C'est ce que tu penses, toi aussi ? lui ai-je demandé.

Elle m'a observée attentivement.

– Je ne sais pas. Je veux qu'il se réveille. Je veux qu'il guérisse. Bien sûr que je veux tout cela, et je suis à deux doigts de penser que tu as peut-être raison de faire ce que tu fais. Mais je n'en suis pas certaine.

– Faire quelque chose, cela vaut mieux que de ne rien faire du tout.

J'étais profondément désolée. Triste. Mais c'était tout ce que je pouvais lui répondre. J'ai cru qu'elle allait se mettre à pleurer. Elle a repris :

– Et si tu le réveillais et qu'il n'aille toujours pas bien ?

Je n'ai pas compris ce qu'elle voulait dire exactement.

– Mais il n'y a rien qui ne va pas chez lui, sauf le fait qu'il ne se réveille pas.

Ça ressemblait plus à une question que je ne l'avais prévu.

– Rien, apparemment. Mais il ne dormirait pas ainsi s'il n'était pas blessé, Ellie.

J'ai réfléchi à ce qu'elle venait de dire. Je me suis imaginé mon père… changé. Différent du père que j'avais connu. Et mon cœur a été submergé d'une souffrance toute nouvelle.

– Mais peut-être qu'il ira bien.

J'ai entendu dans ma voix quelque chose comme de l'espoir.

– Peut-être, a-t-elle dit en hochant la tête. Mais le brusquer et le choquer comme tu le fais pourrait être la pire des choses. Est-ce que tu peux comprendre cela ?

Je me suis soudain rappelé ce qui était arrivé lorsque je lui avais donné ma potion.

– Il a roulé les yeux, hier.

Aussitôt, j'ai compris qu'il me faudrait lui raconter les autres choses que j'avais faites.

33

Ma mère s'est redressée sur sa chaise.

– Que veux-tu dire ?

– Hier, ai-je dit (cela me paraissait beaucoup plus lointain), je lui ai fait avaler... du bouillon. (Je ne pouvais me résoudre à dire « une potion », ça faisait trop sorcière.) Et après cela, ses yeux ont roulé derrière ses paupières.

Elle m'a regardée avec stupeur.

– Je n'ai pas fait de bouillon avant hier soir et je le lui ai donné moi-même à manger. Et ses yeux n'ont pas bougé. (Elle s'est figée.) Quel genre de bouillon lui as-tu donné, Ellie ?

– Je l'ai fait moi-même, avec de l'eau de la rivière et de la gomme de sapin. (Je n'ai pas mentionné les larmes ou la rosée car cela m'aurait encore plus éloignée d'elle.)

– Et tu n'as pas pensé que ça poserait un problème de ne pas m'en parler ?

Bien qu'en colère, elle paraissait sincèrement curieuse.

– Je ne ferais jamais rien qui puisse le blesser. Tu le sais, n'est-ce pas ?

J'étais aussi curieuse qu'elle – nous étions comme deux

chiens face à face pour la première fois, chacun essayant de comprendre ce que veut l'autre.

Elle a poussé un nouveau soupir.

– Qu'importe. Je veux que tu arrêtes maintenant. Tu m'as bien comprise, Ellie ?

Je comprenais. Sans comprendre.

– Je ne peux pas, ai-je dit d'une voix aussi triste que la sienne. Et tu m'as déjà punie pour tout ce que j'ai fait, et tout ce que je pourrais faire encore. (Je pensais à Motus, qui deviendrait féroce à force de devoir tuer pour gagner sa vie.) Tu aurais dû en garder un peu pour plus tard. Qu'est-ce qu'il reste qui pourrait être pire que de me prendre Motus ?

Son visage est devenu rigide, comme tout son corps.

– Et si tu tuais ton père en essayant de le réveiller ? Est-ce que cela ne serait pas une punition bien pire ? Est-ce que tu y as pensé ?

Non. Je n'y avais pas pensé une seule seconde.

Elle s'est levée pour retourner la viande et casser deux œufs dans la poêle. Un pour Esther, un pour Samuel.

– Je suis désolée, ai-je dit, avec sincérité.

Elle m'a regardée longuement.

– Alors tu vas arrêter ?

Comme je n'avais pas de bonne réponse à cette question, j'ai dit :

– Et si je connaissais quelqu'un qui pourrait peut-être l'aider ?

Les œufs grésillaient. Esther est entrée dans la cuisine en se frottant les yeux.

– Ça s'est passé comment, cette nuit, avec les chiens ?

Je l'ai ignorée.

J'attendais la réponse de ma mère, qui a retourné les œufs, les a surveillés jusqu'à ce qu'ils soient cuits, puis en a glissé un avec un peu de viande sur une assiette propre pour Esther. Elle lui a servi du café dans une tasse qu'elle a posée sur la table, avant de me demander :

– Et qui cela pourrait-il être ?

– Elle s'appelle Cate. Elle s'est blessée à la jambe, mais quand elle sera guérie elle pourra peut-être descendre et venir le voir.

– Descendre ? De là-haut dans la montagne ? Tu veux dire, la harpie ?

Les grands yeux de ma mère se sont plissés, et sa curiosité s'est changée en une expression plus dure.

– Quelle harpie ? a demandé Esther.

– Quelle harpie ? a répété Samuel, debout sur le pas de la porte, les cheveux encore si emmêlés qu'on aurait dit qu'il avait été pris dans une tempête.

– Assieds-toi, a dit ma mère avant d'aller lui chercher une assiette.

– Quelle harpie ? (Il s'est tourné vers moi.) C'est quoi, une harpie, Ellie ?

– C'est une sorcière, a répondu Esther.

Sa chemise de nuit était propre, ses cheveux bien peignés, ses mains brillantes du suif dont elle les enduisait chaque soir avant d'aller se coucher.

– Ce n'est pas une sorcière, ai-je dit. Elle sait beaucoup de choses pour guérir les gens. Elle a des remèdes qu'elle tire de la forêt, d'autres qu'elle a trouvés dans des livres, et elle se sert des deux. (Je n'ai pas mentionné les asticots.)

– Et comment en sais-tu autant sur cette femme ? a demandé ma mère en posant le petit déjeuner de Samuel sur la table.

– J'ai revu ce chien et je l'ai suivi tout en haut de la montagne. Elle vit là dans une petite cabane.

– Le chien d'hier ? a demandé Samuel. Avec le lapin mort ?

– C'est donc là que tu as disparu hier ? Au lieu de faire tes travaux ? (Ma mère a secoué la tête.) Je t'interdis de t'approcher de cette femme, tu m'entends ? Ou du chien. Ou de monter dans la montagne au-delà du tournant qui va chez les Anderson. Autrement, je t'enfermerai dans l'abri à bois jusqu'à ce que tu retrouves tes esprits.

Esther et Samuel s'étaient arrêtés de manger. Leur regard passait de ma mère à moi.

Je me suis levée de table et j'ai enlevé ma veste.

– J'ai utilisé les manches de ma chemise pour bander la plaie de sa jambe, ai-je dit, la voix tremblante. Elle s'est fait mordre par une martre et la blessure s'est infectée. Elle a de la fièvre, et un garçon de l'autre côté de la montagne m'a aidée à nettoyer la plaie, et à la remplir de miel, et à faire une infusion d'écorce de saule pour combattre la fièvre. Sa mère est arrivée, et elle était furieuse, comme toi tu es furieuse contre moi, sans que je sache pourquoi, parce que Miss Cate n'est pas du tout une mauvaise personne. Elle a appris à lire à Larkin, comme tu aurais pu le faire aussi, Maman, ou toi, Esther. Et je retournerai là-haut pour l'aider, je la ramènerai ici quand elle ira mieux. Et je continuerai à essayer de réveiller Papa parce qu'il faut qu'il aille bien. Il le faut, ou alors vous, ai-je déclaré en m'adressant à ma mère et à Esther, vous n'irez pas bien vous non plus.

Je n'ai pas ajouté *Et moi non plus*, même si, pour la première fois, je l'ai pensé.

Personne n'a rien dit pendant un long moment. Puis Samuel a demandé :

– C'est qui, Larkin ?

D'un coup, je me suis mise à respirer de nouveau, et les larmes qui s'apprêtaient à tomber de mes yeux ont décidé d'attendre.

Je me suis tournée vers lui.

– C'est le garçon qui m'a aidée à soigner Miss Cate.

Ma mère s'est passé les mains sur le visage. Elle s'est levée et elle est venue se placer devant moi, un peu penchée pour me regarder dans les yeux et me prendre par les épaules.

– Ne t'approche plus de ces gens, Ellie. J'ai besoin de toi ici. Je n'ai pas besoin que tu sois blessée, toi aussi. Je n'ai pas besoin que Samuel te suive et se mette en danger. Et je n'ai absolument pas besoin qu'une harpie vienne chez moi jeter des sorts à ton père.

– Je te l'avais dit, Samuel, a dit Esther en reprenant son petit déjeuner, une harpie, c'est une sorcière.

– Miss Cate n'est pas une sorcière ! ai-je protesté en secouant la tête. Elle vaut mieux que ce médecin qui n'a rien fait du tout.

– Parce qu'il n'y a rien à faire, a martelé ma mère, en lâchant mes épaules.

– J'ai rapporté un peu d'infusion de saule pour Papa. Ça ne lui fera aucun mal !

– Ça ne lui fera aucun bien non plus, Ellie. C'est tout ce que j'ai à dire à ce sujet et je ne veux plus rien entendre. (Elle m'a tendu ma veste.) Maintenant, va faire tes travaux. Si je découvre que tu es retournée là-haut pour la voir, je ne sais pas ce que je ferai.

Tout en sortant, je me suis demandé de quelle manière ma mère pourrait encore me punir si je lui désobéissais de nouveau. De toute façon, rien ne pouvait être pire que de renoncer à ce que j'avais commencé à faire.

34

Les vaches attendaient la traite avec impatience alors je m'y suis mise, bercée par la musique que nous faisions – le jet de lait qui frappait en rythme le seau de métal et les chuintements mouillés de l'écume qui se formait à la surface.

Pendant ce temps, j'ai réfléchi à ma mère et à mon père, à Cate et à Larkin, et à sa mère à lui. Tout me menait quelque part, sans que je sache encore où.

Je me sentais… emmêlée. Prise au collet. Piégée. J'avais du mal à respirer, à penser correctement, à savoir quel chemin prendre.

Mais les tâches que j'avais à accomplir m'ont aidée. Elles étaient simples, sans détour, toujours semblables jour après jour.

J'ai donc fait sortir les vaches de l'étable pour qu'elles puissent parcourir leur enclos. Je suis allée porter le seau de lait à la maison et je l'ai posé juste derrière la porte, puis j'ai continué mes travaux.

Après les vaches, les chiens. J'ai débarrassé l'abri de la vieille litière et remis de la paille fraîche, puis j'ai fait sortir Maisie un moment dans la cour. Les chiots l'appelaient en jappant mais je leur ai dit qu'elle allait bientôt revenir. J'ai pris Motus, qui s'est empressé de faire pipi sur mon bras.

– Petit chenapan, ai-je dit en le reposant sur la paille.

J'ai enlevé ma veste et l'ai suspendue pour la laver plus tard. Non seulement je n'avais pas envie d'être mouillée et sale mais je savais que les prédateurs sont particulièrement attirés par une odeur de bébé.

Pendant que je préparais la terre du potager pour les semailles, goûtant la chaleur du soleil sur mes bras, j'imaginais Cate, le visage rosi par la fièvre, la jambe enflée et violacée, Captan à ses côtés.

Je l'imaginais affamée, assoiffée, se demandant qui serait le prochain à franchir sa porte. Se demandant peut-être si elle-même la franchirait de nouveau.

Elle devait savoir que Larkin reviendrait très vite malgré les objections de sa mère, et que sa blessure guérirait maintenant que nous l'avions soignée. Elle irait nécessairement mieux après tout ce que nous avions fait.

J'ai pensé à mon père, à ce que ma mère m'avait dit.

Je n'avais certainement pas aggravé la situation en essayant de l'améliorer.

– Qu'as-tu fait de ta veste ? m'a demandé ma mère tandis que j'enlevais mes bottes à l'entrée de la maison.

– Motus a fait pipi dessus, ai-je répondu en allant me laver les mains à la pompe de la cuisine. Je l'ai laissée dans l'abri à bois.

– Elle ne va pas se nettoyer toute seule. N'oublie pas de la laver quand tu feras le reste de la lessive.

Elle s'est détournée pour reprendre ce qu'elle faisait. Une autre tâche, donc. De plus, l'une de celles qu'Esther faisait, habituellement. Mais je n'ai rien osé dire.

– Oui. Je suis venue voir Papa. Je ferai la lessive juste après.

Elle a sorti du four une plaque couverte de morceaux de viande séchée et en a glissé une autre, chargée de morceaux de viande fraîche. Sous l'effet de la chaleur, le cerf s'était racorni et avait noirci, mais il se conserverait longtemps – dur, sec – sans moisir.

J'ai repensé à la jambe de Cate.

– Esther est avec lui et elle restera dans la chambre tant que tu y seras toi aussi.

Ces paroles m'ont glacée, et même la chaleur du four n'aurait pu me réchauffer.

– Esther monte la garde, c'est cela ? (Ma voix était aussi faible que celle d'une petite souris.) Parce que je lui ai fait avaler quelque chose ?

– Et parce que tu lui as jeté de l'eau glacée, que tu as enfermé un serpent dans sa chambre et Dieu sait quoi d'autre encore.

Quoi d'autre.

Encore rien, mais j'ai songé à tous les autres *autres* que j'avais imaginés. Le raifort, qui me guérissait instantanément de tous mes rhumes de cerveau. La puanteur de moufette, qui aurait à coup sûr alerté mon père que quelque chose ne tournait pas rond. Et l'infusion d'écorce de saule, toujours dans mon sac.

Esther ne laisserait jamais ces autres choses se produire.

– Rien d'autre, ai-je dit.

Ma voix n'avait même plus la faiblesse de la souris, ni de grand-chose, ni même de moi.

Ma mère a dû entendre ce vide en moi, cette défaite, parce qu'elle s'est soudain retournée pour me prendre dans ses bras et poser son menton sur le haut de ma tête. Elle a poussé un seul sanglot. Je sentais une douceur que je n'avais pas éprouvée en elle depuis longtemps.

– Il reviendra, ou il ne reviendra pas, a-t-elle chuchoté, mais ce que nous allons faire, c'est l'attendre.

J'ai hoché la tête contre son épaule. Elle a reculé d'un pas.

– Va le voir, maintenant.

De l'avant-bras, elle a repoussé les mèches de cheveux qui tombaient sur son front en sueur. Je l'ai laissée à son travail dans la cuisine et suis allée dans la chambre de mon père.

J'ai trouvé Esther, assise dans le fauteuil à bascule près de son lit, qui lui lisait un livre posé sur les genoux, et Samuel, assis par terre près de la fenêtre, qui jouait avec une toupie. Il la posait sur la pointe et tirait sur la ficelle pour la faire tournoyer.

Il a levé les yeux, m'a dit « Coucou, Ellie », puis il a glissé sous le lit pour récupérer son jouet.

Debout sur le seuil, osant à peine respirer, je regardais le visage amaigri et pâle de mon père.

Et lui me regardait calmement.

35

Je n'ai pas appelé ma mère pour lui dire de venir voir que Papa s'était réveillé.

Je suis doucement allée m'asseoir sur son lit pour prendre son visage dans mes mains et laisser couler les larmes que j'avais gardées en moi jusque-là.

Levant les yeux, Esther a dû croire qu'il était mort.

– Oh non ! a-t-elle crié en entendant mes sanglots. Maman ! Viens vite !

Son appel a fait sortir Samuel de dessous le lit. Il m'a repoussée pour voir ce qui se passait.

– Tu as rapporté un nouveau serpent, Ellie ?

Ma mère est arrivée comme un orage d'été, à temps pour voir que mon père avait les yeux ouverts.

Je ne l'ai pas vue tomber à genoux mais j'ai entendu son cri. Je n'ai pas vu le visage d'Esther lorsqu'elle a compris que notre père n'était pas mort, qu'il était revenu, mais je l'ai sentie qui nous entourait tous les deux de ses bras pour nous enlacer.

Ma mère a enjambé le lit pour s'agenouiller à côté de lui, pleurant comme un enfant, tandis que Samuel disait « On pleure quand on est triste, Maman. »

Je me suis poussée pour qu'Esther puisse lui prendre le bras, souriant et pleurant, et que Samuel puisse grimper sur le lit et bondir comme un chiot dans cette joyeuse mêlée.

Pendant tout ce temps, mon père est resté muet.

– Il faudrait peut-être que nous nous calmions un peu, ai-je dit d'une voix plus mûre que mon âge.

Esther s'est retournée pour me regarder et j'ai pensé qu'elle allait se mettre en colère, mais, au contraire, elle a lâché le bras de mon père et s'est précipitée pour m'étreindre comme elle ne l'avait plus jamais fait depuis l'accident, depuis le temps où elle m'aimait encore.

– Oh, Ellie, a-t-elle murmuré. Tu avais raison. Tu avais raison.

Cependant, en observant le visage immobile de mon père, j'ai eu peur que ma mère n'ait eu raison, elle aussi.

Il n'avait pas dit un mot. Pas fait un sourire. Il n'y avait pas de lumière dans ses yeux grands ouverts.

Ma mère s'est détachée de lui en souriant et en essuyant les larmes de ses joues. Elle a poussé un long soupir.

– Tu m'as fait peur, lui a-t-elle dit.

– Ellie a mis un serpent dans ton lit, a dit Samuel.

Puis mon père a fermé les yeux et s'est rendormi.

Ma mère est restée agenouillée sur le lit, la main de mon père dans la sienne, jusqu'à avoir des crampes. Elle s'est alors relevée doucement pour ne pas le réveiller.

J'en ai été abasourdie. La voir tout faire pour ne pas le réveiller…

Elle nous a fait signe de sortir de la pièce avec elle.

– Va chercher Maisie et les chiots, m'a-t-elle demandé à voix basse.

Je n'ai pas posé de question. Je savais pourquoi.

Samuel a dit à Esther :

– Tu ferais mieux de rester ici. Maisie est assez nerveuse à cause des chiots.

– Et il y a de la viande à retourner dans le four, a ajouté ma mère. Puis tu iras chercher un tablier de travail de ton père pour l'étaler à côté de lui sur le lit.

Pour les chiots, ai-je imaginé. Pour éviter qu'ils fassent des saletés.

Comment pouvait-elle penser à cela, en un tel moment ? Mais Maman et Esther passaient beaucoup de temps à éviter de salir. Je n'imaginais pas ce qu'elles auraient dit si elles avaient su que la veille j'avais raclé la jambe d'une vieille femme avec une cuillère pour enlever les asticots et le pus qui suintait de sa blessure.

– Allez, Ellie, je vais t'aider à rapporter les chiots, m'a dit Samuel.

Il en a pris deux et moi les deux autres, pendant que Maisie dansait d'inquiétude tout autour de nous, dressée sur ses pattes arrière pour nous donner des coups de museau, chouinant d'incompréhension lorsque nous les avons tous fait entrer dans la maison et dans la chambre où mon père s'était rendormi.

J'espérais que ce n'était plus qu'un simple somme.

Maisie a été surprise quand je l'ai poussée à grimper sur le lit, mais, dès que j'ai posé Motus et sa sœur sur le tablier avec l'autre paire de chiots que portait Samuel, elle les a vite rejoints, les a regroupés tous les quatre près de mon père en les poussant de la tête. Puis elle a tourné trois ou quatre fois sur elle-même avant de se coucher à côté d'eux. Soudain, sans prévenir, elle a donné un grand coup de langue sur la figure de mon père.

Il est resté immobile.

– C'est bien, Maisie. C'est bien, Motus. C'est bien, les chiots, ai-je murmuré.

J'ai passé mes mains sur leurs petits corps compacts, leurs parfaits petits pelages, avant de les laisser tous à leur sieste.

36

Lorsque la maison a fini par retrouver son calme, vers midi, je me suis installée à la table de la cuisine pour faire de nouveaux trous à la ceinture de mon père, qui avait tant maigri.

Puis je me suis levée et je suis allée jusqu'à la porte de sa chambre pour voir s'il était réveillé.

Après cela, de la pointe de mon couteau, j'ai enlevé la boue collée sur les semelles de ses bottes.

Puis je suis retournée voir s'il était réveillé.

Après cela, j'ai enduit ses gants de travail avec du cirage pour que le cuir redevienne souple et prêt à servir.

Puis je suis allée voir s'il avait ouvert les yeux.

– Tu vas finir par creuser un sillon dans le plancher, m'a dit ma mère, qui avait commencé à préparer un ragoût de cerf avec des pommes de terre, des carottes encore sucrées, en fredonnant un air tout bas.

De tout mon corps et de tout mon esprit, j'absorbais cette chanson.

Esther était partie chercher du bois pour le feu, un travail que je faisais d'habitude. Je lui en étais reconnaissante. Je n'oubliais pourtant pas qu'une heure à peine auparavant, elle montait la garde près de mon père. Une heure à peine auparavant, j'étais une menace.

Samuel, qui m'avait rejointe à la table de la cuisine, dessinait un serpent noir. « Pour montrer à Papa ce qu'il y avait dans son lit pendant qu'il dormait. » La couleuvre de son dessin, langue fourchue et œil affolé, était trois fois plus longue que le lit.

– Qu'est-ce qu'il lui est arrivé, à ce serpent, finalement ? ai-je demandé à ma mère, qui coupait un navet en petits dés pour l'ajouter au ragoût.

– Je l'aurais mis dans une soupe. Je l'aurais coupé en petits morceaux et mis dans une soupe si j'avais pu l'attraper avant qu'il ne file par le trou d'évacuation. (Elle s'est tournée vers moi, le couteau à la main.) Mais j'ai été contente de ne pas l'avoir tué quand j'ai compris qu'il n'aurait jamais pu se faufiler tout seul dans le lit de ton père, puisque la porte était fermée.

– De la soupe au serpent, a marmonné Samuel, le visage penché sur son dessin. (Sa couleuvre arborait désormais deux énormes crochets.) Personne ne mange ça.

– Sans doute pas, en effet, si on a autre chose à manger, a répondu ma mère. Mais certains n'ont pas le choix.

J'ai pensé à Cate et à Captan.

– Je vais aller le montrer à Papa, a déclaré Samuel en brandissant son dessin comme un drapeau.

– Ne le réveille pas, a dit Maman. Il a besoin de se reposer.

J'ai été stupéfaite à l'idée qu'elle souhaite le voir dormir maintenant qu'il s'était enfin réveillé. Moi, je voulais qu'il se lève, qu'il se remette sur pied, qu'il porte cette ceinture, ses gants et ses bottes, et qu'il mette un chapeau sur sa pauvre tête blessée. Qu'il soit prêt pour la suite.

– Qu'allons-nous faire maintenant ?

Ma mère m'a lancé un regard interloqué.

– En voilà une vaste question, Ellie.

– Je veux dire, quand il se réveillera de nouveau. Est-ce que nous allons le lever pour qu'il puisse marcher ?

– Je ne pense pas. Il est trop tôt pour cela. (Elle a poussé un soupir.) Nous devons être patients. Il lui faudra peut-être beaucoup de temps pour aller bien. Et il aura besoin de notre aide à tous. Je sais que tu en feras une grande part. (Elle remuait le ragoût.) Quel dommage que tu ne sois pas un garçon, Ellie. Tu as tout pour devenir un excellent médecin.

L'espace d'un instant, mon cœur s'est arrêté de battre, mais j'ai réussi à rester là où j'étais, toute droite, lorsqu'elle a prononcé ces mots.

Je n'avais jamais pensé à devenir *médecin* – ce mot ne m'était jamais venu à l'esprit –, mais faire ce qu'il fallait pour réveiller mon père et soigner Cate m'avait donné un tel sentiment d'accomplissement que je voulais devenir encore plus *cette fille-là*. Cette fille qui essayait de soigner, celle dont Cate avait besoin pour guérir, pour être la raison qui la ferait aller mieux. Ou l'une des raisons.

Être une de ces raisons, cela me suffirait.

– Je vais remonter en haut de la montagne pour m'occuper de Miss Cate, ai-je alors lentement déclaré.

Je me suis souvenue des derniers mots que ma mère avait

dits à ce sujet : *Si je découvre que tu es retournée là-haut pour la voir, je ne sais pas ce que je ferai.*

Cette fois-ci, elle m'a longuement regardée avant de reprendre la parole :

– Je viens de te dire que ton père allait avoir besoin de beaucoup d'aide. Et ça fait des jours que tu n'as pas eu tes leçons, tu ne peux pas en manquer davantage. Et…

– Miss Cate a appris à lire à Larkin. Et elle m'a déjà appris à soigner une blessure infectée.

– Tu ne m'as pas laissée finir, a dit ma mère. J'allais te dire que je suis surprise que tu préfères aider une inconnue plutôt que ton propre père, étant donné tout ce que tu as déjà fait pour le réveiller. Tu veux repartir ? *Maintenant ?* Alors qu'il vient tout juste de revenir ?

– Mais c'est justement pour cela qu'il faut que j'y aille, lui ai-je répondu, découvrant mes raisons au moment même où je les formulais. Il est en train de nous revenir alors que, elle, elle risque de partir. C'est elle qui a le plus besoin d'aide.

Ma mère a simplement secoué la tête.

– Tu m'embrouilles, Ellie. Chaque fois que je me retourne, tu as un visage différent. Il y a une minute, tu creusais un chemin entre ici et la porte de ton père, et maintenant tu veux aller aider une inconnue qui a déjà ce garçon auprès d'elle.

– Ce n'est pas une inconnue, ai-je répondu. (C'était la vérité, depuis que j'avais posé les yeux sur elle.) Et même si elle l'était, elle serait tout aussi malade, et Larkin ne serait qu'un garçon, tout seul là-haut avec elle.

– N'empêche que c'est dangereux de monter là-haut. (Elle a posé un couvercle sur le ragoût.) Dangereux d'y aller seule.

– Alors, viens avec moi. Juste pour voir si Miss Cate va bien.

Elle a ouvert de grands yeux.

– Tu ne penses tout de même pas que je vais faire cela ?

– Mais elle ne va pas bien du tout, Maman !

La voix de Samuel nous a interrompues :

– Un des chiots a fait pipi sur le tablier.

Ma mère m'a jeté un dernier regard déçu.

– Ce sont des chiots. (Elle s'est essuyé les mains sur un torchon.) Ils ne savent pas faire grand-chose d'autre.

Quand elle s'est dirigée vers la chambre, je lui ai emboîté le pas.

– Pourquoi est-ce qu'il ne peut pas nettoyer ?

– Qui ça ? Samuel ?

– Oui, Samuel. Si un garçon peut être médecin, pourquoi est-ce qu'il ne peut pas nettoyer du pipi de chien ?

– J'ai pas envie d'être médecin, a dit Samuel. Qui a dit que je voulais devenir médecin ?

Mon père dormait toujours. L'un des chiots avait rampé jusqu'à son cou et dormait contre lui ; un autre reposait sur son bras ; un troisième lui léchait la main, sa langue comme un petit pétale rose. Et Motus, celui par qui tant de choses avaient commencé, était profondément endormi sur sa poitrine.

– Eh bien, en voilà un spectacle, a murmuré ma mère en souriant.

Elle a roulé le tablier mouillé en boule et me l'a tendu pour que je le lave dehors.

–Va chercher Esther, a-t-elle dit doucement. Il faut qu'elle voie cela.

Mon père était toujours profondément endormi, la bouche entrouverte, les bras relâchés le long du corps. Il pourrait s'écouler des heures avant qu'il ne se réveille de nouveau et il aurait alors beaucoup moins besoin de moi qu'auparavant.

Je suis sortie. Ma sœur étendait le linge sur le fil en fredonnant, le visage heureux.

– Maman voudrait que tu rentres pour voir les chiots, lui ai-je dit.

Elle m'a regardée avec un sourire en suspendant le reste de la lessive, puis elle s'est dirigée vers la maison en balançant le panier vide. Je suis restée au soleil à réfléchir un moment.

– Qu'est-ce que je suis censée faire ? ai-je demandé tout haut, bien que je sois seule.

Le ciel était occupé à être le ciel, les arbres, occupés à être des arbres. Et les oiseaux, occupés à être qui ils étaient.

Ce qui était déjà, en soi, une réponse.

J'ai décidé d'écouter la flamme de ma poitrine qui soupirait puis rugissait, et soupirait de nouveau, long morceau de musique que je connaissais par cœur mais qu'il me semblait toujours entendre pour la première fois.

Je suis allée reprendre ma veste dans l'abri à bois. J'ai sorti de sa poche la petite abeille en bois et l'ai posée sur l'étagère avec les autres cadeaux de Larkin.

Puis j'ai rincé la veste et le tablier sous la pompe du puits ;

je les ai essorés et j'ai remis ma veste mouillée. Le froid a été comme une gifle mais, en séchant, elle prendrait la forme de mon corps et m'irait parfaitement. J'ai suspendu le tablier au fil et je suis retournée dans la maison pour prendre un bocal que j'ai rempli de ragoût, auquel j'ai rajouté un peu d'eau froide pour pouvoir visser le couvercle sans me brûler.

De retour à l'abri, je l'ai mis dans mon sac à la place du bocal d'infusion de saule qui y était resté.

J'ai repris le sentier de la montagne. J'avais encore un grand moment de jour devant moi.

37

Captan est venu à ma rencontre à l'endroit le plus escarpé du chemin.

– Comment va-t-elle ? lui ai-je demandé tout en escaladant.

Il m'a répondu d'un clignement d'œil et s'est approché pour sentir mes bottes. C'était la première fois qu'il venait si près.

Lorsqu'il a relevé les yeux, j'y ai lu de nombreuses questions.

– Oui, c'est un chiot que tu as senti. C'est Motus. Quand il sera plus grand, je l'amènerai pour que vous fassiez connaissance.

Je me suis alors rappelé que Motus était destiné à Mr Anderson.

– Peut-être que je l'amènerai ici pour qu'il y reste.

J'ai tendu la main, paume ouverte vers le ciel, et Captan est venu y poser brièvement son museau avant de faire demi-tour et de reprendre le chemin qui menait à la cabane.

Je suis restée immobile sur le sentier. La sensation de sa tête douce reposant sur ma main résonnait avec force en moi, avec un écho supplémentaire qui me parlait de solitude, d'un cœur blessé et de ce que l'on ressent quand les congères amassées autour d'une cabane donnent à la lumière du jour la pâleur du petit-lait. Quand le seul bruit que l'on entend est le sifflement du vent rasant le sommet de la montagne. Et quand les jours sont longs, froids et affamés.

– Tu es merveilleux, jeune homme. Un chien merveilleux, lui ai-je lancé quand il s'est retourné pour me regarder.

Ce qui a paru lui plaire, même s'il n'a pas souri.

Arrivée à la cabane, je me suis arrêtée sur le seuil.

Larkin était là, debout près du lit.

Cate avait dit qu'elle n'aurait pas besoin de moi s'il venait s'occuper d'elle, mais j'espérais que, malgré tout, j'aurais du travail à faire.

– *Ô Captan, mon Captan !*, a-t-elle lancé en nous apercevant, que m'as-tu rapporté ?

Je suis entrée et Larkin s'est retourné.

Lorsque je me suis habituée à la pénombre, j'ai vu qu'il était blessé.

Son œil gauche, tout enflé, était fermé et la peau autour avait pris une teinte mi-noire, mi-bleue.

– Que s'est-il passé ? ai-je demandé en m'approchant pour l'examiner. La paupière supérieure était gonflée comme une petite balle et la paupière inférieure la rejoignait, au point que ses cils ressemblaient à de petites dents noires dans une grande bouche cramoisie.

– Il a reçu un œil au beurre noir pour être venu me voir,

a dit Cate d'un ton amer et sombre, mais d'une voix plus forte que la veille, et son visage aussi avait repris des couleurs.

J'ai tendu la main vers son œil mais il a reculé.

– Ça va, a-t-il dit. Elle aussi, elle va mieux.

En le regardant, j'ai appris une nouvelle fois qu'on peut être triste et sourire à la fois.

– C'est vrai, a dit Cate. Je ne vais pas bien, mais je vais mieux.

Larkin a retiré la couverture et défait le bandage pour que je puisse constater par moi-même. La blessure, d'un aspect affreux, était encore enflée et sombre mais elle n'avait plus l'air aussi purulente. Il n'y avait plus de pus. Presque plus d'odeur. Une belle croûte de sang et de miel s'était formée là où Larkin avait fait l'incision. Mais elle a menacé de lâcher pendant que je regardais, alors il a vite resserré le bandage.

– Il faudrait recoudre la plaie, ai-je dit, bien que je n'aie jamais fait une telle chose.

– Non, a répliqué Cate. Pas encore. On pourrait avoir à la rouvrir. Le bandage suffira pour le moment. (Elle a remonté la couverture sur sa jambe.) Je vais avoir besoin que tu m'aides pour aller dehors. Pas tout de suite, mais bientôt.

Aucun de nous n'avait dit bonjour.

– Comment t'es-tu blessé à l'œil ? lui ai-je demandé.

– Je te l'ai dit, m'a répondu Cate, en sortant sa petite poupée de dessous la couverture pour la poser sur le côté. Il est venu me voir.

– C'était un accident.

Cate a reniflé avec dédain :

– Qui est arrivé parce que ta mère était folle de rage.

Larkin a haussé les épaules.

– C'est vrai. Mais c'était quand même un accident. (Il s'est tourné vers moi.) Elle m'a obligé à faire mes tâches quotidiennes quand nous sommes rentrés hier soir.

– Dans le noir, a marmonné Cate.

– Et moi aussi, j'étais furieux. J'ai fendu une bûche si fort qu'un morceau de bois a sauté et m'a frappé à l'œil. (Il a souri faiblement.) Ça ne m'arrivera plus.

Cate a eu un geste d'impatience.

– Ce qui est fait est fait. Alors avançons. Va attiser le feu, Ellie, veux-tu ? Et fais chauffer ton couteau.

– Mais le miel, ça marche !

– Pas pour ma jambe. Pour son œil.

Larkin a acquiescé :

– Elle veut dire, pour faire une saignée.

Il ne semblait pas plus inquiet que cela. La confiance se lisait sur son visage calme.

– Puis il faudra lui appliquer un cataplasme, a ajouté Cate.

– J'ai apporté une pomme de terre pour ça, a répondu Larkin.

– Alors, va la râper dans un bol pendant qu'Ellie fait chauffer son couteau.

Elle a essayé de se redresser. Nous avons dû l'aider, tous les deux tandis que Captan s'est approché tout près pour nous observer. Nous l'avons assise, perchée au bord du lit. Prise de vertige, elle oscillait et se raccrochait à nous en baissant la tête.

– Des étoiles, a-t-elle murmuré. De si jolis avertissements.

Nous l'avons aidée à rester droite jusqu'à ce qu'elle puisse relever la tête. Posés sur le plancher, ses pieds blancs et maigres, aux ongles longs et jaunis, étaient parcourus d'un réseau de veines bleues.

– Avez-vous des chaussettes ? ai-je demandé.

– Oui, dans cette malle.

Je suis allée y chercher une paire, soulagée de voir qu'il y avait d'autres habits chauds et que de bons souliers attendaient à côté.

J'ai tendu les chaussettes à Larkin.

– Mets-lui ceci pendant que je fais chauffer le couteau.

Il a eu l'air de vouloir dire quelque chose mais il s'est abstenu.

Cate nous regardait, un petit sourire aux lèvres.

– Et je vous ai apporté du ragoût. (J'ai désigné le sac près de la porte.) Il devrait être encore suffisamment chaud.

Tout en tenant le couteau pour que la lame reste dans les flammes, j'ai regardé Larkin lui enfiler ses chaussettes et lui servir un peu de ragoût. Elle en a pris une bouchée.

– Oh ! mon Dieu, a-t-elle dit, les yeux clos. De toute ma vie et dans tout l'univers, je n'ai jamais rien goûté d'aussi délicieux.

– Tu en veux ? ai-je demandé à Larkin.

– Je n'ai pas faim, m'a-t-il répondu, alors qu'il en avait tout l'air.

Il est allé chercher un bol et une râpe dans le placard et, en un tournemain, il a réduit la pomme de terre en charpie.

J'aime les gens qui savent bien faire quelque chose, sans

mouvements inutiles, sans perte de temps, sans hésiter sur la façon de le faire. Ceux qui font comme lui, tout simplement.

J'ai soudain dit :

– Mon père s'est réveillé ce matin.

Cate s'est arrêtée de manger et a ouvert les yeux.

– Du coma ?

J'ai hoché la tête.

– Depuis quand était-il parti ?

J'ai réfléchi :

– Depuis la fin du mois de janvier dernier. Juste avant la grosse tempête. (Nous étions restés coincés chez nous, assis dans la maison sombre et glaciale, à veiller notre père endormi pendant que le monde au-dehors se couvrait de blanc, de bleu et d'or.) Il est resté endormi pendant douze semaines. Presque treize.

– Et là, il s'est réveillé, comme ça ?

Alors je leur ai raconté l'eau glaciale et le serpent et la potion que j'avais faite. Sa main qui avait frémi. Ses yeux qui avaient roulé sous les paupières.

Ils m'ont écoutée comme si je leur racontais une histoire avant qu'ils aillent dormir.

Quand j'ai eu fini, Cate m'a regardée, pensive.

– Il fut un temps où j'aurais dit *coïncidences. Sornettes. Illusions.* Mais c'était il y a longtemps.

–Vous pensez que c'est quelque chose que j'ai mis dans la potion ? Peut-être la gomme de sapin ?

– Absolument pas.

Elle a secoué la tête et s'est remise à manger.

– Le serpent ?

Elle a poussé un petit rire de dédain.

– Non plus.

– Alors quoi ? a demandé Larkin.

Elle a haussé les épaules et incliné la tête vers les gros livres qui encombraient son bureau.

– Quelque chose d'autre, que vous ne trouverez pas là-dedans.

38

– Et maintenant, il est temps que tu apprennes à percer une cloque de sang, a dit Cate.

– Quoi ? Moi ?

– Larkin peut difficilement le faire lui-même. Et moi, je sais déjà comment faire. (Elle m'a jeté un regard aigu.) Cela ne prendra qu'une minute.

–Vous voulez que je lui plante un couteau dans la peau, près de l'œil ?

Larkin lui-même a paru alarmé. Captan aussi. Cate a souri.

– Aristote disait : « Ce que nous devons apprendre à faire, nous l'apprenons en le faisant. »

Ce qui m'a rappelé mon père et le jour où il m'avait appris à faire du feu. Et Samuel, le jour où il avait pêché son premier poisson.

– Qui est Aristote ?

– Un Grec, mort depuis longtemps.

Elle nous a fait signe d'approcher et elle a doucement touché le visage de Larkin, juste sous le coin de son œil enflé.

– Pas tout droit. Pas d'un grand coup. Il faut poser la lame à plat, là où c'est le plus gonflé. (Elle a désigné l'endroit d'un ongle écaillé.) Pas dans la direction de l'œil mais vers l'extérieur. Puis il faut appuyer la lame un peu pour que la pointe du couteau s'enfonce dans la cloque et la faire glisser lentement jusqu'à ce qu'elle perce la peau. Juste un peu.

Je l'ai regardée, les yeux ronds :

– Vous plaisantez, pas vrai ?

Elle a secoué la tête.

– Je ne plaisante jamais lorsqu'il s'agit de couteaux. Ou d'un œil.

J'ai regardé Larkin. Il a acquiescé.

J'ai regardé Captan. Si les chiens pouvaient hausser les épaules, il l'aurait sans doute fait.

J'ai donc suivi Larkin dans la clairière où il avait tiré la chaise de Cate. Il s'y est assis et a renversé la tête en arrière.

Captan s'est assis contre sa jambe.

– Et mets-toi de côté, parce que le sang va gicler, m'a lancé Cate depuis l'intérieur.

Couteau en main, je ne bougeais pas. Larkin m'observait, le visage levé.

– On n'est pas obligés de faire ça, tu sais, lui ai-je murmuré. On peut attendre que ça dégonfle tout seul.

– Tu as déjà essayé de suivre une piste escarpée dans la pénombre en étant à moitié aveugle ? Je préférerais ne pas me casser la jambe. Alors s'il te plaît, Ellie, coupe !

J'ai pris une profonde inspiration, puis une seconde et j'ai fait ce que Cate m'avait dit de faire : poser le couteau à plat contre la peau, la pointe vers l'extérieur, appuyer jusqu'à ce que la peau gonfle des deux côtés de la lame, la faire lentement glisser. La pression a augmenté, augmenté encore, et soudain la peau a cédé et la cloque s'est percée.

J'avais oublié de me mettre sur le côté.

Mais c'est Larkin qui a été trempé de sang. On aurait dit qu'il avait reçu un grand coup de batte en pleine figure.

– Berk ! ai-je lancé, en essuyant ce qui m'avait giclé au visage.

Ma veste, encore mouillée, était constellée de taches cramoisies. J'ai aidé Larkin à se remettre debout et j'ai pris la chaise. Puis nous avons suivi Captan dans la cabane.

– Oh sainte mère de Dieu ! s'est exclamée Cate en nous voyant.

Elle a fait signe à Larkin d'approcher et lui a pris le menton pour lui faire tourner la tête afin d'examiner son œil. Elle a hoché la tête.

– Maintenant, la pomme de terre, m'a-t-elle ordonné. Et la page d'un livre, mais pas une page importante. (Puis elle s'est adressée à Larkin.) Allonge-toi sur le plancher.

J'ai parcouru le livre le plus gros et suis tombée sur une page qui parlait d'engelures, contre lesquelles on ne peut rien faire, sauf porter des gants… Je l'ai donc arrachée.

– Maintenant, applique la pomme de terre sur son œil et pose la page pliée en deux par-dessus.

C'est ce que j'ai fait après avoir essuyé de son visage le sang qui avait coulé. La pomme de terre était suffisamment humide pour détremper le papier, qui collait ainsi à la peau et maintenait le cataplasme en place.

– Comme ça ?

– Oui, comme ça. Appuie doucement pour bien recouvrir tout l'œil.

– Je vais le faire moi-même, a dit Larkin en posant sa paume sur le cataplasme.

Je l'ai regardé, allongé sur le sol.

– Pourquoi de la pomme de terre ? ai-je demandé.

– Parce que ça réduit le gonflement et ça aide à empêcher l'infection, a-t-il répondu.

– Mais pourquoi ?

J'avais pris le même ton.

– Tu veux le savoir ? (Cate a désigné les gros livres de son bureau.) Eh bien, cherche.

Entre leurs couvertures, les nombreux volumes contenaient des milliers de pages. Mon père m'avait toujours dit que, face à une tâche gigantesque qui me ferait faire des progrès, j'avais le choix entre me lamenter sur le temps que cela me prendrait, ou me réjouir que cela dure si longtemps.

– Est-ce que je pourrai revenir ici quand j'aurai envie de lire ?

– Oui, mais cela a un prix, a répondu Cate.

J'ai attendu qu'elle précise.

– Des tâches ménagères en échange des leçons, m'a expliqué Larkin.

Le cataplasme avait dégouliné sur le plancher à côté de sa tête et laisserait une trace, mais cela ne semblait pas préoccuper Cate.

– D'accord. Vous voulez dire balayer, faire la cuisine et la lessive ?

– Oui. Mais là, tu vas commencer par me mettre mes souliers et m'emmener dehors.

Si j'avais souvent aidé Samuel à enfiler ses chaussures, aider Cate n'avait rien à voir.

Mon père aurait-il lui aussi besoin de ce genre de services ?

Une fois ses souliers lacés, Cate s'est agrippée à mes épaules pour se mettre debout. Je l'ai aidée à trouver son équilibre et nous sommes sorties, à tout petits pas, dans la clairière.

– Combien de temps faut-il que je reste allongé ? nous a crié Larkin.

– Aussi longtemps que nous te le dirons, lui a répondu Cate.

Le *nous* m'a fait sourire.

– Qu'y a-t-il de drôle ? a-t-elle marmonné.

– Rien.

Elle m'a dirigée vers l'arrière de la cabane où s'étendait un endroit couvert de mousse entre les cèdres. Un grand abri s'élevait non loin.

– À quoi sert-il ?

– À des choses et d'autres, m'a-t-elle répondu d'une voix… étrange, en détournant les yeux.

Je me suis demandé ce qu'il y avait à l'intérieur.

Elle a attendu un moment avant de reprendre :

– D'habitude, je fais ça toute seule.

– Vous allez pouvoir ? Avec votre jambe dans cet état ?

Elle se tenait courbée, accrochée à mon bras.

– Peut-être pas, a-t-elle dit tout bas, en regardant aux alentours pour trouver une solution.

– Ici.

J'avais repéré une souche creuse. Son regard est passé de la souche à mon visage.

– La nécessité est mère de l'invention.

Cette phrase m'a plu et m'a donné à penser pendant que je l'aidais à atteindre la souche.

– C'est vous qui l'avez inventée ?

Elle a secoué la tête.

– Platon, peut-être.

– Qui ça ?

– Un autre Grec, mort depuis bien longtemps, lui aussi.

– Comment en savez-vous autant sur les Grecs ?

Elle m'a jeté un regard pénétrant.

– Tu penses qu'une vieille harpie comme moi n'a pas eu d'éducation ?

C'était la deuxième fois qu'elle me lançait cette accusation.

– Pas du tout. (J'étais contrariée, et je ne m'en suis pas cachée.) Je n'aime pas beaucoup que vous me disiez ce que je pense.

Elle a levé un sourcil.

– Je n'affirme rien, je pose une question.

La souche était pile à la bonne hauteur, mais Cate allait être inconfortablement assise sur un siège rugueux et spongieux.

– Ça fera l'affaire, m'a-t-elle rassurée.

Je suis revenue quand elle m'a appelée et nous sommes lentement retournées dans la cabane. Cate était en nage, essoufflée par le simple effort de se tenir debout. Je l'ai aidée à se recoucher.

La plaie avait dû se rouvrir un peu plus car une tache de sang était apparue sur le bandage.

– Et si ça ne guérissait plus maintenant ? ai-je demandé.

Elle a haussé les épaules.

– Pourquoi s'inquiéter de ce qui n'arrivera peut-être pas ?

– Parce que j'aimerais être prête à faire ce qui sera nécessaire, si ça arrive.

– Eh bien, si ça ne s'est pas amélioré demain, on nettoiera la plaie et on remettra du miel.

Je me suis mordu la lèvre.

– Nous avons tout utilisé, et je ne sais pas combien il en reste dans la ruche, mais probablement pas beaucoup.

– Il y a une ruche pas très loin de l'endroit où je vis, a dit Larkin.

– Et pas loin d'une mère qui refusera que tu y prennes du miel pour moi, a rétorqué Cate, en remontant la couverture jusque sous son menton.

– Si votre jambe va mieux, est-ce qu'on se contentera de laisser le miel qui y est déjà ? ai-je demandé.

Cate a réfléchi.

– Pourquoi pas ? Cela pourrait me rendre encore plus douce. (Ce qui a fait rire Larkin.) Un garçon qui rit alors qu'il est allongé sur le sol, un cataplasme de pomme de terre sur l'œil… Qu'en dis-tu, Captan ? N'est-ce pas un vrai garçon ?

Captan a ouvert les yeux, frappé le sol une fois de la queue puis il s'est assoupi de nouveau.

– À quoi ça servirait de pleurer ? a alors dit Larkin.

Il ne riait plus.

39

– Est-ce toi qui as préparé ce ragoût que tu m'as apporté ? m'a demandé Cate.

– Non, c'est ma mère, et elle m'arracherait les yeux si elle savait que j'ai rajouté un peu d'eau froide dans le bocal pour pouvoir fermer le couvercle.

– Eh bien, il était quand même délicieusement bon.

Je l'observais qui essayait de retrouver son souffle, sa poupée de nouveau posée près de sa joue. Elle paraissait jeune et vieille à la fois.

– Mon père m'a raconté qu'il vous avait vue en train d'écorcher un cerf, le soir où il était monté jusqu'ici.

– C'est possible. C'est ce que je fais lorsque j'en tue un.

– Vous tuez des cerfs ?

Elle a levé un sourcil interrogateur – une mimique qu'il faudrait que j'essaie de reproduire.

– Et pourquoi pas ?

J'ai parcouru la cabane du regard : pas de fusil, pas d'arc. Je lui en ai fait la remarque. Visiblement curieuse, elle m'a demandé :

– Tu n'as jamais fabriqué de collet ?

Mon père en avait posé, pour prendre des lapins et du petit gibier. Il m'avait appris à le faire, même si je n'aimais pas utiliser de pièges. Les animaux que nous attrapions tentaient de se libérer par des moyens trop douloureux.

Il avait chassé le cerf au fusil, et il m'avait aussi appris à tirer, mais je n'aimais pas plus tuer rapidement que tuer lentement. Pourtant j'aimais manger de la viande.

– Si, j'en ai déjà fabriqué, mais pas pour prendre des cerfs.

Elle a agité une main fatiguée.

– Ce qui marche avec les petites bêtes marche avec les grosses. Je pose un collet de temps à autre, et j'appâte avec du maïs. J'attrape parfois un raton laveur, d'autres fois un cerf.

– Vous mangez du raton laveur ?

– Pas toi ?

– Moi si, a dit Larkin.

Quelle étrange conversation nous avions tous les trois : une personne alitée, une deuxième allongée sur le sol, une troisième debout, à discuter gibier.

– Je n'en ai jamais mangé mais mon père m'a fabriqué un chapeau en fourrure de raton laveur. La viande, on l'a donnée au chien.

– Si on la cuisine comme il faut, a indiqué Cate, c'est assez savoureux.

– Le cerf, c'est meilleur, a dit Larkin.

– Mais où sont les peaux ?

– Bah ! De combien de peaux une vieille femme seule a-t-elle besoin ? (Elle a agité la main.) Celle-ci, avec laquelle je suis née, si ridée maintenant qu'elle aurait besoin d'un petit coup de fer à repasser. J'ai un pantalon en daim dans cette malle, et également un manteau, aussi chaud que n'importe quelle fourrure.

– Sauf de la fourrure d'ours, a dit Larkin.

– Sauf de la fourrure d'ours, a-t-elle admis. Mais le seul jour où j'en ai piégé un, j'ai coupé le fil de fer du collet et j'ai pris mes jambes à mon cou pour aller me réfugier dans la cabane.

J'essayais de m'imaginer la scène.

– Comment avez-vous tué les cerfs que vous avez pris au collet ?

– Avec un couteau. Je leur ai tranché la gorge.

– Et elle a la cicatrice d'un coup de sabot pour le prouver, a confirmé Larkin.

Ils avaient tous les deux l'air contents d'eux, mais ils ne souriaient pas.

– Les autres peaux, je les ai données, a repris Cate, en rapprochant la poupée de sa joue.

– À qui ?

Il y a eu un moment de silence, puis elle a dit :

– À Larkin.

– Mais de combien de peaux un garçon a-t-il besoin ? ai-je demandé.

– Et à son père, a-t-elle ajouté, la poupée serrée dans son poing.

Aucun des deux n'avait jusqu'ici mentionné le père de Larkin. Je les observais alternativement, mais ils ont gardé le silence – un de ces silences qui blessent l'oreille.

Quelque chose n'allait pas du tout et, soudain, je me trouvais plongée en plein milieu.

Je me suis tournée vers Larkin.

– Pourquoi ta mère n'aime pas que tu viennes ici ?

Il m'a dévisagée de son bon œil :

– Elle ne sait pas lire.

Cela n'expliquait pas grand-chose.

– Et alors ?

– Moi, si.

Ce qui n'expliquait rien de plus.

– Quel mal y a-t-il à savoir lire ?

– Aucun, a dit Cate.

– Elle a peur que je parte.

– Que tu partes ?

– Que je parte d'ici. Que je quitte les montagnes.

J'ai pensé à Maisie et à tout ce qu'elle pourrait faire pour retenir Motus quand Mr Anderson viendrait le chercher, mais je ne pouvais pas l'imaginer faisant le moindre mal à son chiot.

– Et ton père ? ai-je repris. Ça ne l'ennuie pas que tu viennes ici et que tu apprennes à lire ?

Cate a tourné son visage vers le mur.

Larkin lui a jeté un coup d'œil.

– Il est mort quand j'avais dix ans, a-t-il dit à voix basse. Juste après que vous êtes arrivés pour vivre ici.

– Oh ! Larkin, je suis désolée. (J'ai regardé Cate : la poupée tremblait dans sa main.) Elle le connaissait ? ai-je murmuré.

– Oui. Très bien. (Je l'ai vu déglutir.) C'était son fils.

Mon regard est passé du garçon à la vieille femme et

soudain, j'ai vu ce qui aurait dû me sauter aux yeux, dans la silhouette élancée et mince de Larkin. Dans la forme de sa bouche. Ses mains.

– Alors Cate est…

– Ma grand-mère.

40

J'étais stupéfaite qu'aucun d'eux n'ait pensé à me le dire plus tôt.

Mais je n'allais pas faire de reproches à Cate, qui sanglotait doucement, alors que, moi-même, je ne leur avais pas dit grand-chose de ma propre histoire, et seulement par petits bouts.

Je n'allais pas non plus en faire à Larkin, qui avait perdu son père, et sa mère aussi, d'une certaine manière.

J'ai simplement laissé Cate s'endormir et je me suis activée.

J'ai essuyé le jus de pomme de terre qui coulait sur la joue de Larkin. J'ai sorti le pantalon en daim pour lui faire un oreiller, et pris la liberté de regarder ce qu'il y avait d'autre dans la malle.

J'en ai tiré une tunique propre et une culotte longue que Cate pourrait mettre lorsqu'elle serait de nouveau prête à s'habiller.

Mais, avant, je l'aiderais à faire sa toilette, si elle me laissait faire.

– Est-ce qu'il y a du savon ? ai-je demandé tout bas à Larkin.

– Oui, dans une boîte sur les étagères du haut.

– Et des gants de toilette ?

– Avec le savon.

– Et une serviette ?

Il a tendu la main vers un sac en toile près de la porte.

– Elle est sale, mais elle fera sa lessive quand elle ira mieux.

– Non, ai-je répliqué. C'est toi qui vas la faire aujourd'hui.

Il a fait la grimace.

– Moi ?

– Pendant qu'il reste du soleil. Qu'est-ce qu'elle utilise ? ai-je demandé en regardant tout autour de la pièce.

– Il y a une bassine dans l'abri derrière la cabane.

Oh ! C'était donc cela qu'elle gardait là-bas.

– Quand elle se réveillera, tu enlèveras les draps de son lit, tu feras chauffer de l'eau et tu laveras le tout avec beaucoup de savon. Puis tu rinceras bien et tu mettras le linge à sécher. Et garde l'eau pour son bain.

– Moi ?

Il s'est redressé et le cataplasme lui est tombé dans la paume.

J'ai tendu la main et il m'a donné le papier détrempé et le petit monceau de pommes de terre.

– Laisse-moi faire.

Je lui ai doucement ôté quelques petits filaments collés sur ses cils et du tranchant de la main j'ai essuyé les traces d'amidon qui restaient sur sa joue.

– Merci, a-t-il dit en tâtant ses paupières du bout des doigts.

Elles avaient suffisamment dégonflé pour lui permettre d'entrouvrir l'œil, mais son visage était encore tout abîmé.

– Pourquoi est-ce que tu ne m'as pas dit que Cate était ta grand-mère ?

– Tu viens de la ville. (Il s'est remis debout.) Tu es nouvelle ici.

– Nous ne sommes pas nouveaux. Ça fait trois ans que nous vivons ici.

– Ma famille, ça fait des générations. Trois ans, c'est à peine un chant d'oiseau.

J'ai bien aimé l'expression, mais pas la façon dont il l'avait prononcée.

– C'est quoi le problème, avec les gens de la ville ?

– Ils sont cruels avec elle.

– Cruels avec Cate ?

Il a baissé la voix.

– Ils pensent qu'elle est une sorcière.

Je l'ai regardé, perplexe.

– Mais c'est qui, ces « ils » ?

– Peut-être pas tout le monde, a-t-il répondu avec un rictus. Mais certains. (Il a réfléchi.) Est-ce qu'il y a des gens à toi qui s'appellent Lock – quelque chose ?

– Lock quelque chose ? Les Lockhart ? Mais ce ne sont pas des gens *à moi*. Ils ne sont pas de ma famille.

– Ils sont quoi, alors ?

– Des voisins. Des amis. D'accord, peut-être des gens *à moi*, j'imagine, mais ils n'ont pas d'enfants et je ne les vois pas beaucoup. Ma sœur, mon frère et moi, nous sommes les seuls enfants de la montagne.

– Du côté de la ville.

– Oui, du côté de la ville.

– Et pourquoi penses-tu que personne ne s'intéresse jamais à l'autre côté ?

Je me suis rappelé mon père me disant de ne pas m'éloigner de la maison.

– Mes parents ne veulent pas que nous partions trop loin. Ils disent que c'est dangereux, à cause des coyotes, des ours et des barres rocheuses où on pourrait tomber.

– Et des gens de la montagne comme moi. Et des sorcières comme elle.

J'ai poussé un petit rire un peu supérieur.

– Mais personne ne parle jamais d'elle, Larkin.

– Pas même les Lockhart ?

J'ai secoué la tête.

– Qu'est-ce qu'ils auraient à dire ?

Il a poussé un soupir.

– J'étais ici un jour, il y a très longtemps, quand la femme Lockhart est arrivée. Elle disait qu'elle avait de fortes douleurs ici (il a posé sa main sur son ventre), et que rien n'y faisait. Le docteur n'y pouvait rien. Les médicaments qu'il lui donnait non plus. Alors elle avait grimpé jusqu'ici. Ma grand-mère lui a posé de nombreuses questions, puis elle lui a donné un bocal contenant des feuilles vertes. Elle lui a dit de faire des infusions et d'en boire tous les jours jusqu'à ce qu'elle se sente mieux. Puis elle lui a dit quelque chose qu'elle me dit toujours, chaque fois que je repars.

J'ai attendu un peu, puis j'ai fini par demander :

– Qu'est-ce qu'elle te dit ?

– *Saol fada agus breac-shláinte chugat*, a-t-il prononcé, après une pause. Ou peut-être c'était *Sláinte mhor agus a h-uile beannachd duibh*. L'un ou l'autre.

– Quoi ?

Je le dévisageais, les yeux ronds. Il a répété ces mots.

– C'est un sort ?

– Non, ce n'est pas un sort. Tu vois ce que je veux dire ? Les mots ne font pas des gens des sorciers, Ellie.

J'étais troublée qu'il me parle ainsi.

– Alors qu'est-ce que c'est ?

– Du gaélique. La mère de ma grand-mère, mon arrière-grand-mère, venait d'Écosse. Cela signifie « Je vous souhaite une bonne santé et tous les bienfaits ». Ce n'est pas un sort, c'est une bénédiction.

– Donc il n'y a pas de raison de la traiter de sorcière.

– Sauf que les douleurs de la femme Lockhart ne se sont pas atténuées. Elles ont empiré.

– Comment le sais-tu ?

Il a haussé les épaules.

– J'en sais beaucoup sur ce qui se passe sur cette montagne.

Je me suis alors souvenue de tout ce tintouin au sujet de Mrs Lockhart, du caillou qu'elle avait eu dans le ventre, de l'opération pour le retirer.

Je m'étais alors demandé comment ce caillou avait pu arriver là.

– Mettons qu'il y ait une personne qui croit que ta grand-mère est une sorcière. Cela suffit-il pour que toi, tu penses du mal de tous les gens de la ville ?

– Ils ont tendance à prendre des choses qui ne leur appartiennent pas.

Comme plus tôt, j'étais contente qu'il ait dit « ils » et pas « vous », mais pas tant que cela, en fait.

– Quoi, par exemple ?

– Les montagnes.

J'ai repensé à notre arrivée depuis la ville. À la construction de notre maison.

– Mon père et ma mère ont dépensé tout l'argent qu'il leur restait pour acheter notre terrain.

– Je ne parle pas de vous, a-t-il dit avec un soupir.

– On le dirait pourtant.

– Non, je parle des gens qui décident qu'ils sont propriétaires de quelque chose pour pouvoir le vendre.

J'avais eu la même conversation avec mon père et j'avais eu la même pensée : une montagne n'avait pas l'air de quelque chose que l'on puisse posséder.

Mais je venais de dire *notre* terrain. À l'instant même, je venais de prononcer ce mot, et je le pensais.

Et le soir précédent, dans la clairière près de la cabane de Cate, j'avais renommé la montagne le pic des Étoiles et la montagne d'Ellie – quoique *pas seulement* d'Ellie.

Mes pensées étaient encore plus embrouillées qu'avant. J'allais ouvrir la bouche pour répliquer je ne sais quoi lorsque Larkin a dit :

– C'est bon. Ce n'est pas ce que je pense de vous.

J'ai regardé son visage, souffrant de voir son pauvre œil et admirant les couleurs qui apparaissaient tcut autour.

– Alors pourquoi est-ce que tu ne t'es pas montré au grand jour ?

Son bon œil s'est arrondi de surprise.

– Qu'est-ce que tu veux dire ?

– Quand tu as semé toutes ces petites choses pour que je les trouve. Pourquoi est-ce que tu n'es pas venu à ma rencontre ?

– Quelles petites choses ?

– Un agneau, un chien, une vache, une mésange, une lune toute ronde, une chenille, un perce-neige. (J'ai réfléchi pour ne pas en oublier.) Un gland et une abeille.

Il a regardé ses pieds avant de relever les yeux vers moi.

– Et toi, a-t-il dit.

41

J'ai jeté un coup d'œil à Cate et j'ai entraîné Larkin dans la clairière.

– Pourquoi est-ce que tu les as juste laissées comme cela pour moi ? Pourquoi est-ce que tu n'as pas répondu quand j'ai appelé ? Pourquoi est-ce que tu ne t'es pas montré ?

Il a haussé une seule épaule.

– Je ne te connaissais pas.

– Alors pourquoi avoir donné des cadeaux à quelqu'un que tu ne connaissais pas ? À une fille comme moi ?

– C'est quoi, « une fille comme toi » ?

Il avait l'air perdu. J'ai croisé les bras.

– Il me semble que tu viens juste de dire des choses assez désagréables sur les gens de la ville.

Il a secoué la tête.

– Mais je savais bien que tu n'étais pas comme ça.

J'ai attendu.

– Je le savais, c'est tout.

J'ai attendu un peu plus.

– Et vous étiez tous… si pauvres, a-t-il lâché. (Venant d'un garçon dont les habits rapiécés ne tenaient que grâce aux graines collantes de bardane qui les recouvraient, ce jugement signifiait beaucoup.) Et si tristes, a-t-il ajouté. Vous faisiez peine à voir, quand vous êtes arrivés.

Comme c'était vrai ! Le changement avait été si dur pour nous que je comprenais qu'il ait été dur de nous voir comme cela.

– Le petit agneau que tu as attaché au collier de Capricorne…

– C'était pour le garçon. Pour le petit garçon.

– Samuel.

D'apprendre qu'il n'avait pas été sculpté pour moi m'a fait mal.

– Lorsque le vent soufflait du bon côté, je l'entendais pleurer de très loin. (Il a secoué la tête.) Au début, j'ai cru que c'était un agneau.

– Il y a des moutons sur cette montagne ?

– Non. C'est pour ça que je suis venu voir.

J'ai repensé à ce jour où je me tenais devant la tente, amaigrie et transie, les pieds dans la boue.

– Tu guettais quand je l'ai trouvé ?

Il a acquiescé. Son sourire m'a dit tout ce que j'avais besoin de savoir.

– Et les autres figurines ? Le chien ? La chenille ?

– Elles étaient toutes pour toi, Ellie.

C'est là que je lui ai rendu son sourire.

– Je t'ai vu une fois, tu sais. Dans un bosquet.

– Je m'en souviens. Tu regardais dans ma direction, mais je ne savais pas que tu m'avais vu.

– Si, mais seulement ton visage. (Je l'ai regardé attentivement.) Je ne comprends toujours pas pourquoi tu ne t'es pas montré.

Il a baissé la tête avant de répondre :

– Je suis triste depuis longtemps. (Il m'a jeté un coup d'œil avant de détourner les yeux.) Sculpter ces petits objets... Les laisser pour toi... (Il a poussé un soupir.) Ça m'a rendu heureux.

J'ai attendu. Je pensais comprendre. Puis j'ai demandé :

– Alors tout va bien ? Ou est-ce que tout est gâché, maintenant que tu me connais, sans les arbres entre nous ?

Surpris, il a levé les yeux.

– Mais rien n'est gâché.

Lorsque nous sommes rentrés dans la cabane, Cate, toujours tournée vers le mur, n'avait pas bougé.

– J'aurais dû savoir qu'elle était ta grand-mère, lui ai-je dit doucement. Vous vous ressemblez tellement.

J'ai vu qu'il appréciait ma remarque.

Je lui avais déjà arraché beaucoup d'informations et je ne voulais pas le pousser dans ses retranchements, mais il y avait de nombreuses choses que je ne comprenais toujours pas.

– Tu as dit que ta mère avait peur que tu partes si tu avais trop de connaissances, si Cate t'en enseignait trop. (Il a hoché la tête.) Mais tu t'attires vraiment des ennuis en venant ici ? Tu dois te cacher, pour venir voir ta propre grand-mère ? On a l'impression que ta mère...

Je me suis interrompue. Larkin a poussé un soupir.

– Elle n'aime pas Cate.

– Pourquoi ? Cate est… merveilleuse.

– C'est compliqué. (Il a baissé les yeux.) Ma grand-mère a grandi dans ces montagnes. Elle les a quittées pour aller à l'école, pour devenir infirmière, et elle a épousé un docteur. Elle a eu un bébé : mon Papa. (Larkin a regardé Cate.) Elle l'a très souvent amené ici quand il était petit. Il adorait la montagne mais il a grandi en ville et il est allé à l'université. Il a vécu en ville, il a travaillé dans un bureau, tout ça, pendant quelques années, jusqu'à ce qu'il en ait assez.

– De la ville ?

– De son travail aussi. Et de toute cette vie. (Larkin a parcouru la pièce du regard.) Il aimait être ici et il a décidé de venir s'y installer.

– Tout seul ?

– Oui, au début. Il voulait devenir luthier et vivre au milieu des arbres. Il…

– Qu'est-ce que c'est, un luthier ?

Il a eu l'air surpris.

– C'est quelqu'un qui fabrique des instruments de musique.

– Quel genre d'instruments ?

– Des instruments à cordes, des guitares, des violons.

– Et des mandolines ? ai-je demandé, en pensant à celle qui prenait la poussière dans un coin, près du lit de mon père.

Je me suis souvenue du son qu'en tiraient les mains de ma mère. Il n'y en avait pas de plus beau, sauf celui de sa voix, qui s'était elle aussi chargée de beaucoup trop de poussière depuis l'accident de mon père.

– Surtout des mandolines, a dit Larkin. Mon père était connu pour cela et il leur avait donné le nom de ma mère – Keavy. Tous les magasins de musique à cent kilomètres à la ronde en vendaient.

La fierté se lisait sur son visage, malgré ses contusions.

– Ma mère a une mandoline.

Il a levé les sourcils.

– Peut-être est-ce mon père qui l'a fabriquée ?

Je me suis imaginé le père de Larkin au sommet de cette montagne, vivant au milieu des arbres.

– En quel bois les fabriquait-il ?

– En érable à sucre. En épicéa rouge.

Je me le suis représenté, éveillant le souvenir du vent et de la pluie, du soleil et de la neige, et de la lueur des étoiles dans un bois qui, sans lui, serait resté muet.

Et j'ai pensé à ma mère, assise près du feu, jouant de la mandoline et libérant cette pluie, cette neige, la lumière de ce soleil et de ces étoiles, et cette pensée a fait vibrer mes os.

– Ce devait être un très bon musicien.

Larkin a poussé un nouveau soupir.

– Depuis qu'il n'est plus là, c'est peut-être cela qui me manque le plus – la façon dont il jouait. C'est parce qu'il comprenait le son que ses instruments pourraient donner dans les bonnes mains qu'il était capable d'en fabriquer d'aussi beaux.

J'ai regardé ses longs doigts fins.

– Est-ce qu'il t'a appris à jouer ?

Il a de nouveau courbé la tête et m'a répondu sans me regarder :

– Il y a beaucoup de choses que je regrette de ne pas avoir faites avant qu'il meure, mais la principale, c'est de ne pas avoir passé assez de temps à mes leçons pour apprendre à jouer. Cela dit, oui, il m'a appris.

J'ai incliné la tête vers les outils accrochés au mur.

– C'est ceux-là qu'il utilisait ?

– Oui. Et il faisait de la colle avec de la peau de cerf.

– Avec de la peau de cerf !?

– Ou parfois de lapin. Mais le plus souvent de cerf. On la coupe en petits morceaux, on ajoute un peu d'eau, on la fait bouillir, et on obtient la colle la plus forte qui existe.

Ça m'a semblé horrible. Pourtant, s'il fallait ça pour fabriquer une mandoline, alors ça ne pouvait pas être si mauvais.

Et cela expliquait pourquoi Cate avait donné des peaux de cerfs au père de Larkin.

Mais pas le reste.

42

– Ça ne m'explique toujours pas pourquoi ta mère n'aime pas Cate.

Il a réfléchi.

– Je pense que ce n'est pas la bonne manière de dire les choses. (Il a rassemblé ses idées.) Mon grand-père est mort quelques mois avant la crise. Il était médecin, je te l'ai dit, et c'est principalement tout ce qu'il était – un docteur. Quand grand-mère venait nous voir ici, il restait en ville. Il n'aimait pas quitter ses patients.

C'était quelque chose que je pouvais comprendre : le fait qu'un malade, même inconnu, puisse compter plus qu'un petit-fils.

– Je le voyais quand on allait en ville de temps à autre, a repris Larkin. Mais c'était un homme sérieux. Je ne crois pas que je l'aie un jour vu porter autre chose qu'un costume et un gilet. Toujours comme il faut, et un peu froid. C'était ma grand-mère qui était chaleureuse, joyeuse et forte. (Il a jeté un regard à la vieille femme couchée dans son lit étroit.) Pas comme elle est aujourd'hui. Elle a beaucoup changé. (Il a poussé un soupir et l'expression de son visage m'a serré le cœur.) Après sa mort, elle a trop attendu avant de sortir de son chagrin et décider comment elle allait vivre. Elle a trop attendu avant de vendre la maison. La crise est arrivée et plus personne n'a voulu acheter une aussi grande demeure. Alors elle l'a fermée et l'a abandonnée. Elle n'a gardé pratiquement que ses livres quand elle est venue vivre avec nous.

– Presque comme nous, ai-je dit, en pensant à la maison que nous avions quittée mais qui n'était plus à nous.

– Une saison avant vous. (Il m'a souri tristement). Et pas du tout comme vous. Elle était de ces montagnes – de *cette* montagne. Et elle est venue *chez nous* qui avions construit notre maison ici parce que nous le voulions. Pas parce que nous y étions forcés.

J'ai fixé mes bottes.

– Tu l'as déjà dit. Combien cela te faisait de la peine de nous voir, au début. Combien nous étions tristes.

– C'était différent pour elle. Tout allait parfaitement bien quand elle nous a rejoints. (Il avait le regard perdu dans le vague.) Quelques semaines avant votre arrivée, mon Papa est tombé malade. (Il a eu du mal à poursuivre.) Je ne sais pas ce qu'il a eu, quelque chose de terrible sans doute. Il est mort avant que nous ayons pu faire quoi que ce soit. Ma mère a cru… Enfin, elle ne comprenait pas comment ma grand-mère, qui savait tant de choses, qui avait été infirmière et qui avait vécu avec un médecin pendant toutes ces années… comment elle avait pu être aussi… inutile.

J'ai alors pensé à Esther et à son besoin de trouver

quelqu'un à qui faire porter la responsabilité de ce qui était arrivé à notre père.

– Et c'est ici que Cate est venue s'installer, toute seule ? ai-je dit en jetant un regard circulaire.

Il a acquiescé.

– Après la mort de mon père, ça a été horrible. Ma mère était comme folle. (Il a secoué la tête.) Cela fait trois ans et elle ne va toujours pas bien.

Ce qu'il avait dit tournait dans ma tête – la mort de son père, quelques semaines à peine avant qu'il ne se poste dans les bois pour observer notre pitoyable installation dans la montagne, pour écouter Samuel gémir comme un agneau dans la grise froidure de l'hiver, avant que la nature ne reverdisse.

– Tu as sculpté ce petit agneau pour Samuel alors que ton père venait tout juste de mourir, ai-je murmuré.

J'avais envie de caresser ses beaux cheveux et son visage meurtri.

– Oui, mais je l'ai fait autant pour moi que pour lui.

– Et aussi ces trésors pour elle, ai-je ajouté en désignant le faon minuscule posé sur l'appui de la fenêtre, l'écureuil et la parfaite petite souris.

Il a posé les yeux sur Cate et son visage s'est adouci.

– Je pense souvent à la façon dont ma grand-mère vivait avant de venir chez nous. Dans une grande et belle maison, en ville. Et maintenant… (Il a contemplé la pauvre petite cabane.) Mais elle ne voudra pas me quitter.

Dans son visage blessé, son regard était triste.

– Et ta propre mère ne veut pas que tu viennes ici ? (Il a

confirmé d'un signe de tête.) Parce que ta grand-mère t'apprend à lire ?

– Oui, et à cause d'autres choses aussi.

J'ai tenté de me mettre à la place de sa mère, ce qui n'était pas facile, mais j'en savais désormais beaucoup plus sur lui.

– Elle a peur que tu partes faire des études et que tu deviennes docteur. Elle a peur de ne plus jamais te revoir.

Il s'est mordu la lèvre.

– C'est ça, je pense.

Nous nous sommes regardés.

– Et que ça soit… inutile.

– Il est difficile de savoir ce qu'elle pense… (Il a essuyé un petit caillot qui s'était formé au coin de son œil et s'est éclairci la voix.) J'espère toujours qu'elle va aller mieux. Mais je ne sais pas quoi faire.

À ce moment, Cate s'est retournée. Qu'avait-elle entendu ?

Elle a fait signe à Larkin d'approcher.

– Rien de tout cela n'est ta faute, lui a-t-elle dit.

J'ai su alors qu'elle avait suivi toute notre conversation. Soudain, la pensée de mon père et de ma mère s'est répandue en moi comme de la pâte à pain qui monte.

– Il faut que je rentre chez moi.

Cate a acquiescé.

– Tu feras du bien à ton père en étant près de lui.

Je me suis tournée pour partir mais elle m'a arrêtée en disant :

– Tu ne m'as jamais dit comment il était tombé dans le coma.

Je n'avais pas très envie de raconter cette histoire, juste là, maintenant, mais après tout ce que Larkin venait de m'apprendre…

– Il était en train d'abattre un arbre qui l'a frappé en tombant.

Je ne me suis pas donné la peine de raconter le reste qui n'avait rien à voir avec tout le temps que mon père était resté endormi.

– Et à quel endroit l'arbre l'a-t-il frappé ?

– Dans le jardin potager. Nous étions…

– Non, pas ça ! m'a-t-elle coupée avec impatience. Où sur sa tête ?

– Oh ! Là, ai-je répondu en tapotant le sommet de mon crâne.

– Il se portera peut-être comme un charme dans quelque temps. Le corps est souvent son propre médecin, et le meilleur qui soit. Il lui faudra peut-être lui réapprendre à parler. Et à marcher. Il sera peut-être… différent. Pas tout à fait comme il était auparavant. Il ne se souviendra peut-être pas de certaines choses.

Quatre « peut-être », dont un seul était une bonne nouvelle. Les trois autres se dressaient comme des chaînes de montagnes que je ne voulais pas escalader.

– Comment savez-vous tout cela ? lui ai-je demandé d'une voix trop faible pour la moindre escalade.

– Larkin vient de te le dire. J'ai été infirmière. (Elle s'est concentrée, le visage plissé.) Le cerveau est comme le monde. Chacune de ses parties a sa propre manière d'agir. Mais il faut attendre de savoir quelque chose pour savoir qu'on le sait. Ton père reviendra à lui lentement et, en chemin, tu découvriras comment l'aider.

– Comme pour votre jambe ? ai-je demandé. On se contente d'attendre et de trouver ce qu'il faut faire le moment venu ?

– Exactement. (Elle a repoussé la couverture et posé sa main sur le bandage.) Il n'est plus chaud, et je n'ai plus de fièvre. Alors n'y touchons plus pour le moment.

– Je reviendrai demain et je vous aiderai à prendre un bain, si vous le voulez. Larkin va faire votre lessive tout de suite, et je lui ai dit de ne pas jeter l'eau après. Je reviendrai et je rajouterai de l'eau chaude quand vous serez prête.

J'aurais voulu la surprendre que je n'aurais pas pu mieux faire. Cela se voyait à l'expression de son visage mais elle n'a rien dit.

– Repose-toi sur la chaise pendant que je change tes draps, a dit Larkin, ce qui lui a valu un regard affectueux.

– Tu vas avoir besoin de beaucoup d'eau, et bien chaude, pour cette lessive, a-t-elle dit.

– Je vais aller en mettre à chauffer.

– Et je rapporterai du pain de maïs. Ma mère en fait un délicieux.

– Qu'elle ne voudra pas partager avec une vieille sorcière comme moi, a rétorqué Cate, des piquants dans la voix.

Sans doute se trompait-elle, ai-je pensé.

Maintenant que j'avais une histoire à partager avec ma mère, elle y trouverait certainement une raison de se montrer généreuse avec le peu que nous avions.

Surtout depuis que mon père s'était réveillé et que sa blessure à elle était en train de guérir.

De retour à la maison, je suis passée par l'abri. Les chiots y avaient retrouvé leur litière et dormaient près de Maisie, qui s'est levée quand elle m'a vue.

– Est-ce que tu es une bonne fille ? lui ai-je demandé en lui caressant les oreilles et en embrassant le sommet de sa tête. Ma bonne fille à moi ?

Elle m'a répondu d'un coup de langue rose sur le bout du nez avant de retourner à sa couche pour se blottir contre ses chiots.

– Réveille-toi vite, Motus, ai-je murmuré. Il ne nous reste plus beaucoup de temps.

Mais, avec le réveil de mon père, je me suis prise à espérer que d'autres choses aussi pourraient changer.

43

Je m'attendais à retrouver la maison telle que je l'avais laissée : ma mère souriant de nouveau et chantonnant pendant qu'elle travaillait ; Esther en train de redevenir gentille et Samuel s'éloignant du petit garçon qui avait pourchassé un lapin et déclenché cette longue et terrible épreuve.

Pourtant, lorsque j'ai franchi la porte, la cuisine était déserte et la maison silencieuse. On n'entendait que la voix d'Esther, que j'ai suivie. Je les ai tous retrouvés autour de mon père endormi dans son lit.

Samuel était pelotonné contre lui. Ma mère, assise près de la fenêtre, regardait la scène. Ils écoutaient Esther lire une histoire.

C'est là que je me suis remise à avoir peur. Ma mère ne demandait plus à personne de se taire. Elle ne disait plus qu'il fallait le laisser se reposer. Et toute envie de chanter avait disparu de son visage.

– « Des semaines passèrent et le lapin devint très vieux et tout râpé, lisait Esther. Il avait perdu ses moustaches, le rose de ses oreilles était devenu gris. Il commençait même à perdre sa forme et n'avait plus tellement l'air d'un lapin, sauf pour le petit garçon qui le trouvait toujours beau, et c'était bien ça le plus important. D'ailleurs, cela lui était égal d'être tout râpé, puisqu'il était vivant et que le petit garçon l'aimait tellement.»

Je connaissais ce livre, cette histoire: *Le lapin en peluche*, une de mes préférées, et qui m'a fait penser à la petite poupée serrée dans la main de Cate.

Quand ma mère m'a aperçue dans l'embrasure de la porte, elle a poussé un soupir.

– Il était temps que tu reviennes. (Esther s'est interrompue et ils m'ont tous regardée.) Pour quelle raison préférerais-tu être ailleurs qu'ici?

C'est vrai qu'à première vue on aurait dit une scène de conte de fées: toute la famille rassemblée, les joues rosies par la chaleur ambiante. Sauf que mon père était toujours aussi pâle et maigre qu'un panais.

J'avais envie de leur raconter où j'étais allée, de leur dire combien Cate avait apprécié le ragoût, qu'elle était la grand-mère de Larkin et tout le reste. En même temps, je voulais faire partie de l'histoire qui se déroulait ici, dans cette chambre.

Ce serait très difficile d'être un personnage dans les deux histoires sans devenir deux personnages différents. Ou un seul, mais coupé en deux. Ceci dit je pouvais le faire et je le ferais, quitte à ce que cela me désoriente et me déchire.

Pendant longtemps, j'avais cru que les gens n'étaient que ce qu'ils étaient, et qu'ils devenaient ce qu'ils devenaient. Plus maintenant.

– Il ne s'est pas réveillé depuis que je suis partie? ai-je demandé.

Ma mère a secoué la tête :

– Pas encore.

Je me suis avancée près du lit et j'ai scruté le visage immobile de mon père.

– Papa, réveille-toi.

Il ne s'est pas réveillé, il n'a pas bougé.

Jetant un coup d'œil par-dessus mon épaule, j'ai croisé le regard de ma mère. J'ai allongé le bras et secoué mon père. C'était comme secouer un sac de graines.

– Arrête, Ellie. Laisse-le, m'a demandé ma mère.

– Réveille-toi ! ai-je répété.

Toujours rien.

Ma mère a quitté la chambre.

Esther s'est remise à lire : «"Qu'est-ce que ça veut dire, vivant ?" lui demanda un jour le lapin. "Est-ce que ça veut dire qu'on a dans son corps des choses qui bourdonnent, et qu'on bouge tout seul ?" "Non", dit le cheval avec douceur. "C'est une chose qui arrive quand un enfant t'aime très, très longtemps. Pas seulement pour jouer avec toi, mais qu'il t'aime vraiment. Alors, tu deviens vivant pour de vrai. Moi, c'est l'oncle du petit garçon qui m'a rendu vivant, il y a des années. Mais une fois que tu es vivant, tu le restes pour toujours."»

C'était la seule chose que je voulais en ce moment : que certaines choses durent toujours et que d'autres puissent finir.

J'ai retrouvé ma mère dans la cuisine près du fourneau. Elle ne faisait rien.

– Il se réveillera de nouveau. Je sais qu'il le fera, lui ai-je dit.

Elle s'est retournée pour me regarder, les yeux plissés.

– Qu'est-ce que c'est que cela ? (Elle est venue toucher les taches qui maculaient ma veste.) C'est du sang ?

– C'est…

– Enlève-la ! a-t-elle dit d'une voix dure, en détachant les boutons frénétiquement. Enlève-la immédiatement !

J'ai obéi aussi vite que possible.

Elle m'a arraché la veste des mains, l'a jetée sous la pompe, l'a passée sous l'eau froide et l'a énergiquement savonnée, ses mains rougissant sous l'effort.

Je n'ai rien dit. Ni *Elle va redevenir propre*, ni *Papa m'en fera une autre*, ni *J'apprendrai à broder du lierre aussi finement que lui.*

Je pensais à Cate au moment où elle avait senti l'odeur du ciseau chauffé à blanc que j'avais voulu utiliser pour brûler sa plaie. La panique que j'avais lue sur son visage. Son soulagement quand j'avais suspendu le ciseau tout droit pour qu'il refroidisse.

– Je suis désolée, ai-je dit, plus embrouillée que jamais, et je suis sortie dans la cour pour regarder le ciel et tenter de savoir ce que je ne pouvais pas savoir.

Le soleil se glissait au loin de l'autre côté de la journée, et les ombres se dévidaient lentement comme des rubans noirs dans la clairière.

J'avais envie de les suivre.

J'avais envie de rester où j'étais.

Mais je me suis soudain retrouvée dans un troisième lieu, totalement différent, lorsque la mère de Larkin est apparue entre les arbres.

44

C'était une femme de petite taille, ce qui aurait dû me rassurer, mais elle ressemblait à ces scolopendres qui traversaient parfois la maison, leurs fines pattes innombrables et poilues s'agitant et frémissant si vite que je bondissais de terreur à leur vue.

– Ne t'approche pas de mon fils, m'a-t-elle lancé.

– Maman ! ai-je crié, aussi fort que possible, puis : Maman ! de nouveau.

Maisie est apparue sur le seuil de l'abri. Elle grondait.

Samuel est sorti de la maison.

Il a aperçu la femme et a semblé déchiré, comme moi, entre le désir de rester et celui de s'enfuir. J'ai éprouvé une vague de tendresse pour lui quand il a trottiné jusqu'à moi pour venir prendre ma main.

– Qui est-ce ? a-t-il demandé.

– La mère de Larkin.

Il l'a observée.

– Je ne l'aime pas, la mère de Larkin.

– Et elle est où, ta mère à toi ? s'est exclamée la femme.

J'ai crié « Maman ! », encore plus fort.

Elle est apparue immédiatement.

Esther, qui la suivait, a embrassé la situation d'un regard et s'est arrêtée net, oscillant comme une robe accrochée au fil à linge.

Ma mère n'a pas ralenti le pas et elle est venue se placer près de moi.

– Que se passe-t-il ? a-t-elle demandé d'une voix ferme.

À ce moment précis, Larkin est apparu sur le sentier et a crié :

– Maman ! Maman ! Attends.

Nous nous sommes tous figés comme des pièces sur un échiquier.

Larkin a lentement pénétré dans la clairière.

J'ai essayé de le regarder avec les yeux de sa mère – un garçon aux cheveux noirs, très noirs, aux vêtements déchirés et au double visage. D'un côté : un simple garçon. De l'autre : un garçon meurtri.

Mais nous le regardions de face, et il était ces deux garçons à la fois, et d'autres encore.

– Je suis désolé qu'elle vous ait fait peur, a-t-il dit. Maman, qu'est-ce que tu fais ?

– C'est qui ? a demandé Samuel.

– C'est Larkin, ai-je répondu.

– Je ne leur ai pas fait peur, a dit sa mère, ce qui était pourtant le cas.

La voyant de près, j'ai compris qu'on ne pouvait pas la comparer à une scolopendre.

Elle était comme un objet brisé, un bol en miettes. Une

femme en mille morceaux. Je ne voyais pas comment elle pourrait redevenir entière. Comment elle pourrait de nouveau être pleine de quoi que ce soit. Pas avec cette expression sur son visage.

Comme le soir où je l'avais vue tout en haut de la montagne, je sentais le chagrin et la folie émaner d'elle telle une puanteur.

– Je ne vous connais pas, a dit ma mère. Je m'appelle Evelyn.

– Vous n'avez pas besoin de me connaître. Ni de connaître mon fils.

Ma mère a scruté le visage abîmé de Larkin.

– C'est vous qui lui avez fait ça ?

– Bien sûr que non. Il s'est blessé tout seul, parce qu'il ne faisait pas attention à son travail. Mais c'est elle qui l'a coupé.

Ma mère m'a interrogée du regard.

– J'ai seulement percé la cloque, pour qu'il puisse voir mieux, lui ai-je expliqué.

– Le sang sur ta veste ! s'est-elle exclamée, en portant la main à son front. Esther, ramène Samuel dans la maison. (Puis se tournant vers moi.) Encore quelque chose que la harpie t'a appris à faire ?

– Non, ai-je répondu en pesant mes mots. C'est *Miss Cate* qui m'a appris cela ; et comment remplir une plaie avec du miel ; et comment utiliser des asticots pour dévorer la chair morte ; et comment faire un cataplasme à la pomme de terre ; et…

– C'est quoi, un cataplasme ? a demandé Samuel en tournant la tête vers moi pendant qu'Esther le traînait par la main.

– Très bien, a dit ma mère, une paume levée. En voilà plus qu'assez. (Elle s'est adressée à la mère de Larkin.) Que voulez-vous au juste ?

– Je veux que votre fille laisse mon fils tranquille. Elle n'a pas à lui dire de laver les sous-vêtements d'une vieille femme.

Venant de quelqu'un d'autre, la phrase aurait pu faire rire, mais la mère de Larkin n'avait rien de comique.

– Ils avaient besoin d'être lavés, ai-je dit.

– Alors c'est toi, la fille, qui dois le faire.

Ma mère, qui levait désormais ses deux mains, a repris :

– Et vous avez fait tout ce chemin jusqu'ici uniquement parce que votre fils a dû faire une lessive ?

– Je suis venue jusqu'ici pour vous dire que Larkin, il sait très bien ce qu'il a à faire. (Elle me fixait moi, et non ma mère.) Sans que tu aies besoin de lui dire. Ni toi ni sa grand-mère. Qui lui apprend des choses qui ne feront de bien à personne. Qui lui demande de laver ses draps sales alors qu'il a du travail à faire chez lui. (Elle s'est penchée un peu plus près.) Alors merci de vous occuper de vos propres affaires et de nous laisser nous occuper des nôtres.

– Je suis désolé, a répété Larkin en secouant la tête.

– Tu n'as pas à t'excuser, lui a dit ma mère avec gentillesse. Tu n'as rien fait de mal.

– Ça, vous n'en savez rien ! a craché sa mère. Tout comme vous ne savez rien sur votre propre fille, qui traîne la nuit toute seule dehors, en pantalon, et qui dit à Larkin ce qu'il doit faire. C'est elle qui aurait besoin d'être tenue d'une bonne poigne, sauf qu'il n'y a pas d'homme chez vous.

Ma mère l'a fusillée du regard.

– Qu'est-ce qui vous fait penser qu'il n'y a pas d'homme ici ?

– Vous parlez de ce petit gamin ?

Ma mère a soufflé comme un cheval :

– Je parle de mon mari, qui a construit cette maison, cousu les vêtements que nous portons, défriché ce coin de montagne pour en faire une clairière et un potager, et bien d'autres choses encore. Ça ne vous regarde absolument pas. Alors, comme vous venez de le dire, merci de vous occuper de vos propres affaires et de nous laisser nous occuper des nôtres. (Elle a levé le menton et a toisé l'autre femme, aussi fière que si elle était de sang royal, ce qu'elle était pour moi.) À moins que vous ne soyez propriétaire de cette montagne, ma fille continuera à la parcourir chaque fois qu'elle en aura envie. Et elle rendra visite à Miss Cate chaque fois que Miss Cate le souhaitera.

– Vous le regretterez. J'en sais plus que vous à ce sujet.

– Oh, écoutez, a dit ma mère avec impatience, ça n'est pourtant pas compliqué. Ma fille est une gamine, votre fils est un gamin, ce sont deux gamins qui vivent dans un coin de montagne où il y a très peu d'enfants. Est-ce vraiment si terrible que votre fils ait appris à laver des draps ? Qu'il soit ami avec mon Ellie ?

J'ai beaucoup aimé qu'elle dise cela, mais ça n'a pas du tout plu à la mère de Larkin.

– Amis aujourd'hui, et j'espère que ça en restera là. Mais quand les choses iront mieux en ville, vous y repartirez tous.

Et elle, elle n'emmènera pas Larkin avec elle. (Elle m'a dévisagée.) Alors, ne vas pas t'imaginer que tu le feras.

Je me suis sentie rougir.

Larkin avait l'air d'avoir avalé une limace.

Sa mère a regardé la mienne avec fureur.

– Nous savons ce que nous avons besoin de savoir, et nous avons ce dont nous avons besoin. (Elle a fait demi-tour et s'est dirigée vers le sentier qui menait au sommet.) On y va, Larkin.

– Je suis désolé, a-t-il une fois de plus répété, en poussant un soupir.

– Je viendrai demain, ai-je dit à voix basse.

Puis prenant conscience de ce que je venais de faire, j'ai répété haut et fort à Larkin qui suivait sa mère hors de la clairière :

– Je viendrai demain !

Seule la femme s'est retournée. Ce que j'ai lu sur son visage m'a révulsée.

En rentrant à la maison, j'ai fermé le verrou derrière nous.

45

– Maintenant, tu vas m'expliquer ce qui vient de se passer, a déclaré ma mère, une fois de retour dans la cuisine.

Esther et Samuel nous attendaient, clairement impatients d'en savoir plus sur Larkin, sur sa mère, sur Cate. Cela faisait longtemps qu'Esther ne s'était pas intéressée à ce que j'avais à raconter.

Ce qui intriguait et effrayait le plus Samuel, c'étaient les asticots.

– C'est quoi, un asticot ? m'a-t-il demandé, les yeux écarquillés. Ellie, qu'est-ce que tu voulais dire quand tu as dit qu'ils ne mangeaient que de la chair morte ? Ils mangent aussi la chair vivante ? Ils sont gros comment ? Ils mangent aussi les enfants ? Tu en as déjà vu ?

– Oh, par pitié ! s'est exclamée Esther qui paraissait franchement dégoûtée. Un asticot, c'est juste un petit ver, pas plus gros qu'un grain d'avoine.

– Mais comment un ver petit comme ça peut manger un enfant ?

– Tais-toi, Samuel, a dit Maman. Vas-y, Ellie.

Alors je leur ai raconté l'histoire de tout ce que j'avais fait depuis le jour de la naissance de Motus. Cela m'a pris un certain temps.

Samuel m'a juste interrompue pour savoir pourquoi Cate avait gardé la tique qui pendait de la paupière de Captan. Le reste, ils l'ont écouté en silence.

Je me sentais presque aussi bien à raconter ces événements que je l'avais été en les vivant.

– Et donc cette pauvre femme a perdu son mari, a dit ma mère en s'éclaircissant la voix. Et ce pauvre garçon a perdu son père. (Esther s'est levée de table pour se diriger vers la fenêtre.) Tu as oublié certaines choses, a-t-elle poursuivi. Comment je t'ai obligée à dormir dans l'abri à bois. Et comment j'ai envoyé Esther monter la garde près de ton père avant qu'il ne se réveille.

– Mais comment pouvions-nous savoir que toutes les choses bizarres qu'elle faisait pourraient aider Papa ? s'est exclamée Esther. Elle n'est pas médecin. C'est juste une gamine. Trop sauvage et capricieuse. Tu le sais bien. Si elle ne l'était pas, elle n'aurait pas été sous cet arbre quand il est tombé et rien de tout cela ne serait arrivé.

Je n'ai pas pu m'empêcher de reculer d'un pas. J'étais abasourdie de voir comment un joli visage comme le sien pouvait devenir si laid.

– Tu es une vraie teigne, Esther, a dit Samuel. Ellie n'a pas fait exprès de se retrouver sur le trajet de l'arbre…

Cela m'a arrêtée net.

– Je ne suis pas une teigne, a rétorqué Esther. Attends juste d'avoir quinze ans et alors, tout ce que tu voudras, c'est ficher le camp de ces montagnes.

Personne n'a rien dit.

Ma mère regardait dans le vague.

J'ai repensé à la ville. Pour moi, la vie que nous avions là-bas était devenue floue – pas seulement parce que j'avais été beaucoup plus jeune, mais parce que j'avais accepté notre vie telle qu'elle était ici, maintenant.

En revanche, Esther avait certainement des souvenirs précis et forts de cette époque, de la maison que nous avions eue. Et je savais que c'était la vie dans la montagne qu'elle aurait préféré oublier. Pour la première fois, j'ai compris que la ville n'était pas seulement un endroit où elle voulait vivre. La ville était la montagne d'Esther.

Et j'ai ressenti un nouveau chagrin pour ma sœur qui m'avait autrefois tenue sur ses genoux avec une poupée et un livre. Mais ce qu'elle venait de dire était cruel. Et cela ne l'aidait pas plus que cela ne m'aidait. J'ai réagi :

– Eh bien moi, je refuse. Je refuse de ficher le camp d'ici. Et si vous le faites, je trouverai le moyen de revenir.

– Taisez-vous maintenant, toutes les deux ! a ordonné ma mère. Personne ne va aller nulle part. Esther, qu'est-ce qui t'a pris ? Ce n'est pas Ellie qui nous a rendus pauvres. Et Samuel, Esther n'est pas une teigne, elle est juste hors d'elle parce qu'elle a quinze ans. Ne me demande pas pourquoi, tu comprendras quand tu auras le même âge.

– Si c'est comme ça, je n'ai pas envie d'avoir un jour quinze ans, a rétorqué Samuel.

– Ça n'a rien à voir ! a protesté Esther. C'est cet endroit. Les serpents qui remontent dans la salle d'eau. Les souris qui grouillent dans les céréales. Les araignées dans les cabinets, et tout le reste, Maman. Et tu le sais parfaitement bien.

– Je ne sais rien de la sorte, a-t-elle répliqué.

– Bien sûr que si ! Tu sais que Papa est reparti. Tout ça à cause d'un arbre stupide qu'il n'aurait jamais dû avoir à couper, et pour faire quoi ? Pour agrandir le potager ? Alors que nous devrions pouvoir aller au marché et nous acheter tout ce dont nous avons besoin.

– Il s'est réveillé une fois, il se réveillera de nouveau.

– Et si cela n'arrivait pas ? Quelle que soit la prochaine potion qu'Ellie lui fera avaler ?

– Arrête, Esther ! (Ma mère semblait sur le point de fondre en larmes.) C'est ce long hiver qui t'a rendue si froide.

– Et celui d'avant, et celui d'encore avant, mais ça ne veut pas dire que j'ai tort.

Elle est retournée dans la chambre où dormait mon père.

J'ai pensé à Miss Cate, seule dans le blizzard, secouée par les hurlements et les gémissements d'une tempête qui déferlait sur la montagne.

– Peut-être devrais-je emmener Esther dans la cabane de Miss Cate, ai-je dit. Qui sait si elle n'apprécierait pas un peu plus la nôtre après…

– Elle est bouleversée, c'est tout, a dit ma mère avec un soupir. Nous le sommes tous. D'avoir vu ton père revenir aussi brièvement, c'est presque pire que s'il ne s'était pas réveillé du tout.

Je n'étais pas d'accord.

– Il s'est réveillé une fois, il se réveillera de nouveau, comme tu l'as dit.

Elle a hoché la tête.

– Je l'espère.

– Et demain, je retournerai voir Miss Cate. Elle connaît beaucoup de remèdes pour guérir les gens, elle a des livres. Il y a plein de choses que nous pouvons encore essayer.

– Je veux aller voir Larkin, a dit Samuel.

– Non, toi tu restes ici, a dit ma mère. Et va chercher des pommes de terre dans le cellier, je vais faire de la purée pour le dîner.

Elle ne m'avait pas interdit de retourner voir Miss Cate. Elle n'avait pas menacé de m'enfermer dans l'abri à bois. Elle n'avait pas non plus dit que j'étais trop sauvage et capricieuse.

Quelque chose était en train de changer. Je le sentais.

46

Une fois Samuel sorti de la cuisine, je lui ai dit :

– La ville te manque, à toi aussi.

Ma mère a regardé ses mains devenues calleuses et rouges, les jointures tout écorchées. Après un long moment, elle a répondu :

– Oui, c'est vrai, j'y pense tous les jours.

– À la maison que nous avions ?

– À la maison, oui. (Elle a pris son tablier au crochet et l'a noué autour de sa taille.) Et à beaucoup d'autres choses. (Elle a fermé les yeux.) Et à mon métier d'enseignante.

Je me suis rappelé ce qu'avait dit Larkin.

– Pourtant tu l'es toujours.

Ma réflexion lui a tiré un sourire.

– Oui, j'imagine. Mais ce sont les gens qui me manquent. Mrs Peterson est gentille, mais là-bas, j'avais de vrais amis. Les autres professeurs de l'école. Le chœur qui chantait à l'église. Nous avions des voisins tout proches. Même les gens que je ne connaissais pas très bien, je les connaissais. Mr Turner, le boucher, qui lançait une plaisanterie dès que je rentrais dans sa boutique. Et cette infirmière, à Bethel. Mrs Cleary.

Je l'aimais beaucoup. Elle t'appelait Raiponce, parce que tu avais les cheveux très longs à l'époque. Tu te souviens de tous les trajets que nous avons faits jusqu'à Bethel quand Esther avait ses otites ? Mrs Cleary était très douce avec elle, et avec nous tous.

En entendant cela, une petite graine a commencé à germer dans ma mémoire et je me suis redressée sur ma chaise.

– Et aussi Mrs Stark, a-t-elle poursuivi, en m'entraînant dans ce passé. La femme de l'épicier. Elle était si bonne. Tu savais qu'elle avait perdu quatre bébés les uns après les autres ? Mais elle avait toujours le sourire chaque fois que j'arrivais avec vous.

– Je m'en souviens, ai-je articulé lentement, perdue dans mes pensées. Elle nous donnait des pastilles à la menthe.

– Oui, chaque fois qu'elle vous voyait.

Elle a glissé une bûche dans le fourneau et sorti une tasse du placard. Elle a mis quelques jeunes pousses de sapin baumier dans un petit sachet en gaze, qu'elle a laissé tomber dans la tasse. Elle a attendu, songeuse. La bouilloire s'est mise à cliqueter et ronfloter.

– Oui, la ville me manque, a-t-elle fini par déclarer à voix basse. Mais il y a des gens ici aussi.

Elle a versé l'eau dans la tasse et la vapeur s'est élevée comme un feu humide et blanc.

Je la voyais tel un oiseau perché sur mon doigt.

– Je regrette que Papa ne t'ait pas vue dehors.

Elle m'a regardée à travers la vapeur.

– Dehors où ?

– Dans la cour. Quand tu as tenu tête à la mère de Larkin. Quand tu as parlé de lui et de tout ce qu'il avait fait.

Son visage a pris une expression où le chagrin se mêlait à autre chose.

– S'il avait été là pour m'entendre, je n'aurais pas eu besoin de dire tout cela.

C'était vrai, mais cela ne disait pas tout.

– Tu aurais pu ajouter une ou deux choses à notre sujet, nous qui sommes toujours ici et qui nous débrouillons assez bien, malgré tout ce temps que Papa a passé endormi. (Je me suis interrompue mais elle n'a rien dit.) Sur la façon dont toi, tu as fait face. (J'ai dégluti.) Ainsi qu'Esther.

Et la mère de Larkin, ai-je ajouté mentalement, des années après que son propre mari avait été mis en terre.

Je me suis demandé si ma mère serait envahie par les mêmes ténèbres au cas où, dans des années, mon père ne serait toujours pas revenu ou, pire, s'il nous avait quittés.

Mais comme Esther l'avait dit un jour, « si », c'était le mot qui changeait tout.

Ma mère a hoché la tête en réfléchissant. J'attendais qu'elle ajoute quelque chose sur la façon dont moi aussi j'avais fait face, depuis l'accident.

– Nous avons tous fait de notre mieux, a-t-elle dit, mais je crains qu'Esther et moi, nous ne soyons pas faites pour ce genre de vie. (Elle a croisé mon regard.) Pas comme toi, qui sembles l'être.

C'était à la fois un compliment et une accusation, pas seulement dans les mots mais dans la façon dont elle les avait prononcés. C'était la phrase la plus déroutante qu'elle m'ait jamais dite, avec assez d'amertume pour en gâcher la douceur.

– Et c'est tout ? ai-je dit. Nous naissons pour n'être qu'une seule chose, c'est tout ?

– Bien sûr que non, Ellie. J'espère que nous sommes tous un peu comme les caméléons. Mais les caméléons changent pour s'adapter à ce qui les entoure, et c'était l'inverse en ville. (Elle a regardé ses mains tout abîmées.) Je me sens comme une étrangère dans cette nouvelle peau. J'ai abandonné trop de choses de mon ancien moi, et il n'y a pas assez de nouveau pour remplir ce qui est vide désormais. Pas assez de nouveau qui me convienne.

J'ai réfléchi à ce qu'elle venait de dire.

– Ce n'est donc pas seulement le fait que Papa soit endormi qui te fait ressentir cela.

Elle a secoué la tête.

– Je suis plus forte maintenant parce que j'y suis obligée, et je suppose que je devrais en tirer une certaine satisfaction. (Elle a pris sa tasse à deux mains.) Mais la satisfaction n'arrive pas à la cheville de tout ce que j'avais auparavant.

Elle a bu son infusion, les yeux fermés.

– Et comment appellerais-tu cela ?

– Ce que j'avais auparavant ? Je ne pense pas qu'il y ait un mot pour cela. (Elle a réfléchi.) J'étais moi-même, sans trop avoir à y penser.

Je me suis soudain rendu compte qu'elle avait dû oublier ce que l'on ressent lorsqu'on est une petite fille qui défait chaque jour un nouveau ruban et ouvre chaque jour une nouvelle boîte et trouve, chaque fois, ce que cela veut dire de changer et de grandir – une expérience troublante, excitante et vraie.

Esther, elle, le savait certainement.

Comme si elle avait lu dans mes pensées, ma mère a dit :

– Esther est comme moi. Elle s'accroche à celle qu'elle a toujours été. Quel mal y a-t-il à cela ?

– Aucun. Sauf… qu'en est-il de toutes ces autres choses qu'elle pourrait devenir ?

– C'est son problème à elle. (Ma mère s'est levée.) Ce n'est pas le mien. Ni le tien.

Je n'allais pas la contredire. Pas si c'était la vérité.

– Va voir ce que fabrique ton frère, a-t-elle dit en se détournant. Il est parti depuis si longtemps qu'il a dû avoir le temps de les faire pousser, ces pommes de terre.

47

Je suis restée assise sur le seuil de la maison, perdue dans mes pensées, jusqu'à ce que Samuel remonte du cellier à légumes, un panier de pommes de terre au bout du bras et un grand sourire sur la figure.

– J'ai vu une araignée blanche aussi large que ma main. C'était dégoûtant et un peu mou.

– Tu ne l'as pas tuée, j'espère ?

Je m'imaginais l'araignée écrasée sur le sol, comme une étoile morte, sinistre et sombre.

– Sois pas bête. Bien sûr que non ! Je l'ai juste touchée pour voir ce que ça faisait. Dégoûtant ! (Il a souri encore plus largement.) Peut-être que je vais en attraper une pour en faire mon animal favori.

– Hum... Je suis sûre que Maman et Esther seraient ravies.

– Certainement pas, Ellie. (Il a vigoureusement secoué la tête.) Maman a raison. Tu as perdu l'esprit.

– Est-ce que tu veux que je t'apprenne à fabriquer un cataplasme à la pomme de terre ? Pour soigner les escarres de Papa ?

– Un quoi ? a-t-il demandé en faisant la grimace.

– Rentre, je vais te montrer.

En réalité, c'est moi qui ai fait le gros du travail pendant qu'il me disait comment m'y prendre. Tandis que je pressais les pommes de terre pour en extraire le jus, il m'a demandé :

– Pourquoi Papa n'est pas réveillé ?

Je me suis interrompue.

– Il est fatigué, c'est tout. Il a encore besoin de beaucoup se reposer avant de se réveiller de nouveau.

– Mais ça fait déjà très longtemps qu'il dort.

– Je sais, mais il se réveillera bientôt. (J'ai mis la pomme de terre écrasée de côté.) On va aller chercher des branches d'hamamélis.

– De quoi ?

Pour toute réponse, je l'ai fait ressortir et aller de l'autre côté de la clairière pour lui montrer l'endroit où il en poussait.

– L'écorce de cet arbuste permet de bien nettoyer la peau.

J'en ai arraché quelques petites branches. Samuel s'est attaqué à l'une des plus grosses avant de devoir renoncer. Puis il s'est concentré sur une brindille aussi fine que son petit doigt mais même celle-ci a été trop coriace pour lui.

– Les branches seraient plus faciles à casser si elles étaient mortes, lui ai-je dit ; comme elles sont vertes, elles plient sans se rompre. (Ça m'a fait penser à Cate et à mon père. À ma mère. À Larkin. Et à sa mère. La liste était longue.) Attends, laisse-moi faire.

Il m'a ignorée et il a plié la brindille d'avant en arrière à deux mains, jusqu'à rompre son cœur vert mis à vif. Il l'a brandie comme un trophée.

– Est-ce que tu en veux encore ?

– Non, c'est parfait. On va les faire bouillir et en mélanger un peu à la pomme de terre.

Le résultat a été une pâte collante, mais je savais désormais qu'il fallait faire confiance à toutes sortes de mélanges bizarres.

– Étale cela sur ses escarres, ai-je dit à ma mère en lui tendant le bol, puis recouvre-les avec un linge. L'hamamélis piquera peut-être un peu mais ça ne sera pas aussi douloureux que le vinaigre.

Ma mère n'a pas pris le bol.

– Tu ne crois pas que tu devrais le faire toi-même ?

J'ai pensé à la façon dont j'avais réussi à faire pénétrer du miel dans la blessure de Cate, mais je n'avais pas imaginé soigner les plaies de mon propre père.

– Tu ne veux pas le faire ? ai-je demandé d'une voix faible.

Elle m'a regardée un long moment en se mordillant la lèvre avant de tendre la main vers le bol.

– Si, je vais le faire, Ellie. Et toi, va aider Samuel pour ses leçons.

Sauf que ce n'était pas ainsi que les choses devaient se passer. Cela ne me paraissait ni approprié ni bon. Quand elle a dit ça, mon estomac – l'endroit en haut de mon ventre, juste en dessous de mon cœur – s'est tordu.

Je me suis rappelé que j'avais appris à Samuel à attraper sa première truite et que c'était moi qui l'avais achevée d'un coup sur la tête. Car il était petit et que je ne l'étais pas. Si j'étais celle qui commençait quelque chose, c'était à moi d'aller jusqu'au bout.

– Non, lui ai-je alors dit, en revenant à ce qui était juste. Cela ne me dérange pas, je le ferai.

– Je ne veux pas apprendre mes leçons, a dit Samuel, et comme j'ai fabriqué le truc à la pomme de terre, j'ai le droit d'aider, moi aussi.

– Esther a besoin de quelqu'un à qui faire la lecture pendant que nous nous occupons de ton père, lui a dit Maman. Il faut que ce soit toi.

Il n'était pas convaincu mais l'expression de ma mère ne lui a pas laissé le choix. Alors il s'est dirigé avec nous vers la chambre de mon père pour aller chercher Esther.

Quand elle a appris ce que nous avions l'intention de faire, elle s'est levée si rapidement que le livre est tombé par terre.

– Viens, a dit Samuel en le ramassant, tu vas me faire la lecture.

Elle est restée un moment sans bouger, à fixer le bol de pommes de terre que j'avais dans les mains. Elle a aussi observé ma mère, une expression de regret évident sur le visage, mais elle n'a pas dit un mot.

Il était clair qu'elle ne voulait pas prendre part à notre projet. J'aurais pourtant cru que même elle aurait pensé que cela vaut parfois la peine de faire un peu de saleté et de désordre.

Peut-être que, si je parvenais à aider mon père à guérir, elle reviendrait vers moi, comme elle l'avait fait pendant un court moment, quelques heures auparavant. Mais ce serait à elle de décider.

Après le départ de Samuel et d'Esther, ma mère a retourné mon père sur le ventre et lui a recouvert le corps de morceaux de linge propre, sauf ses escarres. Je contemplais donc un paysage de tissu blanc et de chairs à vif. Pendant tout ce temps, il est resté immobile sans montrer le moindre signe de réveil.

Je lui ai quand même parlé, comme je le faisais depuis des mois, espérant qu'il puisse m'entendre :

– Je suis désolée si cela te fait mal, ai-je dit en déposant des petits tas de ma mixture sur ses plaies et en les recouvrant d'autres morceaux de tissu.

Ma mère, les mains serrées, est restée à l'écart pendant que je le soignais ; dès que j'ai eu fini, elle a posé une couverture sur lui et elle a tiré le fauteuil à bascule pour se rapprocher.

– Je vais rester avec lui, m'a-t-elle dit. Va finir de préparer le dîner.

Et elle s'est mise à lui caresser les cheveux.

Avant de franchir la porte, je me suis retournée et je l'ai vue poser sa tête près de la sienne. Tout son corps tremblait.

C'est à ce moment que Samuel est arrivé en criant :

– Viens voir, Ellie ! Il y a ce gros chien, juste devant la porte. Et il a une poupée dans la gueule.

48

Ma mère voulait que j'attende jusqu'au lendemain matin avant d'aller voir si Cate allait bien.

– Mais c'est sa poupée ! (J'étais sur le seuil, flanquée d'Esther et de ma mère.) Captan ne l'aurait pas laissée seule la nuit et il n'aurait pas emporté sa poupée s'il ne se passait pas quelque chose de grave.

– Qu'est-ce qu'une vieille harpie peut bien fabriquer avec une poupée ? a demandé Esther. Je parie que c'est une poupée magique, pour jeter des sorts, ou maudire quelqu'un.

J'ai repensé à la bénédiction que Larkin m'avait apprise et que Cate prononçait chaque fois qu'il la quittait. *Saol fada agus breac-shláinte chugat.*

– C'est honteux de penser cela, Esther !

Elle ne semblait pourtant éprouver aucune honte.

– Et pourquoi son chien viendrait-il te chercher, toi ? Tu ne la connais que depuis très peu de temps. Pourquoi n'irait-il pas chercher Larkin ?

Je n'en avais aucune idée mais il devait déjà être là-haut, à essayer d'aider Cate, et à avoir lui aussi besoin d'aide. C'est ce que j'ai répondu à Esther.

– Alors je viens avec toi, a dit ma mère.

Elle n'avait pas l'air très sûre d'elle.

– C'est vrai ?

Je me suis tournée pour la regarder : elle paraissait comme ce matin, mais quelque chose en elle était différent. Je me suis souvenue de ce qu'elle avait dit sur le vide qu'elle ressentait. Peut-être voyait-elle en ce chien qui tenait une poupée dans sa gueule l'occasion d'y remédier.

– Oui, je viens. S'ils sont dans une situation trop difficile, alors c'est qu'ils ont besoin de notre aide à toutes les deux. Esther, tu vas t'occuper de Samuel et de ton père pendant ce temps-là. (Elle a jeté un coup d'œil à sa robe.) Mais d'abord, j'ai quelque chose à faire.

Je n'ai pas compris quoi avant de la voir revenir dans un des pantalons de mon père, retenu par sa ceinture à lui. Elle avait roulé le bas des jambes.

– Il va falloir que tu enlèves les cataplasmes dans quelque temps, a-t-elle dit à Esther, qui pour la première fois depuis longtemps avait l'air d'une petite fille.

– Je vais t'aider, Esther, a dit Samuel. Je m'y connais.

Son expression m'a rappelé le jour où il avait aidé Mr Peterson à débarrasser Scotch de l'épine plantée dans son sabot.

Esther nous a regardées durement, ma mère et moi, avant de repartir vers la chambre de mon père.

– Qu'est-ce que j'ai fait ? ai-je demandé à voix basse.

– Rien, a répondu ma mère. C'est contre moi qu'elle en a cette fois-ci.

– Parce que tu viens chez Cate avec moi ?

– Oui, pour ces deux raisons, a-t-elle dit en soupirant.

Je n'avais prononcé qu'une phrase, mais je voyais ce qu'elle voulait dire.

J'ai enfilé mes bottes pendant que ma mère allait chercher les siennes. Nous avons boutonné nos vestes, la mienne encore toute humide mais tiède d'être restée près du fourneau.

– Qu'est-ce qu'il faudrait emporter ? a voulu savoir ma mère.

– Moi ! s'est écrié Samuel. Je veux y aller aussi.

– Non, Esther a besoin de toi ici, pour l'aider à soigner ton père.

– On devrait prendre un peu de viande séchée, ai-je proposé. Et une lanterne.

Nous aurions besoin de nous éclairer sur le sentier, et de pouvoir vite faire un feu là-haut.

– Et du pain, a ajouté ma mère, qui a mis la nourriture dans un sac pendant que j'allais chercher une lanterne et que je l'allumais avec un tison du fourneau.

J'ai vérifié que j'avais bien mon couteau et mon silex dans ma poche.

– Tu devrais mettre un chapeau pour éviter de te prendre les cheveux dans les branches.

La surprise de ma mère s'est lue dans ses yeux.

– C'est pour ça que tu t'es coupé les cheveux si courts ?

J'ai hoché la tête.

– Les arbres n'arrêtaient pas de vouloir me peigner.

Elle a tendu la main pour me caresser la tête, puis elle a mis un chapeau et rassemblé ses affaires.

Captan nous attendait. Dès que nous l'avons rejoint, il a laissé tomber la poupée à mes pieds et il a retraversé la clairière en trottinant vers le sentier qui escaladait la montagne.

Le crépuscule n'était pas encore entièrement tombé mais la forêt était envahie d'ombres et j'étais contente d'avoir ma mère à mes côtés, plus rassurante qu'un couteau dans la main.

Mais, avant d'avoir pu avancer bien loin, j'ai entendu Esther crier :

– Attends, Maman ! Attends !

Nous nous sommes arrêtées, ainsi que Captan. Esther est arrivée en courant, tout essoufflée.

– Laisse-moi y aller, Maman. Si quelque chose arrivait et que tu ne revenais pas très vite… Je ne sais pas… Je ne saurais pas quoi faire avec Papa et Samuel. Laisse-moi y aller à ta place.

Ma sœur avait l'air si jeune.

– Mais nous sommes déjà parties. (J'ai entendu la même note juvénile dans la voix de ma mère, un fil qui la tirait pour la ramener au temps où elle était une petite fille partie à l'aventure. Et ce fil la tirait aussi en avant.) Nous serons revenues en un rien de temps.

Esther, elle, tirait sur un fil semblable, et beaucoup plus solide, parce qu'elle était plus proche de la bobine que ne l'était ma mère.

– Je t'en prie, a-t-elle supplié. J'aiderai Ellie, je te le promets. Et je veillerai sur elle.

Comme si j'avais besoin qu'elle veille sur moi ! C'était tout simplement stupide et ça m'a rendue furieuse mais je n'ai pas bougé et j'ai attendu qu'elles mettent de l'ordre dans leurs idées.

Captan est lui aussi resté immobile, même si tout son corps indiquait qu'il avait envie de repartir chez lui.

Ma mère a regardé en direction de notre maison.

– Tu as laissé Samuel tout seul.

– Oui. Je lui ai dit que tu allais revenir très vite.

C'est ce qui a entraîné sa décision.

Ma mère a poussé un soupir et ôté son chapeau, qu'elle a tendu à Esther, ainsi que le sac avec le pain et la viande séchée.

Elle m'a adressé un long regard.

– Veille sur ta sœur, m'a-t-elle dit.

Je n'avais encore jamais éprouvé autant d'amour pour elle.

J'avais souhaité qu'elle vienne avec moi pour rencontrer Cate, pour plonger son regard dans les yeux bleus de la vieille femme et comprendre tout ce que j'avais compris, et plus peut-être.

Je voulais qu'Esther en fasse autant.

En réalité, il me restait encore beaucoup à apprendre.

49

Escalader le sentier n'avait rien de difficile pour moi ; Esther, en revanche, a eu du mal à garder le rythme, à progresser sur les rochers dans l'obscurité grandissante et à éviter les branches qui la frappaient au visage tandis que nous remontions la trace laissée par les cerfs.

Elle a eu le mérite de ne pas dire un mot, même quand elle est tombée, à deux reprises.

– Tu peux faire demi-tour, lui ai-je dit pendant qu'elle se remettait debout et se frottait les mains.

– Avance, m'a-t-elle lancé en guise de réponse, le souffle court.

Ses cheveux s'étaient détachés et tombaient en boucles blondes et souples sous le chapeau. Je me suis écartée pour qu'elle puisse passer la première.

– Donne-moi le sac, lui ai-je ordonné en lui tendant la lanterne, et passe la première. Je reste juste derrière toi. Quand on arrivera à l'endroit le plus raide, ne lâche pas un arbre avant d'avoir une prise sur un autre.

– Et comment je vais faire, si je dois aussi tenir la lanterne ?

Sa question m'a agacée, parce que la seule réponse était

de se débrouiller, que ce soit dur ou pas. Mais je lui ai dit «Je t'aiderai», et parvenue à l'endroit en question, c'est ce que j'ai fait.

Quand nous sommes arrivées à la cabane, Cate n'y était pas.

– Où est-elle, mon garçon ? ai-je demandé à Captan en ouvrant la porte et en découvrant le lit vide.

Il était resté dans la clairière et n'a pas répondu. Esther, qui s'était glissée derrière moi, a écrasé une mouche venue goûter ses lèvres.

– Quel horrible endroit ! a-t-elle chuchoté.

J'ai alors découvert la pièce avec un regard neuf, telle qu'Esther la découvrait. Un lit étroit et une unique chaise en bois. Une table. Des étagères chargées de bocaux remplis de remèdes, de potions et d'asticots. Des petits tas de cire, vestiges des chandelles brûlées jusqu'au bout, qui parsemaient la pièce comme des champignons vénéneux.

Alors j'ai dirigé la lumière pour qu'elle puisse voir la poignée de perce-neige dans une tasse près du lit – Larkin –, le faon minuscule, la souris et l'écureuil. Et les outils, qui avaient leur beauté à eux. Ce n'est que lorsque j'ai levé haut la lanterne pour éclairer les étagères de livres et le jardin à l'envers que j'ai vu son expression changer.

– Oh ! s'est-elle exclamée.

J'ai déposé la petite poupée sur le lit.

Il y avait une tache sur la couverture. Sa blessure s'était-elle rouverte ? Je me suis penchée, à la recherche d'un relent de pus ou de miel ; j'ai pensé un instant à l'effet que cela aurait sur Esther, avant de me pencher encore plus pour respirer l'odeur de la blessure.

La cabane était glaciale. Le vent avait largement ouvert la porte derrière nous et nous avait suivies à l'intérieur.

– Peut-être qu'elle est tombée, ai-je dit.

Je suis ressortie dans la clairière et me suis arrêtée à la vue du linge propre qui séchait sur le fil et dansait dans le vent au bord de la clairière.

Larkin ! Il avait fait sa lessive et laissé l'eau pour le bain.

Peut-être Cate avait-elle décidé de ne pas attendre que je vienne l'aider.

– Par ici, ai-je dit en suivant Captan qui avait tourné le coin de la cabane pour se diriger vers l'abri.

Nous l'avons retrouvée gisant en dehors de l'abri, dans une couverture tachée de rouge à l'endroit où elle recouvrait sa jambe. Je me suis précipitée pour la prendre dans mes bras.

– Aide-moi ! ai-je crié à Esther, qui s'était immobilisée et nous regardait.

Elle est venue avec une telle expression de dégoût que je l'aurais giflée.

Cate pesait lourd malgré sa maigreur mais nous avons réussi à la transporter à l'intérieur tandis que Captan bondissait tout autour de nous en poussant des geignements lugubres.

Cate a un peu gémi quand nous l'avons allongée sur son lit sous une couverture.

– Il y a du bois mort dans la cour, Esther. Va en chercher.

Entre-temps, j'ai arraché quelques pages d'un gros livre qui était posé sur le bureau et je les ai déchiquetées dans l'âtre, espérant qu'elles ne décrivaient rien de plus important que les bienfaits du bon air et de l'eau pure, que je connaissais déjà.

Lorsque Esther est revenue, j'ai fait un tortillon avec une des pages et je l'ai enflammé à la lanterne, puis je l'ai doucement posé sur l'âtre, entre deux briques.

– Attention ! lui ai-je dit alors qu'elle me tendait une pleine poignée de petit bois. Tu vas l'étouffer. Une seule brindille à la fois pour commencer. Comme ça. (J'en ai posé une à cheval sur les deux briques, au-dessus de la flamme.) Ce n'est pas comme le fourneau à la maison.

Lequel pouvait supporter qu'on ait la main lourde.

C'est ainsi que j'ai appris à ma sœur comment démarrer un feu dans une cheminée froide. Nous avons vite obtenu une bonne flambée et j'ai entrouvert la porte de la cabane pour que la fumée monte bien droit dans le vaste conduit de la cheminée.

Puis je suis allée chercher une chemise de nuit propre sur le fil à linge et l'ai mise à réchauffer près du feu.

Pendant qu'Esther regardait la scène, j'ai retiré les couvertures qui cachaient la jambe de Cate. La blessure s'était rouverte et béait comme une horrible bouche cramoisie, mais elle ne saignait presque plus.

– Le bain a dû faire fondre le miel et ça a rouvert la plaie. Elle a dû tomber, ou s'évanouir. On le saura quand elle nous le dira. Mais je ne comprends pas pourquoi elle a laissé sa jambe se mouiller.

Captan, debout près du lit, a posé sa tête près de celle de Cate.

– Pourquoi as-tu ouvert la porte alors que tu essaies de la réchauffer ? m'a demandé Esther.

– Pour augmenter le tirage pour le feu. Pour faire un courant d'air.

– Je ne comprends pas, a-t-elle dit d'une petite voix grincheuse.

– Si le feu consume tout l'air qui est à l'intérieur, la fumée va refouler dans la cheminée au lieu de s'élever.

C'était mon père qui m'avait appris cela. Je me suis demandé pourquoi il ne l'avait pas appris à Esther mais je savais qu'il est plus facile d'enseigner quelque chose à quelqu'un qui a envie d'apprendre.

– Je croyais que tu avais dit qu'elle allait mieux.

– Oui, elle allait mieux. Mais elle est têtue, et elle a l'habitude de se débrouiller seule. Elle n'a pas attendu que je vienne l'aider pour faire sa toilette.

J'ai remis la couverture par-dessus sa jambe et j'ai sorti de la malle son manteau en peau de cerf pour le poser sur elle. Il était si épais qu'il conserverait la chaleur de son corps et lui donnerait en plus le sentiment d'être en sécurité.

– Fais réchauffer un peu de viande séchée. Dans cette poêle, là, pendue au mur, ai-je dit à Esther. Mets-la sur les briques.

Elle m'a obéi sans rien dire et s'est occupée du feu et de la viande.

Le fumet de cerf a attiré Captan qui est venu s'asseoir près d'elle.

– Qu'il est laid, ce chien !

– Oh, tais-toi ! Tu es un beau chien, Captan, un très beau chien.

Ce qui a fait tressaillir Cate. Elle m'a regardée, emplie de confusion.

– Captan est descendu me chercher, lui ai-je expliqué. Il avait votre poupée dans la gueule. (Elle clignait des yeux. Elle avait du mal à se réveiller.) Je ne sais pas pourquoi il est venu me chercher moi et pas Larkin.

Elle a refermé les yeux.

– La mère de Larkin n'aime pas beaucoup Captan.

J'ai repoussé ses cheveux pour lui dégager le visage.

– Comment peut-on ne pas aimer un chien comme lui ?

– C'était le chien de mon fils. Le mien au début, quand il était tout petit, mais il a été attiré par mon fils comme un oiseau par le ciel. Alors…

– Est-ce que ce ne serait pas une raison pour qu'elle l'aime encore plus ?

Elle ne m'a pas répondu. Au bout d'un moment, elle a rouvert les yeux et dit :

– Tu dois avoir beaucoup de force pour avoir été capable de me transporter jusqu'ici.

– Oh ! me suis-je exclamée, soudain consciente qu'Esther était restée silencieuse près du feu, cachée à la vue de Cate. Ma sœur est venue avec moi.

– Et nous devrions repartir, a dit Esther. Notre mère va s'inquiéter.

Cate a tourné la tête.

– Une sœur ?

Esther s'est avancée, tout en gardant ses distances. Cate l'a dévisagée.

– Tu peux t'approcher, mon enfant. Je ne vais pas te mordre.

Au bout d'un moment, Esther est venue me rejoindre près du lit, mais elle aurait clairement voulu être ailleurs.

– Ellie, va chercher la lanterne, m'a demandé Cate, les sourcils froncés.

Je l'ai fait, en la levant haut pour éclairer le visage d'Esther.

– Oh, mon Dieu ! s'est exclamée Cate, les yeux agrandis par la surprise. (Elle a saisi la main d'Esther, qui ne semblait pas avoir envie de la lui donner.) Tu n'as presque pas changé. Tu es plus âgée, mais tu es restée la même.

J'ai souri, sachant ce qui allait arriver. Puis elle m'a regardée avec attention, mon visage, mes cheveux.

– Toi, en revanche, tu as beaucoup changé. Tu es plus mince. Tu as grandi. Et tes cheveux étaient beaucoup plus longs. (Elle a levé son autre main et je me suis penchée vers elle pour qu'elle puisse toucher la douceur de mes cheveux courts.) Je t'appelais Raiponce.

J'ai reconnu, sous sa caresse, l'infirmière solide et joyeuse que nous avions connue autrefois. Celle qui m'avait surnommée Raiponce et qui avait soigné les otites d'Esther.

Cate n'était plus ni solide ni joyeuse, mais, en plongeant mon regard dans ses yeux bleus, je voyais à la fois ce qu'elle était et ce qu'elle avait été, une même personne, tout en ne l'étant plus.

Ici, à côté de moi, il y avait une autre âme à la fois coupée en deux et dédoublée.

Elle s'est tournée vers Esther.

– Tu ne me reconnais pas ?

Esther a secoué la tête mais elle s'est penchée plus près et ses yeux se sont arrondis de surprise.

– Personne n'appelait Ellie Raiponce, sauf Mrs Cleary, a-t-elle articulé lentement.

Ce n'est pas la lumière de la lanterne qui a fait briller ses yeux lorsqu'elle s'est assise sur le bord du lit. Elle a repris :

– Mais Mrs Cleary était une femme solide. Solide et ronde, les joues roses, une longue natte dans le dos et des yeux bleus... (Elle s'est penchée encore un peu plus.) Comme les vôtres, mais... vous ne pouvez pas être elle. C'est impossible !

Puis elle a fondu en larmes, enveloppée dans les bras d'une femme qui n'avait jamais rien voulu d'autre que la soigner quand elle était malade. Pour qu'elle cesse de souffrir autant.

Je me sentais spectatrice, ce qui m'a attristée et rendue joyeuse en même temps.

Ma sœur d'autrefois était là, si proche que je pouvais la toucher. Ainsi que la harpie, qui avait été autrefois Mrs Cleary. Et qui l'était toujours.

50

Après cela, tout a changé.

Ma sœur a voulu rester pour s'occuper de Cate pendant que je rentrerais.

Il était clair qu'elle ne voulait pas redescendre le sentier dans l'obscurité et tout aussi clair qu'elle voulait rester avec Mrs Cleary.

– D'accord, ai-je dit. Tu vas rester et je vais rentrer à la maison.

Pourtant, je me sentais triste, et même un peu contrariée, de laisser Cate aux mains d'Esther et de voir qu'elles étaient si heureuses de rester là, ensemble, sans moi.

D'abord Larkin, ce que je n'avais pas eu de mal à comprendre, et maintenant Esther, ce que je trouvais… injuste.

Puisque c'était moi qui avais souhaité que ma sœur se réveille un peu, qu'elle ouvre les yeux, je ne pouvais pas lui reprocher de le faire.

– Maman va être dans tous ses états. Elle doit se demander ce qui nous est arrivé, ai-je dit, d'une voix aussi détachée que possible. Je vais rentrer à la maison et demain matin j'irai retrouver Larkin. Nous vous rapporterons du miel, au cas où votre jambe s'infecte de nouveau.

Cate a acquiescé.

– Et j'en aurai certainement besoin.

Elle a repoussé le manteau en peau de cerf : la couverture était tachée de sang, à l'endroit où elle appuyait sur la blessure.

– Où sont les bandes de tissu que nous avions utilisées ? lui ai-je demandé.

– Je les ai lavées dans le bain. Je les avais sur moi, mais je me souviens d'avoir eu un vertige en revenant... puis plus rien.

– Ça m'étonne que vous ayez laissé votre jambe se mouiller.

Il y avait une note de reproche dans ma voix. Cate a poussé un soupir.

– Je n'en avais pas l'intention. J'ai été maladroite. Tout cela pour quelque chose qui aurait pu attendre ton retour. (Elle a souri tristement.) J'ai l'habitude de me débrouiller seule.

Je me suis tournée vers Esther :

– Les bandes sont quelque part près de l'endroit où nous l'avons trouvée. Va les chercher et, si elles sont sales, lave-les de nouveau.

Esther est restée immobile un long moment, refusant silencieusement d'y aller, puis elle a fini par ressortir dans la nuit.

Quand elle est revenue, je lui ai indiqué le feu du doigt et je l'ai surveillée tandis qu'elle étendait le linge mouillé sur le dos de la chaise et la traînait jusqu'à la cheminée.

Le regard de Cate passait d'Esther à moi.

– Qu'est-ce qui ne va pas entre vous deux ? Autrefois, vous étiez comme les doigts de la main.

J'ai pensé à tout ce que je pourrais dire et j'ai opté pour la simplicité :

– Nous sommes différentes.

Cate a reniflé avec dédain.

– Comme l'encre et le papier, qui s'entendent pourtant très bien.

– Elle est en colère contre moi.

– Non, pas en colère, a dit Esther.

– Elle pense que c'est à cause de moi que notre père a été blessé.

Nouveau reniflement.

– Tu es une fille, pas un arbre.

– Elle était au mauvais endroit, a accusé Esther.

Cate a secoué la tête :

– « Blâmer » vient du mot grec qui signifie « maudire ». C'est la racine de ce mot : une malédiction contre ce qui est sacré. Or deux sœurs sont sacrées l'une pour l'autre. Ou elles devraient l'être. (Elle nous a dévisagées.) Sacrées.

Je regardais Esther. Elle me regardait.

– C'est normal que tu te sois trouvée au mauvais endroit. Tu n'es qu'une gamine, m'a-t-elle lancé.

Cela m'a mise en fureur mais j'ai tenu ma langue.

Je me suis aperçue que Cate m'observait attentivement.

– Captan est allé chercher la bonne personne, a-t-elle prononcé.

D'un coup, ma fureur a disparu.

– Demain matin, a-t-elle poursuivi, tu trouveras Larkin en suivant le sentier qui passe devant la source, qui descend entre les rochers et tourne jusqu'à leur maison.

– D'accord. (Puis je me suis adressée à Esther.) Attends que les bandes soient sèches, sèches comme de l'amadou, puis tu referas le bandage autour de sa jambe, le plus proprement possible. Et allume-moi cette lanterne-là avant que j'y aille.

J'aurais bien besoin de la mienne pour redescendre jusqu'à la maison. Et non seulement de sa lumière, mais d'une bonne dose de courage en plus.

51

La lanterne est venue à bout du pétrole avant que moi, je ne sois venue à bout de la descente.

Je me suis arrêtée net. La forêt était obscure et venteuse, et j'ai été prise d'une terrible envie de remonter le chemin déjà parcouru. Mais j'avais souvent entendu mon père dire que les bêtes sauvages ont plus peur des gens que l'inverse, et quand je me suis remise en route dans le noir je n'éprouvais plus qu'un peu de nervosité.

L'ours qui est apparu au détour du chemin était plus sombre que la nuit.

En le voyant, je me suis figée.

Lui aussi, quand il m'a aperçue.

Pendant de longues secondes, nous nous sommes observés dans l'obscurité.

J'étais soulagée qu'il ne s'agisse pas d'un gros ours d'été bien vigoureux.

Ni d'un ours blessé, car un ours blessé est dangereux.

Ni d'une mère ourse flanquée d'oursons qui auraient crié de peur à la vue d'une fille dans la forêt.

Ce n'était qu'un ours de printemps, amaigri et certainement aussi effrayé par moi que moi par lui. Mon père l'avait dit et je l'avais cru.

C'est alors que j'ai commis l'erreur de lire dans ses yeux une sauvagerie que j'admirais. De sentir en lui un amour pour ce que j'aimais, moi aussi – m'étendre dans une prairie, dans une herbe si haute qu'elle me cache de tout sauf du ciel, les fleurs qui s'inclinent sous le poids des abeilles avant de se redresser à l'envol des petites butineuses, les ciels roses d'une fin de journée, le chant éclatant d'une grive des bois.

Je me suis penchée, à peine, vers lui qui se tenait immobile, pattes raides, tête levée, yeux fixés sur moi…

… et qui a soudain décidé de prouver que mon père avait tort.

Quand il s'est élancé vers moi, j'ai lâché la lanterne éteinte, j'ai fait volte-face et je me suis mise à courir – ce qu'il ne faut pas faire, et je le savais.

Je savais qu'un ours pourchasserait quelqu'un qui court.

Je savais qu'il courrait plus vite que moi.

Je savais qu'avec ses yeux faits pour la nuit, il progresserait plus facilement sur le sentier que moi.

Je savais que j'aurais dû faire le mort.

Mais je me suis quand même enfuie.

Et il m'aurait rattrapée en un rien de temps si je n'étais pas tombée et si je n'avais pas eu le réflexe de glisser mes mains sous mon menton et de rester absolument immobile.

J'avais déjà fait un certain nombre de choses difficiles, mais, ni avant ni depuis, je n'ai jamais rien fait de plus dur que de rester à plat ventre, le visage dans la terre, sans bouger d'un millimètre, pendant que cet ours me reniflait et me donnait de petits coups sur les jambes, encore en colère mais intrigué, essoufflé par cette course en montée, et apparemment plus attiré par de l'herbe nouvelle et des vers de terre que par de l'humain.

Mais quand il m'a arraché mon chapeau, j'ai connu une toute nouvelle terreur.

Et quand il a finalement fait demi-tour et m'a laissée, j'ai éprouvé une toute nouvelle reconnaissance.

Parce qu'il m'avait laissée en vie et intacte.

Et, surtout, parce que Esther était restée avec Cate.

J'ai tenté d'imaginer ma sœur tombant nez à nez avec l'ours. Puis j'ai tenté d'effacer cette image.

Je suis restée sans bouger un bon moment.

Enfin, je me suis lentement remise debout, par étapes. Je me suis époussetée, j'ai récupéré mon chapeau et la lanterne, et j'ai redescendu le reste du chemin avec précaution, m'arrêtant souvent, écoutant de toutes mes oreilles, espérant que nous ne nous rencontrerions pas de nouveau. Seule une toute petite part de moi-même souhaitait l'inverse.

Lorsque j'ai franchi le seuil de la maison, ma mère m'attendait près de la fenêtre. Un instant, j'ai cru que mon père s'était réveillé de nouveau.

Il lui a suffi d'un regard pour me demander :

– Qu'est-il arrivé ? Où est Esther ?

Je ne savais pas par quoi commencer.

– Papa est réveillé ?

Elle a secoué la tête.

Alors je lui ai tout raconté dans l'ordre, en finissant par mon projet d'aller retrouver Larkin et de récolter plus de miel pour la jambe de Cate dès le lendemain matin.

J'ai passé sous silence la rencontre avec l'ours, sinon elle ne me laisserait plus jamais remonter là-haut dans l'obscurité, poupée ou pas poupée. Et je ne lui ai pas non plus révélé que Cate était Mrs Cleary.

Je laisserais Esther lui raconter l'histoire, même si cela devait me priver de l'occasion de faire sourire ma mère.

Depuis que j'avais imaginé ma sœur déchiquetée par un ours, d'autres blessures m'importaient beaucoup moins, bien qu'elles aient été tout à fait réelles.

– Esther est restée là-haut ? À ta place ?

– Elle n'a pas beaucoup aimé traverser la forêt et elle ne voulait pas revenir en pleine nuit.

C'était la vérité, mais je n'ai pas précisé qu'elle avait voulu rester avec Mrs Cleary. Elles devaient très probablement être en train de converser, ou Esther lui lisait une histoire tirée d'un de ses nombreux livres.

– Elle reviendra dès que je retournerai là-bas.

– Et après que tu seras allée chercher du miel avec Larkin ? Je n'aime pas du tout l'idée que tu t'approches de sa mère, Ellie. Cette femme est bien trop en colère.

Même en chemise de nuit, les cheveux détachés tombant sur ses épaules, elle parvenait à avoir l'air farouche.

– Tu le ferais, toi aussi, si tu avais vu la blessure que Miss Cate a à la jambe.

Elle a pincé les lèvres.

– Non, je ne m'approcherais pas de la mère de Larkin. Et toi non plus, tu n'iras pas.

J'ai réfléchi un instant.

– Attends.

Intriguée, elle n'a pas bougé quand j'ai traversé la cuisine pour aller droit à la chambre où dormaient mon père et sa mandoline, que j'ai rapportée. Ce que j'ai ressenti en la tenant dans mes bras, c'était de la solitude.

– Attends, ai-je répété avant qu'elle n'ouvre la bouche.

J'ai dirigé la mandoline vers la lumière et scruté par le trou, entre les cordes, la marque gravée au fer sur le fond de la caisse, et l'étiquette collée dessous.

La marque disait Keavy.

C'était le père de Larkin qui l'avait fabriquée et lui avait donné le nom de sa femme.

Je l'ai tendue à ma mère. Elle m'a donné la lanterne et elle a pris la mandoline dans ses bras comme s'il s'agissait d'un bébé.

– Eh bien ? m'a-t-elle interrogée.

– Regarde à l'intérieur, ai-je répondu en levant la lanterne.

– C'est inutile, je sais ce qu'il y a à l'intérieur. La marque du luthier. Keavy. Il s'agit d'une mandoline Keavy, ce sont les meilleures.

– C'est son nom.

– Le nom de qui ?

– De la mère de Larkin. Elle s'appelle Keavy.

Ma mère a inspecté la mandoline, puis m'a dévisagée, les yeux ronds.

– Le père de Larkin était luthier. (Un mot nouveau, qui pesait d'un poids agréable sur la langue.) Il fabriquait des mandolines, dont celle-ci.

– Il était luthier, il a fabriqué ma Keavy, a-t-elle répété à voix basse.

Elle avait l'air perdue et je pensais savoir pourquoi.

– Il est difficile d'imaginer un luthier donnant à ses mandolines le nom de quelqu'un de méchant, ai-je dit.

– C'est vrai.

– Mais Larkin m'a dit qu'elle n'était pas comme ça avant la mort de son père. Peut-être va-t-elle bientôt se réveiller et revenir à celle qu'elle était auparavant.

Ma mère m'a regardée droit dans les yeux :

– Ou évoluer vers ce qu'elle va devenir.

52

Comme il était étrange d'être chez nous sans Esther !

Je respirais plus librement, mais la maison me paraissait plus vide. À peine couchée, je me suis endormie, rattrapée par la fatigue de la journée, par celle de la veille et de l'avant-veille aussi.

En revanche, j'ai rêvé d'une version différente du souvenir qui m'avait si souvent empêchée de dormir.

Comme toujours, j'étais avec mon père. Nous défrichions les abords du potager pris par le gel.

Comme toujours, Samuel arrivait en courant, à la poursuite d'un lapin, pendant que mon père, Esther et ma mère étaient accaparés par leurs tâches.

Mais, dans ce rêve, je n'ai pas vu mon petit frère à temps.

Dans ce rêve, je me suis précipitée vers lui trop tard. J'ai trébuché et je suis tombée pendant que l'arbre, balayant l'air, pivotait sur sa souche.

Cette fois-ci, mon père n'a vu que moi, étalée par terre.

Et Samuel a été abattu par l'arbre.

Dans ce rêve, je l'ai vu mourir. J'ai vu son petit corps

s'immobiliser. J'ai vu sa tête, toute molle sur son cou, s'incliner vers son dernier repos.

J'ai vu le visage d'Esther. Sa panique. Je savais ce qu'elle ressentait. Qu'il devait y avoir un moyen d'arrêter tout et de rembobiner le temps pour revenir juste avant le moment où elle s'était éloignée dans la forêt à la recherche de petit bois tandis que Samuel se lançait étourdiment à la poursuite du lapin qui allait mener à la fin de toute chose, à une immobilité qui ne se réchaufferait jamais, ne se réveillerait jamais, ne changerait jamais, malgré tous nos espoirs et toutes nos prières.

Je me suis réveillée avant que le rêve ne me montre le visage de ma mère ou celui de mon père ou le mien.

Je me suis réveillée en larmes, prise d'un besoin irrésistible de savoir que Samuel allait bien.

– Qu'est-ce que tu fais, Ellie ? a-t-il grogné lorsque je me suis glissée dans son lit pour le serrer dans mes bras. (Il était tiède et doux, rien que tiède et doux, et cela représentait tout.) Tu as les pieds tout froids, et la figure mouillée ! *Je dors*, Ellie !

– Chut, ai-je murmuré. Ce n'est pas encore le matin. Rendors-toi.

J'ai mis beaucoup plus de temps à le rejoindre dans le sommeil, même si je n'avais jamais été aussi épuisée de ma vie.

Le lendemain matin, je me suis réveillée au son de sa voix dans la cuisine. Pourquoi j'étais dans son lit ? Qu'est-ce qui n'allait pas avec mon propre lit, et où était Esther ?

– Je ne sais pas pourquoi Ellie est dans ton lit, on lui demandera quand elle sera debout. Et Esther est restée en haut de la montagne avec Miss Cate, pour s'occuper d'elle un petit moment. Maintenant, assieds-toi et mange ton porridge.

– Du porridge ? Je préférerais encore manger une araignée géante.

– J'ai donné une paire de pantoufles à Mrs Lockhart contre du sirop d'érable, pour que tu puisses sucrer ton porridge, mais si tu préfères manger une araignée, je t'en prie.

Ça m'avait tout l'air d'une journée qui commençait bien. Bien mieux que la plupart, depuis l'accident de mon père. J'ai eu envie de rester couchée à écouter la matinée se dérouler avant qu'autre chose ne vienne me sortir du lit.

Cependant, je me suis rappelé qu'il fallait aussi réveiller mon père.

Puis j'ai pensé à la jambe de Cate. Et à Esther qui attendait.

– Je pense que je vais garder ce lit pour moi ! ai-je crié, ravie de m'en faire tirer par mon petit frère tout ébouriffé, avant de commencer à me rendre utile.

– C'est mon lit ! a-t-il tonné en se précipitant dans la chambre pour se bagarrer avec moi et me pousser sur le plancher.

Puis il a fourré ses jambes sous les couvertures qu'il a remontées jusque sous son menton.

– Alors ce sera mon sirop d'érable ! ai-je répondu en me dirigeant vers la cuisine.

Samuel est ressorti de la chambre en trombe pour arriver avant moi à table.

– Qu'y a-t-il pour Maisie ? ai-je demandé en enfilant mes bottes.

– Je réchauffe le reste de la viande de cerf, mais j'en ai gardé un peu pour elle.

J'ai passé ma veste par-dessus ma chemise de nuit.

– Est-ce que tu viendras avec moi, cette fois-ci ?

– Voir Maisie ? (Ma mère m'a tendu une vieille poêle cabossée qui avait perdu son manche.) J'ai rajouté de la sauce, mais il serait temps qu'elle se remette à chasser. Fais-la sortir une fois qu'elle aura mangé. Les chiots peuvent très bien se débrouiller seuls un petit moment, maintenant.

Je l'ai regardée fixement.

– Est-ce que c'est une manière de me dire que, moi aussi, je peux me débrouiller seule ?

– Oh ! Tu voulais dire, venir avec toi en haut de la montagne ?

– Ça ne prendra pas longtemps. Ce n'est pas si loin.

Elle s'est retournée vers le fourneau.

– Non, Ellie. Ton père a besoin de moi ici.

– Tu étais prête à venir hier soir, quand Captan est descendu avec la poupée !

– Je sais, mais ton père pourrait se réveiller pendant notre absence, et je ne peux pas laisser Samuel ici seul avec lui. En plus, elle a sa propre famille.

– Un seul garçon.

– Et toi, tu es une seule fille, qui en fait plus pour elle que n'importe qui. Et maintenant, il y a Esther aussi. Et tu voudrais que je m'y mette, moi aussi ?

– Que fais-tu de la mère de Larkin ?

Elle a jeté une bûche dans le fourneau et claqué la trappe.

– Quoi, la mère de Larkin ?

– C'est une Keavy.

– Ce n'est qu'un nom, Ellie. Ce n'est pas une mandoline. (Elle a actionné la pompe pour remplir la bouilloire.) Je n'ai jamais vu quelqu'un qui ait aussi peu de musique en elle.

J'ai compris ce qu'elle voulait dire, et c'était vrai. Du moins pour le moment. Mais j'ai trouvé que ma mère avait le cœur dur. Surtout parce que, la veille au soir, elle avait paru retrouver une tendresse nouvelle.

– Depuis que Papa a été blessé, tu n'as pas joué ou chanté une seule fois, ai-je dit prudemment.

Elle a posé la bouilloire sur le fourneau un peu trop fort et elle est restée longuement à me tourner le dos. Puis elle a prononcé les mêmes mots que Samuel, quelques jours auparavant :

– Tu n'as que douze ans, Ellie. Qu'est-ce que tu y connais ?

Je me suis demandé à quoi ce « y » pouvait bien faire référence pendant qu'elle se réchauffait les mains au-dessus de la bouilloire. Puis j'ai repris :

– Je sais ce que c'est d'essayer de changer quelque chose de triste et d'horrible.

Elle s'est retournée pour me regarder.

– J'imagine que c'est vrai, a-t-elle dit d'une voix trop lasse, mais je ne laisserai pas ton père seul pour monter là-haut avec toi.

Ce qui m'allait très bien, en réalité. Retourner seule chez

Cate, j'en étais capable, et j'irais, même si ce serait une occasion manquée de dévider le fil qui retenait ma mère prisonnière.

C'est alors qu'elle a dit une phrase qui m'a fait regretter de l'avoir poussée si loin :

– J'ai déjà eu mon compte de tristesse et d'horreur.

– Je vais y aller avec toi, Ellie, a dit Samuel, debout sur le seuil.

Je l'en ai aimé encore plus.

– Il n'en est pas question ! s'est exclamée ma mère. Toi, au moins, tu vas apprendre tes leçons et faire tes travaux aujourd'hui, et rien d'autre. Et toi, a-t-elle ajouté en me regardant, fais ce que tu veux, mais renvoie Esther ici. Miss Cate n'est pas la seule à avoir besoin d'aide.

– Je vais aller nourrir Maisie, a dit Samuel, en nous observant. Et je m'occuperai des chiots.

Je lui ai tendu la poêle.

– Elle va être contente de te voir. Et dis à Motus que je reviendrai très vite.

Avant de partir, je suis allée voir mon père.

Ma mère l'avait installé sur le côté pour soulager son dos pendant un moment.

Je me suis agenouillée près du lit et j'ai scruté son visage flasque. Sous sa bouche, l'oreiller était mouillé de salive.

– Tu t'es réveillé une fois, il faut que tu te réveilles de nouveau. (Je l'ai embrassé sur le front, qui était un peu trop froid.) Quand je reviendrai, nous recommencerons tout. Pas moi seulement, mais toi aussi.

S'il m'a entendue, il n'en a montré aucun signe.

53

Je me suis habillée et j'ai avalé mon porridge à la hâte. Dans mon sac, j'ai mis un bocal vide pour le miel, et j'ai vérifié que j'avais bien mes gants, mon silex et mon couteau.

Ma mère m'observait.

– Elle a des provisions, là-haut ?

– Je ne sais pas. Un peu. J'ai vu des céréales. Quelques pommes séchées. Et la viande et le pain que j'ai apportés hier, si elles n'ont pas tout mangé. Elle doit avoir d'autres provisions, stockées quelque part.

Je pensais à l'abri derrière la cabane, et à ce qu'il recelait peut-être. À Larkin, qui devait lui apporter ce qu'il pouvait. Au potager abandonné, et ce qui aurait pu y pousser. Aux collets qu'elle posait.

– Emporte quand même le reste du porridge dans un pot.

J'avais besoin de l'entendre dire ce genre de choses.

J'ai tout mis dans mon sac, que j'ai jeté sur mon épaule.

Samuel, de retour de l'abri, finissait son petit déjeuner en chantonnant et en balançant les pieds.

– Tiens compagnie à Papa pendant que je ne serai pas là.

– Oui, a-t-il dit d'un ton solennel.

– Et n'oublie pas d'aller voir les chiots et de donner beaucoup d'eau à Maisie.

– D'accord.

– Et ne va pas te promener je ne sais où.

– Ellie ! Arrête de me commander ! s'est-il agacé en me fusillant du regard. On dirait Esther.

Ça m'a fait reculer d'un pas.

– Il faut que j'y aille, ai-je dit lentement, mon esprit déjà sur le chemin.

J'ai failli ajouter « Sois sage » mais je me suis retenue et me suis contentée d'un « Au revoir ».

– Je vais aller chercher Franck pour qu'il rende visite à Papa, a ajouté Samuel qui raclait son assiette pour avaler sa dernière bouchée de porridge.

– Qui est Franck ?

– Celui qui a une patte blanche.

J'allais lui demander pourquoi il avait choisi ce nom, mais à la place, j'ai dit :

– Ce n'est pas une bonne idée de nommer des chiots qu'on va devoir donner.

Il a fait sa grimace habituelle.

– Mais toi, tu l'as bien appelé Motus.

– C'est vrai, et c'est comme ça que je le sais.

Ma mère m'a jeté un regard avant que je franchisse la porte.

Je n'avais pas eu l'intention d'aller voir Motus. Passer du temps avec lui ne ferait que rendre plus difficile le moment où il me faudrait renoncer à lui, mais je me suis quand même arrêtée dans l'abri à bois avant de me rendre dans la montagne.

– Bonjour, mon tout-petit, ai-je dit en l'attrapant et en frottant mon nez contre le sien.

Maisie, qui avait léché jusqu'au plus petit morceau de viande, se nettoyait les pattes. Les autres chiots titubaient dans la paille à sa recherche. Elle les regardait avec tendresse mais sans bouger. Comment faisait-elle pour être une aussi bonne mère sans l'avoir jamais appris ?

– Vas-y, sors un peu. Va courir dehors. Il ne va rien leur arriver.

J'ai ouvert la porte pour l'attirer à l'extérieur où la lumière l'a fait éternuer et bâiller.

Motus, qui avait entortillé ses pattes autour de ma main, essayait de téter un de mes doigts.

– Comment vais-je pouvoir t'abandonner ? ai-je murmuré.

Une chose de plus que je ne savais pas faire. Une de plus que je devrais faire afin d'apprendre comment y arriver.

Je n'ai pas vu Captan pendant que je remontais le sentier. J'avais pensé redescendre directement de l'autre côté pour trouver Larkin et aller avec lui chercher le miel dont nous aurions besoin si la jambe de Cate se remettait à suppurer.

Mais je suis d'abord passée chez elle, pour vérifier comment elles s'étaient débrouillées en mon absence. J'avais l'espoir que Cate irait suffisamment mieux pour que nous puissions laisser leur miel aux abeilles.

Lorsque je suis arrivée, la clairière était déserte, le potager abandonné et le foyer extérieur froid, les vêtements pendaient mollement sur le fil à linge.

Je me suis souvenu de Cate comme je l'avais trouvée la première fois – ses longs cheveux emmêlés, ses ongles épais et jaunes, les trognons de chandelle fondus sur le sol, les asticots et les mouches. Une si triste compagnie.

Rien que penser à cette vie de solitude m'a épuisée.

Mais, quand je suis entrée dans la cabane cette fois-ci, cela n'avait plus rien à voir.

Dans l'âtre auparavant noir et froid, les flammes orangées babillaient avec animation autour d'une bûche de bouleau. De la viande séchée et des graines de courge grésillaient dans une poêle posée sur les briques du foyer.

Les livres du bureau se dressaient en piles bien ordonnées et les bocaux des étagères étaient alignés du plus grand au plus petit. Captan, assis près du feu, avait le poil lisse et débarrassé des graines de bardane qui s'y collaient.

Vêtue d'une chemise de nuit propre, Cate était appuyée contre des oreillers, la couverture bien tirée sur elle, les cheveux coiffés en une longue natte qui lui pendait sur l'épaule et finissait par un petit morceau de tissu joliment noué. Ses mains, enduites de graisse, luisaient dans la lumière du feu et ses ongles avaient été coupés court.

– N'a-t-elle pas l'air mieux ? m'a demandé Esther, en allant s'asseoir sur le bord du lit.

– Civilisée, a dit Cate avec un sourire fatigué. Elle m'a rendue de nouveau présentable.

Pendant un court moment, je me suis sentie stupide et toute petite en regardant tout autour de moi ce qu'Esther avait accompli pendant mon absence.

Puis j'ai observé Cate, allongée dans son lit, si immobile, si calme et si propre.

Ses clavicules, qui formaient un creux à la base de son cou, semblaient si fragiles qu'elles évoquaient des oiseaux chanteurs, des souris, des lapins – mais tous vieux. Tous maigres. Comme ceux qui, dans les contes de fées, ont toujours d'importantes révélations à faire.

Sauf que Cate me regardait sans rien dire.

Ses joues étaient trop roses, ses yeux trop brillants. Et quelque chose dans son sourire m'inquiétait. Il paraissait lui coûter trop d'efforts. J'ai posé ma main sur sa joue.

– Tu peux te pousser ? ai-je demandé à Esther. S'il te plaît, pour que j'examine sa jambe.

Elle n'a pas bougé, le visage renfrogné.

– Mais elle va bien, Ellie. Il n'y a qu'à la regarder.

– Vous vous sentez bien ?

– Je ne sais pas, a murmuré Cate. Peut-être pas aussi bien que j'en ai l'air.

– Elle a de nouveau de la fièvre, ai-je dit en repoussant Esther.

J'ai retiré la couverture et je me suis mise à défaire les

nœuds qui maintenaient le bandage en place. Le tissu sous les nœuds était encore humide.

– Sèches comme de l'amadou, ai-je lancé à Esther. Ces bandes auraient dû être sèches comme de l'amadou !

– Pourquoi ? a-t-elle répliqué. Quelle importance ?

– Que se passe-t-il quand on laisse un drap mouillé en tas ?

– Il moisit, a-t-elle dit, en se figeant sur place.

Quand j'ai ôté le bandage, la blessure s'est rouverte, verdâtre et nauséabonde comme un petit marécage.

– Oh, mon Dieu ! s'est exclamée Esther, la main devant la bouche.

Elle a reculé si précipitamment qu'elle a trébuché contre la chaise et manqué tomber.

Je me suis ruée vers les étagères à la recherche du bocal qui avait contenu les asticots mais, quand je l'ai approché du feu, je n'y ai vu qu'un amas de cocons. Des mouches qui attendaient d'éclore.

– Plus de vers, ai-je dit, en tendant le bocal à Esther, qui a failli le lâcher.

Je me suis agenouillée près de Cate.

– C'est si grave que ça ? a-t-elle articulé en levant la tête pour essayer d'apercevoir sa jambe.

– Oui. Je ne sais pas comment c'est arrivé, mais c'est très grave.

– Les microbes étaient toujours là, a-t-elle dit. Le miel faisait son office, mais les microbes étaient là.

– Qu'allons-nous faire ? lui ai-je demandé en essayant de garder un visage serein.

– Il va peut-être falloir que tu coupes toute cette partie, a-t-elle suggéré en déglutissant avec difficulté. Si tu penses en être capable.

– La couper ? (J'ai essayé de l'envisager.) Mais j'étais sur le point d'aller chercher du miel. Je vais y aller immédiatement, avant d'essayer quoi que ce soit d'autre.

Elle m'a regardée avec tristesse.

– Je suis désolée d'avoir gâché tout ce que vous aviez fait, Larkin et toi, en allant prendre ce bain. En faisant cette chute. (Elle s'est tournée vers Esther.) Ce n'est pas ta faute, mon enfant, ce ne sont pas des bandages humides qui ont fait ça.

– Je suis quand même désolée, a murmuré Esther, qui restait à l'écart, les mains crispées sous le menton.

J'ai soudain remarqué ses cheveux emmêlés et son visage marqué par la fatigue. Elle avait dû dormir par terre sur le plancher de la cabane et se relever plusieurs fois pour s'occuper du feu, effrayée par tout ce qui pouvait se trouver de l'autre côté de la porte.

– Cate a raison, ai-je dit. Tu n'es pas une martre pêcheuse, Esther. Ce n'est pas toi qui as fait ça.

Je me suis retournée vers Cate.

– Alors on va réessayer le miel ?

L'idée de couper une partie de sa jambe m'était odieuse, tout comme la perspective d'être celle qui aurait à opérer. Pourtant, s'il le fallait, je le ferais.

Elle a soupiré.

– Cela me conviendrait, si les abeilles en ont encore à donner.

– Pas de médecin ?

Elle a fermé les yeux. Après un long moment, elle a repris la parole :

– Si quelqu'un partait en chercher un tout de suite, il faudrait un jour ou plus avant qu'il ne puisse arriver ici.

Ses lèvres tremblaient et, lorsque j'ai remonté la couverture jusque sous son menton, j'ai senti tout son corps frissonner. Pensait-elle à son mari, le médecin ? Ou à son fils, qui était mort si vite ?

– Nettoie sa jambe, ai-je ordonné à Esther. Je reviens aussi vite que possible.

54

Je suis passée devant la source à toute vitesse et j'ai dévalé les lacets d'une piste qui avait été tracée entre les arbres autant par un garçon que par les cerfs, jusqu'à ce que j'aperçoive l'endroit où habitait Larkin.

C'était une grande maison en rondins avec une cheminée en pierre, entourée de jardins potagers comme si on les avait cousus là les uns aux autres, et de vieux érables qui devaient jeter une ombre verte pendant la chaleur de l'été, rouge et or une fois l'automne venu.

Je ne m'étais pas attendue à trouver un si bel endroit mais, en émergeant à découvert, j'ai vu une tombe sous les érables.

Larkin fendait du bois à l'autre bout de la clairière.

Pendant que je m'avançais, il a levé les yeux, m'a aperçue et a posé sa hache. Il a jeté un regard vers la maison et rapidement traversé la cour pour venir à ma rencontre. Son visage avait pris une teinte jaune et verte, en plus du noir et du bleu.

– Je pensais te voir chez ma grand-mère. Pas ici, m'a-t-il dit en lançant un coup d'œil par-dessus son épaule.

– Tu m'y aurais vue si tu y étais allé. J'y suis retournée deux fois.

– J'y étais hier soir. J'ai passé un moment avec elle et avec Esther. Elle avait l'air d'aller bien.

Je ne savais pas à quelle « elle » il faisait allusion, mais imaginer Larkin en compagnie d'Esther et de Cate, parlant et riant au coin du feu, cela m'a blessée et attristée.

Il a baissé la tête.

– Ma mère m'a fait travailler beaucoup ici, mais j'avais prévu d'y retourner rapidement.

– Elle ne va pas bien, Larkin. Elle souffre de nouveau. Sa jambe s'est remise à suppurer et elle a de la fièvre. Il nous faut plus de miel.

À ce moment précis, sa mère est sortie de la maison et s'est dirigée vers nous.

– Je pensais t'avoir dit de ne pas t'approcher de mon fils ! m'a-t-elle lancé.

Mais elle ne me faisait plus peur, en dépit de la noirceur de son regard.

– Ma mère a une mandoline qui porte votre nom, lui ai-je dit. Elle n'en a plus joué depuis que mon père a été blessé. Vous saviez que mon père avait eu un accident ? Et qu'il dort depuis des mois ? Non, je ne pense pas. Mais vous ne voulez pas savoir ce genre de choses. Ou que Miss Cate est très malade, tout là-haut. Ou que Larkin ici est aussi triste que vous. Sauf que lui, il n'est pas méchant. Tout le contraire.

Ma sortie l'a arrêtée net mais ne l'a pas fait taire :

– Tu crois que je suis méchante ? a-t-elle dit, sans hurler cependant, et avec un peu moins de noirceur dans le regard.

– Il me faut du miel. Pour la jambe de Miss Cate, qui s'est

terriblement infectée. Je ne veux pas avoir à couper toute cette chair morte, et elle non plus, alors, s'il vous plaît, est-ce que Larkin peut me montrer la ruche pour que je prenne ce dont nous avons besoin ?

Elle a pincé les lèvres avant de dire :

– Il y aura une certaine justice dans tout cela, si elle meurt de quelque chose qu'elle ne peut pas guérir.

Je savais qu'elle parlait de la façon dont le père de Larkin était mort.

– Vous voyez, c'est ça que je veux dire, ai-je dit avec impatience. C'est de la méchanceté pure et simple. Pas ce dont nous avons besoin pour le moment.

Elle m'a fixée pendant un bon moment, puis elle a poussé un soupir.

– Il n'y a pas de miel. Pas dans notre ruche. J'y suis allée il y a deux jours à peine et tout est mort. Il n'y a plus une abeille.

J'en suis restée sous le choc. Une ruche entière, morte !

– Mais pourquoi ?

Elle a eu l'air surprise.

– Les choses meurent. Il n'y a pas de raison à cela.

– Trop d'humidité, peut-être, a dit Larkin. Ou des parasites. Ou on leur a volé tout leur miel et elles sont mortes de faim.

J'ai pensé à celui que j'avais pris à l'essaim près de la rivière.

– Il ne vous en reste plus en réserve ? De l'été dernier ?

– Ça se pourrait que si, a dit Larkin, les yeux écarquillés. Il est rentré dans la maison en courant et en est ressorti lentement, un bocal à la main.

– Il n'y en a pas du tout assez, a-t-il dit en inclinant le

bocal pour nous montrer la mince couche dorée qui tapissait le fond.

Je savais que ce serait la même chose chez nous car nous avions presque tout utilisé à Noël.

Je ne pouvais imaginer Miss Cate mourant faute de miel, même si n'importe quelle raison, dont celle-ci, valait peut-être mieux que pas de raison du tout.

– On pourrait aller chercher un médecin.

– Qui voudra être payé en argent, a dit la mère de Larkin. Tu en as ? (Je suis restée muette.) Moi non plus, ou pas assez.

– On pourrait lui offrir quelque chose à la place. Quand mon père a été blessé, ma mère a payé le docteur avec un pendentif en argent.

Elle a levé le menton :

– Tu vois un pendentif en argent, toi ?

J'ai regardé la grande maison.

– Vous avez certainement quelque chose que vous pourriez échanger. Une mandoline ?

– Non ! a-t-elle aboyé. Je n'en ai plus qu'une et je ne l'échangerai pour rien au monde. (Pourtant je savais qu'elle le ferait si c'était Larkin qui était malade.) De toute façon, un docteur mettrait trop de temps à arriver jusqu'ici.

Elle ne le savait que trop bien, tout comme Cate, et le souvenir a ramené les ténèbres sur son visage. Elle a fait demi-tour et elle est rentrée dans la maison, mais sans entraîner Larkin derrière elle.

– Tu vas venir avec moi ?

– Voir l'autre essaim ? Celui où tu es déjà allée ?

J'ai secoué la tête.

– Je leur ai déjà pris presque tout leur miel.

– Alors où ?

– Peut-être que les autres familles en ont… ?

Il a fait une grimace.

– Et si ce n'est pas le cas ?

J'ai repensé au baquet d'eau glaciale sur le seuil de la maison. À l'ours sur le sentier. À Captan. Et à tout ce qui m'avait amenée jusqu'à cet instant – cette nouvelle occasion de me montrer utile.

– Je ne sais pas, mais je préfère aller en réclamer même si on me dit non, plutôt que de couper la jambe de Miss Cate sans avoir essayé d'en récupérer.

Larkin a dû entendre quelque chose dans ma voix qui faisait écho à ce qu'il se disait certainement à lui-même.

Il a jeté un dernier coup d'œil à la maison.

– Alors dépêchons-nous, sinon ça ne servira à rien.

55

Nous nous sommes tout d'abord arrêtés chez les Anderson, où Mrs Anderson s'est précipitée pour venir ouvrir quand j'ai frappé à la porte, peut-être un peu trop fort. Je lui ai demandé du miel sans lui dire pourquoi. Elle a surveillé Larkin pardessus mon épaule. Il était resté dans la cour un peu plus loin, le visage dissimulé dans l'ombre de son chapeau.

– Qui est-ce ? a-t-elle chuchoté.

Mrs Anderson était si maigre qu'une fois elle avait donné cinq tartes aux myrtilles à mon père pour qu'il lui fasse une robe du dimanche où elle ne disparaîtrait pas tout entière. À l'époque, j'avais pensé qu'elle aurait mieux fait de les manger elle-même pour remplir la robe qu'elle avait déjà. Mais tout arrangement qui me permettait de manger de la tarte pendant des jours me convenait très bien.

– C'est Larkin, ai-je répondu.

– Qui ?

– Il vient de l'autre côté.

– De l'autre côté de quoi ?

Comme si nous vivions sur la lune et que nous ne pouvions pas sonder le côté que nous ne voyions pas.

– De l'autre côté de la montagne, ai-je répondu aussi patiemment que possible.

– Ah ! (Elle avait l'air un peu perdu.) Et que me donneras-tu, en échange ?

Je ne m'étais pas attendue à devoir payer le miel, même par du troc, mais je n'avais pas le temps de discuter, alors je lui ai dit :

– Mille mercis. Je vous donnerai n'importe quoi de ce qui est à moi, en bas du sentier. Mais j'ai besoin de miel tout de suite, et autant que vous en avez.

Ce qui, finalement, n'a pas été beaucoup, mais quand même plus que ce que j'avais déjà. Je l'ai regardée prélever une petite cuillerée de miel, pas plus, dans son bocal et la faire couler dans le mien.

– En échange, je te demanderai de me nettoyer le poulailler à fond, m'a-t-elle crié, alors que nous étions déjà repartis.

– Oui, c'est promis ! lui ai-je lancé. Je reviendrai faire ça pour vous.

Après elle, nous sommes passés chez les Peterson, pour le même résultat – guère plus qu'une grande cuillère.

– C'est un juste prix pour la gomme de sapin qui a permis au sabot de Scotch de bien guérir, a dit Mr Peterson, pensif. Nous sommes quittes.

Il a examiné Larkin qui se tenait un peu à l'écart.

– Tu es d'ici ?

– Avant même que votre grand-père naisse.

J'ai cru que l'un et l'autre allaient se vexer, mais il n'en a rien été.

– C'est malin de votre part d'avoir commencé là où beaucoup d'entre nous viennent finir, a commenté Mr Peterson.

Cette repartie a semblé convenir à Larkin, qui l'a remercié pour le miel.

– Ne me remercie pas, a dit Mr Peterson. C'est son miel à elle, maintenant, même si je ne comprends toujours pas pourquoi il m'a valu votre visite à tous les deux.

– C'est pour une bonne cause ! lui ai-je crié, en redescendant les marches du porche pour reprendre le sentier, Larkin sur mes talons.

Ensuite, nous nous sommes arrêtés chez les Lockhart, où Mrs Lockhart nous a dit qu'elle avait effectivement du miel, tout en paraissant la plus réticente à s'en séparer.

– Vous en voulez pour quoi ?

De toutes les familles qui vivaient sur la montagne, c'était celle que nous connaissions le moins. Leur ferme se trouvait à l'écart, à un endroit où nous n'avions pas de raison de les croiser, et ils ne faisaient que rarement du troc avec les autres.

Larkin n'avait pas parlé de paiement pour l'infusion que Cate avait donnée à Mrs Lockhart contre ses problèmes d'estomac, et j'imaginais que cette dernière ne lui avait rien donné en échange. Tout comme elle n'avait rien donné à mon père quand il avait raccommodé son chapeau du dimanche qui commençait à perdre ses plumes.

J'ai donc été surprise de l'entendre dire, pendant qu'elle me toisait :

– Le miel, ce n'est pas gratuit.

– J'en ai besoin pour guérir quelque chose.

Larkin était resté dans la cour, non loin des marches du porche, le regard fixé sur le sol.

Mrs Lockhart m'a examinée des pieds à la tête.

– Tu m'as l'air d'être en un seul morceau, et lui aussi. C'est quelqu'un de ta famille ?

J'ai failli dire « non », mais je ne voulais pas expliquer qu'il était le petit-fils de la « sorcière » qui lui avait jeté un sort et fait apparaître un caillou dans le ventre, même si une partie de moi voulait mettre fin à cette idée.

Mais plus nous restions là, plus le temps filait, alors j'ai répondu :

– Oui, il nous rend visite.

– Pour vous aider avec ton père ? a-t-elle demandé en chuchotant.

J'ai fait signe que oui.

– Alors est-ce que vous voulez bien me donner un peu de miel, Mrs Lockhart ?

– C'est pour lui, n'est-ce pas ? Pour ton père ? a-t-elle demandé, un peu radoucie.

– Pour ses escarres, ai-je dit, en espérant que cela la déciderait.

– T'en donner ? Non, mais t'en vendre, oui.

– Pour combien ? ai-je demandé, comme si j'avais de l'argent à dépenser.

– Cinq truites. On dit que tu pêches très bien.

– D'accord.

J'ai tendu le bocal mais elle a reculé d'un pas dans sa maison et m'a lancé :

– Tu auras ton miel quand j'aurai mes truites.

Puis elle m'a claqué la porte au nez.

Je suis restée sans bouger, trop abasourdie pour dire quoi que ce soit.

– Je te l'avais dit, a murmuré Larkin. Elle est l'une d'eux.

– Qui ça, eux ?

– Ceux qui décident qu'ils sont propriétaires de quelque chose uniquement pour pouvoir le vendre.

J'ai contemplé le trop peu de miel que nous avions récupéré.

– Il ne reste qu'une seule famille, ai-je dit en me dirigeant vers le sentier. Les Neill, qui sont les plus près de la rivière.

– Non. On va perdre trop de temps et ils risquent de ne pas en avoir du tout. Alors que les abeilles, elles en ont.

– Larkin, je t'ai dit que je leur avais déjà pris ce dont elles pouvaient se passer.

Il s'est arrêté sur le sentier et moi aussi.

– C'est ce qui arrive aux abeilles : si l'hiver est trop froid, elles meurent. Trop humide, elles meurent. Si on leur prend leur miel, elles meurent. Qu'est-ce que ça change ?

J'ai secoué la tête.

– Mon père m'a dit qu'il fallait toujours en laisser assez pour les abeilles.

– S'il était réveillé et si on lui demandait, il dirait peut-être « pas cette fois-ci ». Surtout que c'est le printemps et que les fleurs sont sorties et avec elles, les abeilles pourront en refaire, du miel.

– Si elles survivent assez longtemps pour cela.

– Ce qui sera peut-être le cas. Et même probablement, Ellie.

Ses yeux étaient si tristes, il avait l'air si brisé que je me suis sentie brisée, moi aussi.

– D'accord, ai-je fini par dire. Du moment que c'est pour Cate, il faut prendre tout le miel que nous pourrons trouver.

56

– C'est un beau silex, a-t-il dit lorsque j'ai sorti la pointe de flèche de ma poche et ouvert mon couteau.

– Oui, ai-je répondu en le lui montrant. Il était plus gros avant mais je l'ai un peu usé à force de m'en servir. J'aimerais savoir qui l'a taillé.

– Des gens qui étaient là longtemps avant nous.

J'ai bien aimé qu'il dise « *nous* ».

Il m'a regardée ramasser du petit bois et projeter des gerbes d'étincelles dessus jusqu'à ce qu'un filet de fumée s'élève. Je me suis penchée pour souffler tout doucement. Une petite flamme a bondi de la fumée comme une langue brillante hors d'une barbe grise.

Nous l'avons vue prendre, grandir et, toujours plus affamée, consumer les brindilles dont nous la nourrissions. Je m'en suis soigneusement occupée jusqu'à ce qu'elle soit assez grande pour s'attaquer à la branche que nous allions utiliser pour enfumer l'essaim.

– Du beau travail ! m'a félicitée Larkin.

– Merci. L'essaim n'est pas loin du sol mais, comme tu es

plus grand, est-ce que tu pourrais glisser la torche à l'intérieur ?

– Oh ! la malédiction de la grande taille, a-t-il dit d'un air contrit.

– Sauf que tu n'as pas de gants. (J'ai sorti les miens du sac.) Je ne pense pas que ceux-ci t'iront.

Il a essayé de les enfiler.

– Pas tout à fait.

– Oh ! la malédiction de la petite taille, ai-je dit en soupirant.

Il a de nouveau souri.

De mon côté, je n'ai plus souri du tout en refaisant les mêmes gestes que la dernière fois et en vidant mon sac pour pouvoir le porter comme une cagoule. Larkin m'a aidée à glisser le bas de mes manches dans mes gants, les jambes de mon pantalon dans mes bottes, et le bord de la cagoule sous le col de ma veste.

Je suis sûre que j'avais l'air comique, voire stupide, mais nous n'avions pas le cœur à rire.

Larkin m'a guidée jusqu'à l'arbre et m'a dit d'attendre, le temps qu'il introduise la branche dans le trou et que l'essaim se remplisse de fumée. Puis il a couru se mettre à l'abri, à bonne distance.

Tout s'est passé comme les autres fois.

Je me suis éloignée en titubant après avoir pris tout ce qui restait des rayons de miel, la plupart des abeilles étourdies par la fumée. Mais plusieurs étaient mortes en attaquant mes gants épais, d'autres en me poursuivant et en fichant leur dard dans mes habits ou ma capuche ; deux ou trois m'avaient piquée dans une ouverture de mon encolure.

Et comme auparavant, j'ai pleuré, à cause de cette souffrance, la mienne et la leur. Pourtant, cette fois-ci, elle était nécessaire. Ce qui ne m'a pas empêchée de pleurer lorsque j'ai émergé des buissons en répétant « Je suis désolée, désolée, désolée » et que je me suis effondrée sur le chemin pour attendre que les abeilles renoncent et retournent à ce qui restait de leur essaim.

Je ressentais leur malheur – un malheur bien trop grand pour de si petits êtres –, leur fureur et leur confusion. Pardessus tout, je ressentais leur faim.

Mais j'étais plus que jamais déterminée à guérir Cate.

Lorsque j'ai fini par ôter ma capuche, j'ai vu Larkin qui revenait prudemment sur le sentier.

– Est-ce que tu vas bien ? m'a-t-il demandé.

Je lui aurais répondu « oui » si une dernière abeille n'était pas justement venue tournoyer comme un halo autour de ma tête et se tuer sur mon cou, là où trois autres piqûres le faisaient déjà enfler.

– Non, je ne vais pas bien, ai-je sangloté, en balayant l'abeille morte de la main.

Il m'a alors prise dans ses bras et j'ai continué à pleurer. Il s'est avéré qu'un garçon comme Larkin était un bon antidote contre le venin d'abeille.

– Ça va, ai-je dit au bout d'un petit moment. Ça va bien maintenant.

J'ai remis le bocal et tout le reste dans mon sac. J'ai lissé mes cheveux et essuyé mon visage, puis je me suis passé les mains mouillées de larmes sur le cou, ce qui n'a pas fait grand-chose pour apaiser ma pauvre peau enflée et cuisante, même si leur fraîcheur saline a momentanément calmé la douleur.

Le venin d'abeille, même à dose minuscule, cause une douleur aiguë, plus brutale qu'une brûlure ou une gifle. Mais il m'a aussi insufflé une sorte d'acuité positive, d'intensité. Comme si le poison était également un remède distillé à partir de ce que la montagne avait de meilleur à offrir : quelque chose d'ancien, de pur et de parfait.

Larkin, l'air interrogateur, me regardait sourire.

Il ne savait pas ce que je venais de décider. Nous nous sommes dépêchés de remonter vers notre maison, avec un bocal rempli de rayons de miel et quelques abeilles furieuses, qui faisaient de leur mieux pour percer le verre.

57

Pour rejoindre l'essaim, nous avions pris un chemin qui venait directement de chez les Lockhart en coupant bien en dessous de ma maison ; nous étions désormais sur celui qui nous y ramenait directement.

– On va s'arrêter chez moi une minute avant de remonter, ai-je dit.

– On n'a pas le temps, Ellie. Il faut y retourner directement.

– Je sais, mais ma mère ne me le pardonnerait pas si nous passions sans nous arrêter. Et il y a quelque chose que je dois faire pour mon père.

– Ellie, il faut y aller. Et j'imagine que ta mère ne sera pas ravie que tu ramènes chez toi un inconnu.

– Ne t'inquiète pas. Ça ne prendra qu'une minute et en plus, tu n'es pas un inconnu.

– Non, c'est pire : une seule rencontre et elle s'est mal passée.

– Pas à cause de quelque chose que tu aurais fait.

Il a haussé les épaules.

– N'empêche.

Je n'allais pas frapper à ma propre porte mais je voulais prévenir ma mère que j'étais accompagnée. J'ai donc lancé « Maman ! » en arrivant. Nous avons attendu qu'elle soit sur le pas de la porte.

– Oh ! s'est-elle exclamée. Larkin, entre.

Et avant même qu'il ait eu le temps d'ouvrir la bouche, elle a laissé échapper :

– Une des mandolines de ton père est à moi.

– Il ne savait jamais ce qu'elles devenaient une fois qu'elles étaient vendues, lui a-t-il dit avec un sourire.

C'était une phrase qui révélait une profonde solitude.

– Elle en jouait tout le temps, avant, ai-je déclaré.

Larkin a levé les sourcils d'un air interrogateur.

– Oh, c'est juste que j'ai eu beaucoup à faire, ces derniers temps, a expliqué ma mère, sans s'apercevoir que ses mains trituraient sa jupe et que son visage s'était effondré.

C'est à ce moment que Samuel a surgi en trombe.

– Il a ouvert les yeux ! a-t-il crié.

Je me suis sentie m'épanouir comme une fleur, mais ma mère a levé une main et, les yeux clos, elle a précisé :

– Il parle de Motus.

Je ne me souviens pas d'avoir éprouvé une telle déception.

– Et Papa ?

Elle a secoué la tête.

– Toujours pareil.

– Je suis allé à l'abri pour donner de l'eau à Maisie, et Motus m'a regardé. (Samuel dansait de joie sur place.) Viens voir !

– C'est très tôt pour qu'un chiot ouvre les yeux, ai-je dit, dubitative.

Il m'a fait une grimace.

– Il voulait nous voir, Ellie. Et Motus n'est pas comme les autres.

Je le savais depuis que je l'avais retiré, dégoulinant et se tortillant, du baquet rempli d'eau du puits, quelques jours auparavant.

– Où est Esther ? a demandé ma mère en regardant dans la cour par la porte ouverte.

– Toujours là-haut. La jambe de Miss Cate a empiré et nous avons dû redescendre chercher du miel.

– Je ne comprends pas. (Elle avait l'air de plus en plus perdue.) Esther est restée là-haut ?

– Oui, Maman. C'est elle qui le voulait.

Elle a poussé un soupir et secoué la tête.

Samuel me tirait par la main :

– Viens voir Motus !

– Une minute seulement. Miss Cate nous attend.

Il nous a précédés dans l'abri où il a désigné le petit chiot, le seul de la portée à lever la tête vers nous et à cligner des yeux quand nous sommes entrés à contre-jour. Hésitante, dressée au-dessus de ses chiots, Maisie nous observait.

– Tout va bien, ma belle, ce n'est que Larkin.

Il s'est agenouillé lentement et il a tendu la main.

Maisie m'a interrogée du regard. J'ai acquiescé, elle est alors allée renifler sa main. Puis elle m'a regardée de nouveau.

Larkin examinait les chiots.

– Ils ressemblent beaucoup à Captan quand il était petit. Tu sais qui est leur père ? (J'ai secoué la tête.) Moi, je pense que je le sais, a-t-il dit, pensif. À moins qu'il y ait un autre chien bringé sur cette montagne.

– Hum… Tu penses que Captan est le père de Motus ?

L'idée me plaisait beaucoup.

– Qui est Captan ? a voulu savoir Samuel.

– Tu te rappelles le chien sur le sentier ? Celui qui avait un lapin dans sa gueule ?

– Oui. C'est le Papa de Motus ?

– Peut-être bien. (J'ai pris Motus et je l'ai regardé dans les yeux.) Je crois que tu as vraiment du Captan en toi. Je pense que tu lui ressembleras beaucoup quand tu seras plus grand. (Une fois de plus, je me suis brutalement souvenue que Motus n'était pas destiné à être mon chien. Que je ne le verrais pas grandir, sauf peut-être de loin.) J'espère que tu seras comme lui.

– Bringé ? a demandé Samuel.

– Suffisamment fort, ai-je dit.

Larkin s'est remis debout.

– Fort pour quoi ?

– Pour tout, quoi qu'il arrive, ai-je répondu en serrant Motus contre moi.

Pendant que Samuel était occupé avec les autres chiots, j'ai placé le tabouret sous la haute étagère où je cachais les figurines de Larkin.

– Va voir, ai-je chuchoté en les désignant d'un signe de la tête.

Il a grimpé et en silence il a contemplé ce que j'avais caché là, puis il est redescendu et a repoussé le tabouret.

– Tu en as raté quelques-unes.

– Quoi ? Je ne les ai pas toutes trouvées ?

Il a secoué la tête.

– J'avais sculpté un renard, un ourson et… (Il a réfléchi.) Une tortue.

– Mais où étaient-elles ?

Je détestais l'idée qu'il ait fait de tels objets et que je ne les aie pas trouvés. Qu'ils soient dehors, exposés à tous les dangers alors qu'ils auraient dû être avec les autres, à l'abri. Et à moi.

– Il faudra que tu les trouves toi-même, m'a-t-il répondu, d'une voix qui m'a paru… malheureuse.

– Qu'est-ce qui ne va pas ? lui ai-je demandé, en l'emmenant dehors, Motus endormi dans mes bras.

– Pourquoi les caches-tu ?

J'ai été surprise par cette question, de la part d'un garçon qui avait donné ces cadeaux en secret, tout comme je les avais conservés en secret.

J'ai pensé à ce que j'avais ressenti en les trouvant, un par un, sachant qu'ils m'étaient destinés. Que quelqu'un avait compris ce qu'ils signifieraient pour moi. Que quelqu'un m'avait comprise.

– Trouver ces figurines, les garder pour moi, tout ce mystère… cela me rendait… heureuse, ai-je dit, le regard perdu.

J'ai attendu.

– Alors tout va bien ? m'a-t-il demandé. Ou est-ce que

tout est gâché, maintenant que tu me connais, sans les arbres entre nous ?

Je lui ai souri.

– Rien n’est gâché. Allons voir mon père.

58

– Où allez-vous ? a demandé ma mère quand je suis passée avec Larkin devant la table de la cuisine où elle avait posé deux petits pains fourrés avec de la viande et des pommes séchées.

– On en a pour une minute, on va voir Papa, ai-je répondu, les abeilles bourdonnant dans mon sac, Motus reposant dans mes bras.

– Si cela ne vous dérange pas, madame, a ajouté Larkin, avec un sourire contrit.

– Eh bien… je… c'est juste que… (Elle m'a jeté un regard sévère.) Je pensais que vous étiez pressés, Ellie.

– Oui, c'est vrai, mais cela ne prendra pas plus d'une seconde. Je voudrais les présenter l'un à l'autre, c'est tout.

Elle n'a rien dit mais elle est venue avec nous. J'ai précédé Larkin dans la pièce où, au lieu de se diriger vers le lit, il est allé droit à l'angle de la pièce pour prendre dans ses mains la mandoline avec autant de précaution que si elle avait été en verre. Il l'a apportée près de la fenêtre et l'a inclinée vers la lumière pour regarder la marque du luthier à l'intérieur de la caisse.

Lorsqu'il s'est tourné vers ma mère, je n'aurais su dire lequel des deux avait l'air le plus éprouvé.

– Si vous n'en voulez plus, je vous l'échangerai contre n'importe quoi, a-t-il articulé, la voix étranglée comme s'il avait quelque chose de coincé dans la gorge.

Ma mère l'a rejoint et lui a repris la mandoline pour la serrer contre elle.

– Qu'est-ce qui te fait dire que je n'en veux plus ?

– Vous n'en jouez plus jamais.

– Cela ne veut pas dire que je n'en veux plus.

Elle est allée la remettre dans le coin de la pièce et elle est partie sans ajouter un mot.

Larkin l'a suivie des yeux, puis s'est tourné vers mon père. Depuis que le docteur était venu, des mois auparavant, personne en dehors de notre famille n'avait été autorisé à le voir. C'était étrange de regarder Larkin s'approcher du lit avec curiosité.

– Papa, voici Larkin, qui habite dans la montagne, de l'autre côté. C'est lui qui m'aide à soigner cette femme qui t'avait dit de mettre des sangsues sur ton oreille. (Je n'attendais pas de réponse et je n'en ai pas eu. Son visage était pâle comme une chandelle, sa peau, aussi cireuse, et il était plus immobile qu'une souche.) Je suis désolée de ne pas être venue te voir depuis un moment.

J'étais désolée aussi de ne rien avoir tenté pour le réveiller depuis qu'il avait roulé des yeux. Mais j'allais faire quelque chose, même si cela m'effrayait.

J'ai posé Motus contre son cou. C'était incroyable combien le petit chiot semblait différent maintenant qu'il ouvrait les yeux.

Larkin m'a contournée afin de voir l'endroit où l'arbre avait frappé le crâne de mon père.

– Quelle cicatrice !

Il avait les yeux fixés, non pas sur la cicatrice, mais sur moi, comme si c'était moi qui avais été blessée.

– Oui.

Il ne me quittait pas du regard.

– Les arbres ne tombent généralement pas sur ceux qui les coupent.

J'ai cligné des yeux un peu trop longtemps avant de dire :

– Non, généralement pas.

J'ai tiré la couverture sur Motus et mon père, et j'ai chuchoté au petit chien :

– Il faut que tu apprennes à mon Papa comment ouvrir les yeux pendant que nous sommes partis.

Une phrase trop douce, qui ressemblait trop à une berceuse.

J'ai posé la main sur la cicatrice de mon père et j'ai dit, sans regarder Larkin :

– Tout le monde pense que c'est moi, la cause de tout cela. Ils pensent que j'étais au mauvais endroit quand l'arbre est tombé. Ils pensent que mon père s'est précipité pour me sauver la vie et que c'est lui qui a été blessé à ma place. (J'avais la gorge serrée comme dans un étau.) Je suis presque sûre que ma sœur aurait préféré que ce soit moi qui sois frappée par l'arbre.

– Non, ce n'est pas possible, a dit Larkin.

J'ai secoué la tête.

– Quelle importance ? C'est lui qui a été blessé.

Larkin a froncé les sourcils.

– Tu viens de dire que tout le monde pensait que tu étais au mauvais endroit, sur le trajet de l'arbre.

– Oui, c'est ce qu'ils pensent.

– Tu n'as pas dit que tu y étais.

Je me suis frotté les yeux avant que les larmes ne coulent.

– Parce que je n'y étais pas. C'est Samuel qui y était. Et ma sœur était censée le surveiller. (J'ai levé les yeux vers lui.) Imagine Esther sachant que c'est à cause d'elle que Samuel s'est mis en danger. (Larkin n'a pas bougé, ni même cillé. Il me regardait, le visage sérieux.) Imagine Samuel sachant que c'est à cause de lui que son père a été blessé.

Larkin a juste secoué la tête et dit :

– Imagine une fille qui accepte la responsabilité de quelque chose qu'elle n'a pas fait.

Je me suis tournée de nouveau vers mon père. J'avais horreur de voir sa peau étirée sur les os de son visage, comme si quelqu'un le transformait en un tambour et qu'il fallait le frapper pour en tirer le moindre son.

J'ai pensé à la puanteur de moufette, au raifort qui brûle la gorge, et je suis allée chercher le sac que j'avais laissé près de la porte.

À l'intérieur du bocal en verre, je voyais les deux abeilles palpiter tranquillement sur le rayon de miel et leurs antennes balayer l'air.

– Qu'est-ce que tu fais ? m'a demandé Larkin.

– Les berceuses, c'est fini, ai-je dit en secouant le bocal et en me rapprochant de mon pauvre père.

J'ai dévissé le couvercle et rapidement appliqué l'ouverture du bocal contre sa tempe, là où il n'y avait rien entre les abeilles et son cerveau qu'un peu de chair et de sang.

59

Pour commencer, les abeilles se sont contentées de frôler mon père, à la recherche d'un moyen de se glisser sous le bord du bocal que je pressais contre sa peau, mais, lorsque j'ai frappé le verre du doigt et que je me suis penchée pour pousser un cri bref, elles l'ont piqué toutes les deux et en sont mortes, croyant protéger un rayon de miel qu'elles avaient déjà perdu, leurs petites ailes en ogive s'arrêtant de battre, leur petit corps duveteux brisé, pauvres petites choses malchanceuses qu'elles étaient.

– Je suis désolée, ai-je murmuré en écartant le bocal.

Du bout du doigt, je les ai doucement détachées, et deux petites bosses sont apparues simultanément sur la tempe de mon père.

J'observais ses yeux, espérant les voir bouger, espérant les voir s'ouvrir.

Et c'est alors qu'il s'est mis à gémir.

Pas fort. Il n'a pas hurlé. Mais c'était le premier son qui sortait de lui depuis son accident.

– Papa ! (Je lui ai tapoté la joue.) Papa, réveille-toi.

Il a gémi de nouveau lorsque ma mère est arrivée.

– Qu'est-ce que c'était ? a-t-elle demandé en se précipitant vers le lit.

À ce moment, il a poussé un troisième gémissement et il a tourné un tout petit peu la tête.

– Qu'as-tu fait ? a-t-elle chuchoté.

– Deux piqûres d'abeille.

C'était pourtant beaucoup plus : tout ce que j'avais appris jusqu'ici était contenu dans ces quatre mots.

J'ai pressé le dos de ma main contre sa joue, qui n'était plus aussi froide qu'avant.

– Mon Dieu, Ellie ! Je devrais être furieuse !

Je me suis poussée pour qu'elle puisse s'approcher et poser sa main sur le front de mon père. Elle l'a embrassé et l'a appelé « Ethan ? Ethan ? ».

Il est resté immobile et silencieux. Pourtant, le coin de ses yeux était un peu crispé.

Nous avons attendu, attentifs, osant à peine respirer, mais il n'a pas refait surface.

J'ai revissé le couvercle du bocal et Larkin m'a jeté un coup d'œil.

– Encore une minute, lui ai-je demandé.

Mais rien ne s'est produit.

– Je ne sais pas pourquoi il ne se réveille pas complètement. Je ne comprends pas.

Ma mère a poussé un soupir.

– C'est ce qu'avait dit le médecin, Ellie. Son corps sait ce dont il a besoin.

Je savais cependant qu'une personne est bien plus qu'un corps.

Nous avons attendu jusqu'à ce que Larkin me dise :

– Je suis désolé, Ellie, mais il faut y aller maintenant. Ou alors, je peux prendre le miel et tu restes ici.

J'ai imaginé Esther écartant les lèvres de la plaie pourrissante de Cate pendant que Larkin presserait le miel à l'intérieur.

– Non, je viens avec toi.

Ma mère m'a regardée, les sourcils froncés, en pleine confusion.

– C'est comme la dernière fois. Tu fais quelque chose destiné à le réveiller et puis tu files.

– Miss Cate est très malade. (J'ai récupéré Motus, qui s'était blotti dans l'ombre du menton de mon père et je l'ai donné à Larkin.) Mais j'aurai d'autres choses à essayer quand je reviendrai.

J'ai remis le bocal de miel dans mon sac, mon sac sur mon épaule, et j'ai jeté un dernier regard à mon père.

Nous sommes retournés dans la cuisine à temps pour voir Samuel finir la dernière bouchée de mon sandwich.

– Tiens, lui ai-je dit, en lui désignant Motus qui essayait de grignoter un bouton de la chemise de Larkin, ramène-le à Maisie.

– Mais moi, je voudrais le garder ici un petit moment, a-t-il dit, en posant le chiot contre sa joue.

– Et Maisie, elle, veut le récupérer.

Larkin a pris son sandwich, l'a partagé et m'en a tendu une moitié. Il a dit à Samuel :

– Un chiot sera davantage à toi si tu le laisses choisir de l'être.

– Oh ! de toute façon, c'est pas grave. Motus est le chien d'Ellie jusqu'à ce qu'il soit assez grand pour devenir celui de Mr Anderson.

Larkin s'est adressé à moi :

– La femme Anderson, c'est celle qui t'a donné du miel en échange d'une corvée ?

J'ai hoché la tête.

– Et Motus sera à eux ?

– Pour la chasse, oui. Toute la portée. En échange d'une vache laitière.

– Un troc équitable, a dit ma mère.

– Non ! me suis-je exclamée, en m'enflammant comme une mèche toute neuve.

– Quoi qu'il en soit, a estimé Larkin, c'est Motus qui décidera à qui il appartiendra. Tout comme son père l'a fait.

60

Nous avons mangé notre déjeuner frugal tout en remontant le sentier.

– Qu'est-ce que tu voulais dire, tout à l'heure, par « Les berceuses, c'est fini » ?

Je savais que je lui semblerais cruelle mais je lui ai dit la vérité :

– Ma mère et ma sœur pensaient que la meilleure façon de réveiller mon père, c'était d'être calme et paisible. Comme si elles pouvaient le tirer de son sommeil avec des fleurs et des paroles douces.

– Et toi, tu penses différemment ?

J'ai acquiescé.

– Je me suis imaginée à sa place, à n'entendre que des nouvelles agréables. Si j'étais lui, je serais revenue beaucoup plus vite si j'avais pensé qu'il y avait un problème, ou qu'on avait besoin de moi.

– Ou que quelqu'un me faisait du mal ?

J'ai été déconcertée.

– Avec les piqûres d'abeille, c'est la première fois que je le fais souffrir.

J'ai raconté à Larkin tous les autres remèdes que j'avais essayés.

– Tu as vraiment mis un serpent dans sa chambre ?

Il y avait de l'admiration dans sa voix.

– Je pensais que, s'il entendait Esther hurler, il reviendrait pour la sauver.

Il a poussé un petit sifflement approbateur.

– Tout comme il a essayé de sauver Samuel de la chute de l'arbre.

– Oui. (Nous avons poursuivi notre marche un moment en silence.) Est-ce que ta mère est déjà entrée dans la cabane de Cate ?

Il a réfléchi un moment.

– Pas depuis que ma grand-mère est partie y vivre. Avant, oui, elle y allait tout le temps. (Il continuait à grimper tout en parlant d'une voix fatiguée.) C'est dans cette petite cabane que mon père fabriquait ses mandolines.

Je me suis arrêtée net et, quelques instants plus tard, il a fait de même et s'est retourné pour me faire face.

– Pourquoi dans une cabane tout en haut de la montagne quand il aurait pu les fabriquer près de l'endroit où vous viviez ?

– Il a essayé mais son activité de luthier était sans cesse interrompue par le reste. Et il aimait l'idée d'avoir un endroit qui ne servait qu'à une seule chose. (Il a souri avec tristesse.) En plus, ma mère détestait l'odeur de la colle, même quand elle était chaude et ne sentait pas trop mauvais. Je crois qu'elle ne supportait pas l'idée qu'elle soit faite à partir de peaux de cerf. Elle adorait voir les cerfs se promener entre les arbres près de chez nous.

– Alors il fabriquait ses mandolines au sommet ?

C'était une idée qui me plaisait.

Larkin a hoché la tête.

– La cabane, c'est ce qui reste du temps où ma grand-mère vivait dans la montagne quand elle était petite, avant que sa famille ne construise une maison plus grande. (Il a repris son ascension.) J'aimais tellement venir passer du temps avec mon père dans cette cabane. Le regarder travailler. Il me laissait l'aider, quand des petits doigts s'en sortaient mieux que de grandes mains.

– Et c'est là qu'elle est venue après la mort de ton père ?

– Oui, après que nous l'avons enterré. Je suis parti à sa recherche et je l'ai trouvée assise parmi ses outils. Elle était là, assise. La colle de peau avait pourri et ça sentait horriblement mauvais, mais elle restait assise dans la puanteur, et elle pleurait comme un petit enfant.

J'ai tenté d'imaginer la scène, puis de l'effacer de mon esprit.

– Je lui ai demandé de revenir. Mais elle a dit que ça irait, et je pense qu'elle avait vraiment envie d'être seule. (Il a gardé un temps le silence.) Non, ma mère n'est jamais retournée dans la cabane depuis la mort de mon père. J'ai apporté à ma grand-mère tous ses livres et ses autres affaires, une caisse à la fois. (Nouveau moment de silence.) Captan l'a choisie, et elle l'a gardé, lui aussi.

Nous avons fini l'ascension sans parler.

Captan est venu à notre rencontre dans la clairière, sans un bruit.

– Comment va-t-elle ? lui ai-je demandé.

Il s'est retourné et nous a menés à la cabane pour que nous puissions en juger par nous-mêmes.

61

Elle allait plus mal.

– Qu'est-ce qui vous a pris si longtemps ? nous a demandé Esther, assise près du lit, la main de Cate dans la sienne.

– On a dû aller à plusieurs endroits différents pour trouver du miel, ai-je répondu. Et en revenant, nous nous sommes arrêtés pour voir Papa. (Je n'allais pas lui mentir à ce sujet.) Mais nous voici et nous avons ce qu'il faut pour sa jambe.

Esther s'est levée.

– Je l'ai nettoyée avec les vieilles bandes. (Elle a dégluti.) Puis je les ai brûlées.

C'était donc cela, l'odeur dans la cabane – moitié feu purifiant, moitié pourriture.

J'ai pensé à ces bandages, qui avaient été les manches d'une chemise cousue par mon père et, avant cela, de la mousseline en rouleau, du coton sur un métier à tisser, et une plante qui blessait les mains de ceux qui la récoltaient.

– Elle a beaucoup de fièvre. Pourquoi n'es-tu pas venu avant ? a-t-elle demandé à Larkin, le visage sombre. Ellie aurait pu aller chercher du miel toute seule.

Je suis intervenue avant qu'il ne réponde :

– Arrête, Esther ! Toi-même, tu n'es venue ici que parce que tu avais peur de rester à la maison sans Maman.

– Mais c'est son petit-fils ! Et je ne savais pas qu'elle était Mrs Cleary.

– Qu'est-ce que ça change ?

– Chut ! a dit Cate, tremblante, le visage blanc et desséché. Ça n'a pas d'importance.

– Tu la connaissais quand elle était Mrs Cleary ? m'a demandé Larkin. Quand elle habitait en ville ?

– Oui, quand elle était infirmière à Bethel. Mais j'ai tellement changé, et elle aussi, que nous ne nous sommes pas reconnues.

– Pas toi ? a-t-il demandé à Esther.

– Que veux-tu dire ?

– Tu n'as pas changé ?

– Si, elle a changé, ai-je répondu en fixant ma sœur. Elle a nettoyé cette plaie sans que personne ne lui apprenne comment faire.

J'ai sorti le bocal du sac.

– Tu as trouvé du miel ? m'a demandé Cate.

– On peut dire ça, si « trouver » veut dire « marchander » contre le nettoyage d'un poulailler, et « voler » à un essaim.

J'ai tourné la tête pour qu'elle puisse voir l'endroit où je m'étais fait piquer sur le cou.

– De plus en plus de cran, c'est bien.

Larkin a ôté la couverture. La plaie, désormais propre, était encore dans un état épouvantable, et, malgré moi, j'ai regretté les asticots.

J'ai passé le bocal à ma sœur.

– Je vais écarter les bords de la plaie et toi, tu vas y mettre le miel.

Après un long moment de réticence, elle a lentement fait tomber le rayon de miel dans sa main et l'a soigneusement pressé pour en extraire tout le contenu au-dessus de la blessure.

– Comme ça ?

– Oui, exactement comme ça.

Pendant tout ce temps, Cate a tremblé et tressailli, mais elle n'a pas fait un bruit.

Du coin de l'œil, j'ai vu Larkin lui prendre la main, et lorsque nos regards se sont croisés j'ai été frappée par le chagrin qu'on lisait sur son visage.

– Il nous faut d'autres bandes, ai-je dit en regardant autour de moi. La lessive qui séchait sur le fil, où est-elle ?

– Je l'ai rangée dans la malle, a répondu Esther.

J'en ai sorti un drap propre. J'ai fait quelques entailles avec mon couteau sur le bord, puis j'ai déchiré trois longues bandes pour envelopper la jambe de Cate en passant dessus dessous, jusqu'à utiliser tout le tissu.

– J'ai rapporté quelques abeilles dans la chambre de Papa pour qu'elles le piquent, lui ai-je alors dit.

– Quoi ! s'est exclamée Esther, furieuse.

Cate m'a regardée avec des yeux ronds.

– Pour le réveiller ?

J'ai hoché la tête.

– Et ça a marché ?

– Un peu. Pas assez.

Elle s'est appuyée sur son oreiller.

– Pas à pas. C'est comme cela que l'on sort d'une situation difficile.

J'ai lissé le bandage et remis la couverture en place. Puis je me suis adressée à Esther :

– Tu peux lui préparer une infusion d'écorce de saule, contre la fièvre ?

– Elle en a déjà bu, a-t-elle répondu, en essuyant ses mains collantes sur un torchon.

– Alors donne-lui-en davantage.

– Mais il n'y a plus de branches de saule !

– Alors va en chercher. (J'ai essayé de ne pas faire entendre mon impatience.) Les saules ont toujours soif. Va voir près de la source.

Une fois Esther sortie, Larkin m'a déclaré :

– Ta sœur ne te ressemble pas beaucoup.

C'était à la fois vrai et pas vrai.

Cate a tendu une main fatiguée pour caresser le dos de Captan.

– Tu penses vraiment que Captan est le père de Motus ? ai-je demandé à Larkin.

– Oui, je le pense.

– Qui est Motus ? a demandé Cate, qui n'avait jamais entendu ce nom.

J'ai failli dire *mon chiot.*

– Un des chiots, à la maison.

– Ils ressemblent à Captan lorsqu'il était petit, a dit Larkin.

Elle a souri.

– Ils doivent être beaux, alors.

– Très beaux. Et déjà réservés, sinon j'en aurais réclamé un.

– Réservés pour quoi ?

– Pour devenir des chiens de chasse. Ma mère les échange contre une vache laitière.

C'est alors qu'Esther est revenue, un joli bouquet rond de brindilles de saule à la main. Larkin a remis une bûche dans le feu, ce qui a fait chanter la bouilloire.

– La dernière fois, le miel avait agi en une journée, ai-je dit à Cate, qui a hoché la tête.

– Peut-être en sera-t-il de même cette fois-ci. Et sinon, il faudra tout couper.

Elle a essayé en vain de paraître courageuse.

– Mais tu ne peux pas faire ça, m'a dit Esther, la voix tremblante. Ce ne sera pas nécessaire, n'est-ce pas ?

– Oh, mon enfant, on n'en arrivera peut-être pas à cette extrémité, a dit Cate.

La bouilloire a alors poussé un long sifflement. Esther s'est tournée vers le feu. Larkin a râpé de l'écorce de saule dans une tasse où l'eau bouillante la transformerait en remède.

Moi, j'ai pensé aux abeilles qui étaient mortes. À la terreur du serpent. Aux bourgeons de saule qui allaient flétrir sur le plancher, aux pieds de Larkin. À la mandoline de ma mère, les cordes détendues. À la solitude d'Esther. À mon Motus poursuivant un faon, tous crocs dehors. À Cate, assise seule dans l'atmosphère pestilentielle de sa cabane. Et à Larkin qui avait assisté, impuissant, à la mort de son père.

Et soudain Samuel, qui a surgi d'on ne sait où, derrière un lapin déterminé à rejoindre le couvert des arbres, Samuel, déterminé à l'attraper, tandis que la hache de mon père cognait, cognait contre le tronc et que l'arbre se mettait à trembler. Un craquement. L'arbre, qui s'est incliné de plus en plus, les branches s'agitant avec frénésie dans la chute, mon père reculant d'un pas, de deux. L'arbre qui a pivoté au moment où je m'élançais, trop lente, vers mon petit frère adoré, l'arbre qui fouettait l'air au-dessus de ma tête juste au moment où je l'ai atteint…

… et j'ai senti, plus clairement que jamais, la main de mon père me pousser brutalement dans le dos ; je l'ai senti me pousser hors de danger au moment même où j'ai attrapé Samuel au vol et où nous sommes tombés tous les deux, enlacés, les petites branches nous frôlant à peine mais mon père s'écrasant au sol et…

– Tu m'as entendue, Ellie ?

La question d'Esther m'a fait revenir à moi, à la petite cabane, et à ce qu'elle me disait sur la nécessité de rentrer vite chez nous.

– J'étais véritablement au mauvais endroit, ai-je chuchoté.

Levant les yeux, j'ai vu Cate qui m'observait.

– Nous devons retourner chez nous maintenant, ai-je prononcé lentement en me relevant et en allant chercher mes affaires.

– C'est ce que je viens de te dire, Ellie, il faut y aller, a répété Esther.

– Pas seulement nous deux – Cate aussi.

Larkin m'a lancé un regard aigri.

– Quoi, malade comme elle l'est ?

– Et blessée. Oui, je sais. (Je me suis dirigée vers la malle où Cate gardait son pantalon en daim.) C'est pourquoi nous devons tenter tout ce qui est possible. Pas seulement ce que nous savons faire, ou ce que nous pensons savoir faire.

J'ai songé à ma mère, le matin de la naissance de Motus, qui avait gardé la tête de Maisie sur ses genoux sans cesser de lui caresser les oreilles pendant tout le travail. À la tendresse avec laquelle elle avait pris Motus pour le poser dans mes mains. Pour la première fois, je me suis demandé si ce n'était pas comme cela que j'avais su comment l'appeler – le calme et le silence dont il avait empli mes mains avant de se mettre à respirer.

Cate a alors dit :

– C'est une bonne idée de m'emmener en bas de la montagne.

– Mais pourquoi ? a demandé Larkin. Si tu dois aller quelque part, ça doit être à la maison, avec moi.

– Avec Ellie, pour être utile, a-t-elle dit d'une voix ferme.

Nous savions toutes deux qu'il y avait plus d'un moyen de se rendre utile.

J'ai vu son regard fatigué briller plus fort à cette perspective. Et le feu qui brûlait en moi s'est reflété dans ses yeux.

62

J'ai coupé des bandes supplémentaires dans les manches de la chemise de Larkin pour les nouer, bien serrées, autour de la blessure de Cate. Je l'ai aidée à enfiler son pantalon et une tunique. Puis j'ai lacé ses souliers.

Elle n'a rien emporté avec elle, à part la petite poupée à laquelle elle s'est agrippée comme si elle faisait partie d'elle-même.

Larkin la soutenant d'un côté et moi de l'autre, nous avons lentement négocié la descente en nous arrêtant fréquemment pour lui permettre de se reposer. Nous devions négocier les endroits les plus raides avec mille précautions, comme si elle était en verre, en faisant très attention à sa jambe.

Elle tremblait comme un chien quand le tonnerre se rapproche, mais elle avait l'esprit et le regard clairs et paraissait… enthousiaste.

Je ressentais son excitation, et aussi le feu qui brûlait en moi de plus en plus fort à chaque pas nous rapprochant du but.

Esther, plongée en pleine confusion par tout ce qui se

passait autour d'elle, ne disait rien. Elle nous suivait sur le sentier en tenant contre elle le plus gros livre de Cate.

Mon sac était rempli de tout ce que Cate nous avait demandé d'emporter, toute une cueillette faite dans le jardin à l'envers suspendu aux poutres de sa cabane. Des choses dont je ne connaissais pas encore le nom.

Cette fois-ci, nous n'avons croisé ni ours, ni martre pêcheuse, ni aucune autre créature sauvage sur le sentier, même si j'imaginais qu'il y aurait de la sauvagerie sur le visage de ma mère à notre apparition sur le seuil de notre maison.

Je ne savais pas où nous installerions Cate, ni comment nous la nourririons, mais je ne m'en souciais pas.

J'étais prête à dormir avec les chiens dans l'abri à bois, à renoncer à la viande, aux œufs ou au pain qui m'étaient destinés et à manger à la place ce que je pourrais ramasser sur le sol de la forêt: champignons et crosses de fougère; épinards sauvages et feuilles de pissenlit; ciboulette et glands; racines de carottes sauvages.

Car je savais avec beaucoup de certitude et de clarté que je pouvais faire plus pour aider Cate. J'ignorais juste encore comment. J'ignorais également ce que je pouvais faire de plus pour aider mon père. Mais je sentais qu'aider l'un aiderait l'autre.

Et que, Cate et moi, nous allions réveiller mon père. Ce qui m'effrayait désormais, c'était ce qui se passerait après son réveil.

J'imaginais mon père changé, incapable de marcher, ignorant qui nous étions.

Et il n'y avait sans doute rien dans le livre de Cate pour le faire revenir de là.

Mais plus nous nous approchions de notre maison, plus j'étais capable de voir ce que l'ours voit dans le cœur d'un aster violet, ce que la corneille voit depuis son nid si haut perché, ce que toute créature inapprivoisée sait dès qu'elle ouvre les yeux – que la vie est une question d'instants, reliés entre eux comme des gouttes de pluie. Il était impossible d'essayer de ne toucher qu'une goutte à la fois, de tenter de les compter, de les ordonner ou de calculer leur valeur une par une.

Il fallait se tenir sous la pluie, y rester.

C'est ce que je ferais.

Je le ferais pour guérir mon père et pour réapprendre à le connaître, s'il le fallait.

Il y avait une raison qui expliquait que je sente les racines tressaillir lorsque nous marchions au-dessus d'elles. Une raison pour que j'aie été capable d'entendre le cri de l'arbre cogné par la hache de mon père quand il s'était abattu vers mon petit frère chéri qui passait sous son ombre tourmentée en poursuivant un lapin sur le sol gelé.

Il devait y avoir une raison.

Tout ce que j'avais à faire, c'était la découvrir.

63

Nous avons demandé à Captan de rester dehors, près de la porte, où il s'est couché à contrecœur, la tête sur les pattes.

– Quand nous reviendrons, je t'emmènerai voir Maisie et Motus.

Il m'a répondu en levant les sourcils.

Puis nous avons fait rentrer Cate dans la maison.

– Qui est-ce ? a murmuré Samuel lorsqu'il l'a aperçue en tournant le coin de la maison.

J'ai fait les présentations :

– Samuel, voici Cate. (Et à Cate :) Voici mon frère Samuel.

– C'est un beau prénom, a-t-elle dit en s'appuyant lourdement sur moi. Pour un beau garçon qui, je l'espère, va m'aider à aller jusqu'à la chaise la plus proche.

Lorsque nous sommes entrés à la file dans la cuisine pour faire asseoir Cate devant la table, ma mère a été si surprise qu'elle a bredouillé :

– Qu'est-ce que… Pouvez-vous… Esther, comment… ?

Elle tournait autour de nous comme Maisie, la première fois où j'avais caressé Motus.

– Je suis désolée que nous soyons descendus sans y avoir été invités, lui a dit Cate.

– Descendus ? a répété ma mère – une drôle de question car c'était évident.

– Du haut de la montagne, a précisé Cate.

Je l'ai soudain vue par les yeux de ma mère : une vieille femme grise, toute ridée, voûtée, vêtue d'une tunique, d'un pantalon en daim et de souliers éculés, qui serrait dans son poing une poupée de chiffon toute déchirée.

– Merci pour la nourriture que vous m'avez fait porter là-haut, a-t-elle repris, surtout pour le ragoût de cerf. (Ma mère ne savait pas que je lui en avais apporté un peu.) Plus encore, merci d'avoir envoyé vos filles. (Alors que nous savions tous que j'y étais allée de mon propre chef.)

– C'est Ellie qui mérite votre reconnaissance, l'a corrigée ma mère, encore toute secouée par notre soudaine arrivée, mais également par une nouvelle confusion que je détectais sur son visage et à la façon dont ses mains se crispaient.

– Elle a toute ma reconnaissance, a dit Cate.

C'était la première fois qu'elle me l'exprimait.

– Moi aussi, j'ai aidé ! s'est exclamée Esther, un peu trop fort.

– C'est vrai, tu m'as apporté de si beaux souvenirs.

– Des souvenirs ? a demandé ma mère.

Cate a hoché la tête en souriant mais en silence. Personne ne parlait. Nous la regardions avec curiosité, comme si elle était un phénomène rare.

– Vous ne me reconnaissez pas ?

Ma mère s'est penchée pour plonger son regard dans les vieux yeux bleus de Cate, tout comme Esther avant elle.

C'est alors qu'elle a dû reconnaître la femme qu'elle avait connue à Bethel.

Qui ne pouvait pourtant pas être cette harpie assise dans notre cuisine, comme si elle s'était faufilée dans la maison par le trou d'évacuation tel un froid serpent, ou qu'elle avait dégringolé par la cheminée tel un oiseau désorienté, ou qu'elle avait jailli entre deux lattes du plancher, pousse verte issue d'une graine égarée qui s'épanouirait en branches feuillues au-dessus de la table et ressortirait par la fenêtre à l'appel du soleil.

J'ai vu ma mère effleurer l'épaule de Cate.

– Mrs Cleary ? a-t-elle murmuré.

Cate a posé sa main sur celle de ma mère.

– Je ne ressemble plus beaucoup à celle que vous avez connue, n'est-ce pas ?

Ma mère a souri, les yeux soudain emplis de larmes.

– Non, c'est vrai.

– J'ai tout d'une harpie, désormais. Oh ! ce n'est pas grave, a-t-elle ajouté en voyant l'expression de ma mère. Il n'y a pas de mal à me traiter de harpie. C'est ce que je suis. Et il n'y a pas de mal à en être une, ni à posséder cette sorte d'intelligence. (Elle m'a regardée.) Et ceux qui pensent le contraire devraient y réfléchir à deux fois.

J'ai pris la main qu'elle me tendait.

– Je suis venue pour aider Ellie, une autre harpie, le saviez-vous ?

À cet instant, je suis devenue un chêne, un serpent, un oiseau coloré.

Mais quand Samuel a dit « Et moi ? Pourquoi je ne peux pas être une harpie ? », je suis redevenue une fille en un clin d'œil.

Cate lui a souri.

– Je n'ai pas dit que tu ne le pouvais pas.

– C'est quoi, une harpie ? m'a-t-il demandé.

Quelques jours à peine auparavant, Esther lui avait répondu : « Une sorcière. »

– Regarde-moi, lui a dit Cate.

Samuel l'a observée un moment avant de demander :

– Est-ce que je pourrais devenir une autre sorte de harpie ?

– Bien sûr. Mais il faudra d'abord pas mal grandir.

Il a secoué la tête.

– Vous avez dit qu'Ellie en est une, mais elle n'a que douze ans.

Elle a acquiescé.

– Eh bien, certains sont des harpies dès leur naissance. D'autres, comme moi, doivent beaucoup travailler pour le devenir.

Elle a essayé de se relever. Larkin et moi sommes venus lui donner le bras.

– Maintenant, si cela ne vous ennuie pas, j'aimerais rencontrer ton père, Ellie.

Nous nous sommes lentement dirigés vers la chambre où il dormait, insensible aux jonquilles dont les trompes d'or tonitruaient de l'autre côté de la fenêtre.

Cate s'est arrêtée sur le seuil. J'ai d'abord cru que c'était à cause de mon père, mais après quelques instants elle s'est dirigée vers la mandoline de ma mère, qu'elle a prise avec précaution. Avec tendresse.

Elle nous a adressé un sourire, à ma mère et à moi.

– C'est mon fils qui l'a fabriquée.

Elle le savait sans avoir besoin de regarder à l'intérieur. J'ai hoché la tête :

– Larkin me l'a dit.

Elle m'a dévisagée, stupéfaite.

– Tu en joues ?

– Un peu. C'est surtout ma mère qui est une excellente musicienne.

Cate lui a tendu la mandoline.

– Voudriez-vous jouer ?

– Peut-être un peu plus tard, a répondu ma mère en prenant l'instrument pour le poser ailleurs. Elle a besoin d'être accordée et…

– Oh, ce n'est pas grave. Je comprends.

Je n'avais jamais entendu une telle tristesse dans la voix de Cate.

J'ai tiré le fauteuil à bascule près de mon père. Larkin l'a aidée à s'y asseoir. Nous autres nous sommes répartis tout autour du lit.

Mon père n'avait pas changé. Pâle. Immobile. Si maigre qu'il aurait pu se briser.

– Vous dites qu'il est resté endormi depuis janvier ? a demandé Cate.

– Oui, ai-je confirmé.

– Alors, où est sa barbe ?

– Nous le rasons tous les jours, a répondu Esther avec fierté.

– Vous le rasez ?

Cate a jeté un coup d'œil à ma mère qui a hoché la tête avant de demander :

– Il ne faudrait pas ?

– La question n'est pas de savoir s'il le faut ou non. Je ne comprends pas pourquoi vous vous donnez cette peine.

Ma mère a de nouveau eu l'air perdue.

– Il se rasait toujours de près et, au début, comme nous ne le faisions pas, il s'est mis à avoir l'air…

– Sale ? a demandé Cate.

– Sauvage, a répondu ma mère.

Cate a haussé les épaules :

– Quel mal y a-t-il à être sauvage ?

Comme il était étrange de nous retrouver dans cette chambre, aussi nombreux autour du lit, à observer mon père comme un insecte dans un bocal.

Esther a posé le gros livre sur le lit.

– Que voulez-vous essayer en premier ?

– Rien de ce qui est écrit là-dedans, a répondu Cate.

Elle s'est tournée vers Larkin.

– Merci de t'être si bien occupé de moi pendant si longtemps.

Dans ces douze petits mots, j'ai entendu le début d'un adieu.

Larkin lui aussi, certainement. Il lui a dit d'une voix tremblante :

– Ce n'est pas moi qui me suis occupé de toi, c'est toi qui t'es occupée de moi.

– Alors nous sommes quittes. (Ses lèvres tremblaient.) Maintenant, je me demandais si tu ne voudrais pas rentrer chez toi pour t'occuper de ta mère pendant quelque temps. J'ai des choses à faire ici, et ce sont des choses qu'il vaut mieux faire seule.

– Sans moi ? a demandé Larkin, l'air dévasté.

– Je pense que oui.

Les larmes qu'elle retenait se sont soudain mises à ruisseler sur ses joues.

– Mais je peux t'aider !

– Pas cette fois-ci. Mais, mon garçon adoré, n'oublie jamais tout ce que tu as déjà fait. Et tout ce qui est encore à venir.

Elle lui a tendu sa petite poupée. Il l'a mise dans sa poche, sans la lâcher.

Les autres avaient dû entendre cet adieu, car tous, même Samuel, semblaient aussi dévastés que Larkin. Nous n'étions pourtant pas de sa famille. Et pourtant si…

Alors Cate a prononcé son antique bénédiction, à trois reprises, à travers des larmes qui coulaient comme la pluie.

Larkin lui aussi s'est mis à pleurer et l'a prise dans ses bras.

– Qu'est-ce qu'elle a dit ? a chuchoté Samuel.

– C'est du gaélique, lui ai-je expliqué, la gorge nouée. Ça veut dire « Je vous souhaite une bonne santé et tous les bienfaits ».

– Allons-y, maintenant, a dit ma mère en poussant tout le monde vers la porte. Laissons-la travailler.

Mais Cate m'a interpellée et m'a fait un signe.

– Pas toi. Toi, tu restes ici.

64

Une fois la chambre vide, nous nous sommes regardées pendant un long moment en silence.

Derrière la porte, j'entendais Samuel jacasser et ma mère lui répondre doucement.

Puis de plus loin nous est parvenu un long hurlement prolongé. Plus lugubre et sauvage que n'importe quel cri de coyote, mais d'une voix que j'ai reconnue.

J'ai imaginé le petit Motus, dans l'abri tout proche, qui entendait son père pour la première fois.

– *Ô Captan, mon Captan* * *!*, a murmuré Cate.

Puis un deuxième hurlement, plus long et plus fort que le premier.

Tout mon corps et mon esprit absorbaient ce cri.

– Qu'est-ce que ça veut dire ?

– C'est mon garçon qui m'appelle, a répondu Cate, ses larmes recommençant à couler.

* *O Captain! My Captain!* est un poème de Walt Whitman, célèbre poète américain. Il fut composé en hommage au président des États-Unis Abraham Lincoln, assassiné le 14 avril 1865.

Je savais ce que signifiait ce hurlement.

– Je voulais dire, son nom. Captan. Sans « i » et sans « e ». Qu'est-ce que ça veut dire ?

– Ah, je me demandais quand tu me poserais cette question. Cela signifie « chant », dans l'ancienne langue de ma famille.

C'était un nom bien trouvé pour le chien d'un luthier qui avait du sang gaélique dans les veines.

– Tu sais, Ellie… cela fait très longtemps que je n'y ai pas pensé… mais il y a un livre dans ma cabane là-haut qui s'appelle *La vie de filles qui sont devenues célèbres*. Parmi elles, il y a une certaine Florence Nightingale. Sais-tu qui elle était ?

– Non.

Je ne voyais pas non plus le rapport avec le nom de Captan.

– C'était une infirmière, peut-être la plus célèbre de toutes, bien qu'il n'y ait pas beaucoup d'infirmières célèbres. (Elle m'a fait un clin d'œil.) Je n'arrive même pas à trouver un autre exemple, et pourtant je m'y connais… Bref, son premier patient a été un chien de berger que son maître voulait pendre parce qu'il avait une patte cassée. Oh, pas par cruauté ! s'est-elle exclamée en voyant mon expression. L'idée de pendre son chien lui faisait horreur, mais ce chien souffrait tellement, tu comprends.

Je comprenais très bien, et j'attendais toujours de connaître le lien avec Captan.

– Miss Florence Nightingale, qui n'était pas encore infirmière – ou qui ne savait pas encore qu'elle en était une –, aimait tant les animaux qu'elle a décidé que ce chien ne devait pas mourir ainsi. Il a échappé à la pendaison parce qu'elle l'a emmené chez un médecin et que cette fracture était en fait un hématome, rien de plus, et qu'il a rapidement guéri quand elle a enveloppé la patte dans des compresses chaudes.

Cate guettait ma réaction.

– C'est une jolie histoire, ai-je dit.

– N'est-ce pas ?

Elle a attendu.

– Mais quel est le lien avec Captan et avec son nom ?

Bien que Cate soit fatiguée, usée, fiévreuse et blessée, ma question l'a fait sourire.

– Il s'appelait Cap, ce chien de berger. C'était son nom, Cap, même si je ne l'ai su que bien après avoir appelé mon chien Captan.

J'ai souri moi aussi.

– J'aime cette histoire.

Elle a hoché la tête.

– Parfois, les événements semblent survenir dans le désordre, ou dans un ordre qui leur est propre, mais ils ont une signification si on ne se soucie pas trop de leur succession.

Nous avons toutes les deux médité un moment sur cela.

– Et pourquoi dites-vous toujours « *Ô Captan, mon Captan !* » ?

Elle a poussé un soupir de tristesse.

– C'est le vers d'un poème qui parle de la mort d'un grand homme. Sauf que, dans ce cas, il s'agissait d'un capitaine, avec deux « i » et un « e ».

Cela m'a fait réfléchir.

– Pensez-vous qu'à l'avenir vous irez mieux ?

Elle a essuyé les larmes qui coulaient sur son visage.

– *L'avenir,* a-t-elle murmuré. Le mot qui change tout.

Je ne voulais pas penser à ce qu'elle disait. Cet *avenir*, pour elle, ne durerait sans doute pas longtemps, même si elle allait mieux. Y penser ne me ferait aucun bien, ni à mon père ni à elle.

– Je ne pensais pas à votre jambe, je pensais à vous.

– Je sais, a-t-elle dit avec un soupir.

– Je suis désolée, a dit ma mère en ouvrant la porte, mais il a refusé de partir avec Larkin et…

– Oh, le voici ! s'est écriée Cate alors que Captan s'engouffrait dans la chambre et venait poser sa tête sur ses genoux. Le bon garçon !

Elle avait pris la même voix que moi.

– Est-ce que Motus peut venir aussi ? ai-je demandé à ma mère.

– Eh bien, je ne sais pas si…

– Captan ne lui fera aucun mal, je vous le promets, a dit Cate.

Samuel, que ma mère a envoyé chercher le chiot, me l'a donné à contrecœur, et il est ressorti en protestant bruyamment. À travers la porte, je l'ai entendu demander « Comment la harpie va-t-elle utiliser deux chiens pour guérir Papa ? ».

Cate a eu un large sourire :

– C'est un sacré garçon que tu as là.

– Samuel ou Motus ?

– Les deux, mais surtout Samuel. (Son regard était tendre.)

Oui, bien sûr que tu étais au mauvais endroit, Ellie. Tu as fait ce que tu étais censée faire – essayer de sauver ton petit frère. Et ton père a fait ce qu'il était censé faire – essayer de vous sauver tous les deux.

Je me suis raclé la gorge, sans parvenir à la desserrer.

– Et il n'a pas seulement essayé.

Je tenais Motus devant moi pour qu'il puisse regarder son père dans les yeux.

– Voici Captan, lui ai-je murmuré à l'oreille. C'est peut-être ton Papa.

– Je n'aime pas beaucoup les « peut-être », a dit Cate, qui observait Captan renifler la petite tête de Motus. Ce qui existe existe.

– Que ce soit vrai ou pas ?

– Qu'est-ce qui est vrai, dis-moi ?

J'ai réfléchi.

– Je connais un million de choses qui sont vraies.

– Moi aussi, et un million de choses que je ne sais pas expliquer bien qu'elles soient réelles. Et un certain nombre de choses auxquelles je ne peux pas croire, bien qu'elles soient arrivées. Qu'elles aient été souhaitables ou pas. (Elle a regardé mon père.) Voici une chose vraie, et une chose bonne.

– Bonne ? ai-je dit, surprise.

– Il aurait pu mourir, a-t-elle expliqué en me dévisageant.

C'était vrai aussi. J'ai contemplé son visage et la profondeur de son sommeil.

– Comment allons-nous le réveiller ? Je pensais que nous pourrions utiliser de la puanteur de moufette et…

– De la puanteur de moufette ? a-t-elle répété, abasourdie.

– Le docteur qui est venu a bien essayé des sels, mais sans résultat. Je pensais que mon père serait suffisamment gêné par cette mauvaise odeur pour se réveiller. Et le raifort aussi, ça pourrait marcher. Je ne connais personne qui pourrait dormir avec une cuillerée de raifort dans la bouche.

Cate s'est emparée de ma main libre pour la poser contre sa joue.

– C'est terrible. (J'ai cru qu'elle parlait de mon père.) Terrible que nous ne nous soyons pas rencontrées plus tôt.

Je lui ai souri.

– Pendant tout ce temps, vous étiez là-haut, tout près. Mais vous n'êtes pas si vieille, et cette jambe va guérir, et nous aurons beaucoup de temps devant nous. (Il y avait quand même une nuance de doute dans ma voix.)

– Peut-être. Si je dois aller mieux, ce sera pour Larkin et pour toi.

Alors, la flamme a décidé de jaillir dans ma poitrine, comme le matin de la naissance de Motus. Et la voix a décidé de me parler de nouveau, si claire et forte que je n'ai pas eu un seul instant de doute.

Je l'ai écoutée, aussi distincte que celle de ma mère qui a ouvert la porte pour demander :

– Voulez-vous une infusion de sapin baumier, Mrs Cleary ?

J'ai répondu :

– Oui, pour nous deux. (Puis à Cate, j'ai dit :) Pour vous.

Je ne parlais pas d'infusion.

Cate s'est mise à sourire.

– Tu sais quoi faire, n'est-ce pas ?

Ce n'était pas vraiment une question et j'ai acquiescé.

– Oui, je sais.

Et je l'ai fait.

65

J'ai rendu Motus à Samuel.

– Peux-tu le ramener à Maisie ?

– D'accord. (Il l'a examiné avec attention.) Est-ce que la harpie lui a fait quelque chose ?

– Oui, elle l'a transformé en chèvre. Ça ne se voit pas ?

Il a fait une grimace.

– T'es vraiment bête, Ellie.

J'ai jeté un coup d'œil tout autour de moi.

– Où est Esther ?

– Elle est partie raccompagner Larkin jusqu'à mi-chemin, a répondu ma mère, qui paraissait contrariée. Il était tout chamboulé et elle a pensé qu'il aimerait peut-être avoir de la compagnie.

J'ai essayé de ne pas me sentir concernée, ce qui n'était pas trop difficile étant donné que j'avais beaucoup à faire, mais quand même.

Au moment où j'allais retourner voir mon père, elle m'a lancé un regard inquiet.

– Tout va bien, Ellie ?

– Oui, ça va.

Dans ma poitrine, la flamme rugissait.

Je suis allée dans la chambre et j'ai doucement fermé la porte. Je me suis dirigée vers Cate, qui a pris mon bras sans poser de questions et s'est laissé conduire de l'autre côté du lit où elle s'est allongée près de mon père pour que je puisse examiner sa jambe.

Elle n'a pas dit un mot tandis que je lui ôtais son pantalon et que je défaisais soigneusement le bandage.

Malgré le miel, la blessure était toujours aussi enflée et virulente qu'auparavant. Peut-être plus encore.

– Je pense que nous devrions envoyer Mr Peterson chercher le docteur tout de suite, ai-je dit en remettant le bandage en place. Comme ça, il arrivera à temps si le miel n'agit pas.

Nous savions toutes les deux ce que je voulais dire par « à temps ».

– Et si le miel est efficace ? Et s'il vient jusqu'ici pour rien ? a demandé Cate.

– De toute façon, il voudra qu'on le paie.

Que pouvais-je lui donner en échange ? J'ai jeté un coup d'œil à la mandoline de ma mère.

– Non, a dit Cate. Pas ça. Pas pour moi.

Je me suis alors rappelé l'une des centaines de questions que je ne lui avais pas encore posées.

– Larkin m'a raconté qu'il aidait souvent son père à fabriquer des mandolines. Est-ce qu'il veut devenir luthier, lui aussi ?

Elle a fermé les yeux.

– Je lui ai posé la même question, mais tout ce qu'il a dit, c'est « Peut-être, un jour. »

J'ai pensé à d'autres objets avec lesquels nous pourrions payer le médecin.

– Vous n'avez pas d'alliance ?

– Non. Elle a disparu depuis longtemps. Je l'ai déjà échangée.

Toutes ces années écoulées depuis la mort du père de Larkin et la crise qui les avait rendues encore plus dures.

– Mais il ne saura pas que nous n'avons rien pour le payer avant d'arriver ici, ai-je suggéré.

– Si tu le trompes, il ne reviendra plus jamais. (Elle a tendu la main pour gratter Captan derrière les oreilles.) Quand on crie au loup pour rien, les gens finissent par ne plus venir.

– Alors nous nous débrouillerons sans lui. Mais tout de suite, sans attendre pour voir ce qui pourrait se passer. (Je me rappelais les autres remèdes qu'elle avait essayés.) Pourrais-je verser du vinaigre chaud dans la plaie ?

Elle a réfléchi.

– Je ne sais pas ce que cela peut faire de verser du vinaigre dans une plaie ouverte. Et il ne faudrait pas faire disparaître le miel.

– Alors je vais garder l'incision le plus fermé possible pour que le miel reste à l'intérieur, et je vais construire une sorte de… barrage tout autour et le remplir de vinaigre, pour qu'il pénètre lentement et ne coule pas partout.

Elle m'a observée en silence tandis que je passais en revue ce que je pouvais faire.

Il y avait une chandelle près du lit mais je m'étais une fois brûlée avec de la cire et je n'avais aucune envie d'infliger une souffrance supplémentaire à Cate, même pour la soulager d'une autre douleur.

Alors j'ai fermé les yeux et j'ai écouté la voix dans ma poitrine, en laissant mon esprit égrener les différentes possibilités jusqu'à arriver à celle qui m'a plu pour plusieurs raisons, dont chacune était excellente.

Ma mère était dans la cuisine où elle remplissait des petits sachets avec de jeunes pousses de sapin baumier.

– J'ai besoin d'une casserole que tu ne pourras peut-être plus jamais utiliser.

Elle a froncé les sourcils.

– Une casserole, ça ne se trouve pas sous le sabot d'un cheval. Est-ce que tu veux préparer quelque chose pour ton père ?

– Non, pas tout de suite. Pour Cate.

– Pour Mrs Cleary ?

J'étais sidérée qu'elle fasse une telle distinction.

– Oui.

Elle m'a regardée pendant un long moment.

Quelques jours auparavant à peine, elle m'avait envoyée dormir dans l'abri avec les chiens, l'estomac aussi vide qu'un chapeau pendu au clou, pour avoir essayé de réveiller mon père. Maintenant, sans hésiter plus d'une seconde, et sans dire un mot, elle me tendait une vieille casserole toute noircie.

Sa bonne volonté venait-elle de ce que j'avais un peu regagné sa confiance ou bien était-ce parce que j'essayais désormais de guérir Cate et non mon père ?

Cela n'avait pas d'importance.

Je suis retournée avec la casserole dans la chambre où Cate m'attendait.

Elle m'a regardée sortir mon couteau et découper une large bande de peau dans son pantalon. Elle n'a pas prononcé un seul mot, même si j'ai deviné un commentaire ou deux sur son visage, avant qu'elle ne se mette à sourire.

– Larkin t'a un peu parlé de lutherie, n'est-ce pas ?

– Effectivement. (J'ai essuyé mon couteau sur ma manche et l'ai refermé, puis j'ai attrapé la vieille casserole et la bande de peau.) Ça va prendre du temps.

– Pas si tu la fais bouillir très fort. Une heure sur le feu, cela suffira. Mais attends-toi à devoir remuer sans interruption. (Elle a eu un triste sourire.) Ce serait différent si j'étais une mandoline. Pour cela, il vaut mieux laisser la casserole toute une nuit à feu doux dans un four.

Je n'ai pas dit « Nous n'avons pas toute la nuit » ni « Vous n'êtes pas une mandoline », mais :

– Fermez les yeux et reposez-vous pendant que je prépare ça. Captan est ici et je sais qu'il ne vous quittera pas.

Quand j'ai traversé la cuisine pour sortir dans la cour, Esther était avec ma mère.

– Comment va Larkin ? lui ai-je demandé.

Cela ne me plaisait pas d'être celle qui demande… ni que ce soit elle qui me réponde.

– Il est triste, et en colère, et honteux que ce soit toi qui l'aides, elle.

Je n'étais donc pas la seule à ne pas me sentir dans mon assiette.

J'avais envie d'aller le trouver sur-le-champ, pour lui dire que je comprenais… et pour qu'il me comprenne en retour.

Mais j'irais plus tard, quand j'aurais aidé Cate et mon père, et fini ce que je devais faire. S'il ne venait pas me trouver en premier.

– Qu'est-ce que c'est? m'a demandé ma mère en désignant ce qui pendait sur mon bras.

– De la peau de daim.

– Pour quoi faire ?

– Tu verras. C'est assez difficile à expliquer, lui ai-je répondu en ramassant mon sac.

Elle m'a suivie jusqu'à la porte. J'ai étalé la peau sur le sol et gratté tous les poils avec mon couteau jusqu'à ce qu'il ne reste plus que le cuir.

Elle est retournée à ses occupations lorsque je me suis agenouillée pour faire un feu là où nous avions fait du savon. Avant qu'il ne devienne trop fort, j'ai disposé des pierres en cercle pour que la casserole ne touche pas le sol et que les flammes restent concentrées.

Pendant que le feu prenait, j'ai découpé le cuir en petits morceaux et les ai mis dans la casserole avec un peu d'eau du puits. J'ai posé le tout sur l'âtre.

– Qu'est-ce que tu fais ? m'a demandé Samuel, qui s'était glissé dans mon ombre.

– Je joue du piano.

– N'importe quoi ! (Il a reniflé.) Tu fais cuire quelque chose.

– Alors pourquoi tu poses la question ?

Il a regardé dans la casserole.

– Mais c'est quoi ? Ça se mange ?

– Peut-être, si tu es un loup mort de faim.

– Je ne suis pas un loup, a-t-il répliqué, quoique sans grande conviction, comme s'il se réservait le droit de goûter ce que je faisais cuire au cas où ce serait quelque chose de délicieux.

– Je fabrique de la colle, lui ai-je expliqué, en touillant avec un bâton les morceaux de peau dans l'eau frémissante.

– Tu as cassé quelque chose ?

Il avait l'air ravi, pour une fois, de ne pas être le brise-tout.

– Non, rien, mais j'ai quand même quelque chose à réparer.

Il a attisé le feu avec un autre bout de bois.

– Comment tu sais faire de la colle ? C'est Papa qui t'a appris ça aussi ?

J'ai secoué la tête.

– Non, c'est moi qui me le suis appris, et j'espère juste que je me le suis bien appris.

– T'es bête, a-t-il dit avec une grimace. Tu as besoin que je t'aide ?

– Toujours.

Ce qui était à la fois vrai et pas vrai.

66

Samuel et moi avons passé l'heure suivante à nous occuper du feu et de la casserole tandis que la peau de cerf se liquéfiait lentement et devenait de la colle et que le jour tournait à la nuit.

– Je pense que c'est bon, ai-je fini par dire, en examinant les gouttes qui tombaient du bâton.

– Ça fait beaucoup de colle. (Il a regardé tout autour.) Qu'est-ce que tu as cassé de si gros pour avoir besoin de tant de colle ?

– Cate, ai-je dit, en prenant un chiffon pour retirer le récipient du feu et le poser à l'écart afin que le mélange refroidisse.

– Tu veux dire, la harpie ?

– Oui, ai-je dit en hochant la tête.

Ce qui étonnait Samuel, je le savais, c'était l'idée que je puisse recoller Cate, pas que je veuille guérir une harpie.

– Quelle est cette décoction que tu prépares ? m'a demandé ma mère quand nous sommes rentrés pour voir comment Cate allait.

Le mot m'a plu, tout comme le fait de l'avoir préparée moi-même.

– C'est de la colle, a répondu Samuel.

Ma mère cherchait visiblement à en savoir plus, mais elle s'est remise à préparer le dîner : pain de maïs, haricots, l'une des truites et quelque chose qui était devenu aussi rare que des poules avec des dents.

– Une tarte ? a demandé Samuel, les yeux écarquillés.

– Une sorte de tarte, oui, a-t-elle confirmé avec un soupir. Des myrtilles séchées, des pommes, des noix et un peu de sirop d'érable. Ce n'est pas exactement ce que j'aurais choisi de cuisiner, mais je vais la faire, cette tarte.

– Pour Miss Cate ? ai-je demandé.

Elle a acquiescé.

– Depuis combien de temps n'avons-nous pas eu d'hôte dans cette maison ?

Je n'aurais pas dit que Cate était notre hôte, mais j'étais contente que ma mère le prenne ainsi.

De retour à la chambre, nous avons trouvé Cate et mon père endormis, chacun à sa façon. La différence se voyait, rien qu'à les regarder. Même endormie, Cate avait l'air… consciente.

Esther, assise dans le fauteuil à bascule, leur lisait à tous les deux (ainsi qu'à Captan) l'histoire d'un ourson nommé Winnie, d'un cochon nommé Porcinet et d'une foule d'autres personnages. J'avais adoré ce livre et je l'adorerais toujours.

Mais j'étais jalouse de penser que c'était peut-être ainsi que Cate faisait la connaissance de Winnie et de Porcinet, comme si elle goûtait sa première fraise ou entendait le premier cri d'une oie sauvage. Car ce livre, à peine plus vieux que Samuel, n'existait pas du temps de son fils. Peut-être l'avait-elle lu à Larkin quand il était petit, comme ma mère me l'avait lu.

Esther aussi, me suis-je soudain souvenue. Elle venait juste d'apprendre à lire et l'histoire sortait de sa bouche mot à mot, tel un chat qui se déplace avec précaution quand un chien est dans les parages. Mais cela ne m'avait pas dérangée.

Ce dont je me souvenais le mieux, c'était d'être allongée à côté de ma sœur à l'heure du coucher, serrées l'une contre l'autre, pendant qu'elle me lisait cette histoire.

Quand Esther a levé les yeux de son livre et s'est aperçue que Samuel et moi la regardions depuis le seuil de la chambre, elle s'est interrompue. Je m'attendais à de l'agacement ou à de l'impatience mais elle s'est contentée de faire une pause, comme si nous étions deux oiseaux chanteurs sur l'appui de la fenêtre, non pas une distraction mais un spectacle à contempler, et j'ai senti mon cœur se dilater, tel un bourgeon au retour de la chaleur.

C'est alors que Cate, sans ouvrir les yeux, a articulé : « Pourquoi t'arrêtes-tu, mon enfant ? » Et j'ai entendu, dans sa voix, qu'elle souffrait beaucoup plus qu'elle ne l'aurait dû, et que je ne le pensais.

Il était temps que je fasse quelque chose.

– Est-ce que la harpie va vivre ici avec nous maintenant ? a murmuré Samuel lorsque nous nous sommes éloignés sur la pointe des pieds.

– Si « maintenant », ça veut dire pour le moment, alors oui. Mais plus tard, je ne sais pas.

La réponse a paru satisfaire Samuel, un petit garçon qui vivait entièrement ici et maintenant.

– Est-ce que je peux prendre un peu de vinaigre ? ai-je demandé à ma mère.

– C'est pour ton père cette fois-ci ? a-t-elle voulu savoir en sortant la bouteille du placard.

– Peut-être plus tard. Tout de suite, c'est pour Miss Cate.

– Tout de suite, c'est l'heure du dîner. Apporte-lui une assiette, puis viens manger la tienne, et ensuite tu pourras faire ce que tu as prévu.

– Je n'ai pas faim, ai-je dit, alors que c'était faux. Et il faut que je soigne sa jambe sans attendre. Je lui donnerai son repas et je prendrai le mien lorsque ce sera fini.

– Va chercher Esther, a-t-elle ordonné à Samuel, puis elle s'est tournée vers moi, le visage rigide. Ellie, je suis complètement perdue. Mrs Cleary a l'air de penser que cela ne pose aucun problème de venir ici pour… guérir, je suppose, et aider ton père, quoique je ne voie pas bien comment, étant donné que c'est elle qui a besoin d'un docteur. Elle a besoin d'un *docteur*, Ellie. Pas d'une sorte de colle barbare… et de vinaigre… et de Dieu sait quoi d'autre que tu as en tête. (Elle a poussé un soupir.) C'est vrai, je reconnais que tu as fait des choses… intéressantes pour ton père, et qu'il ne s'en porte pas plus mal, voire peut-être mieux. Mais tu n'es pas médecin, Ellie. Tu n'as que douze ans. Tu n'es qu'une enfant, quoi que tu puisses être d'autre. Quoi que Mrs Cleary pense que tu sois.

D'autres *autres*…

J'ai attendu. Ma mère essayait de mettre de l'ordre dans ses idées, et c'était son travail plus que le mien. Elle a repris :

– Il faut que je sois folle à lier pour rester ici, dans ma cuisine, à préparer une malheureuse petite tarte, pendant que Mrs Cleary pourrit dans un lit, à côté de ton père, qui est couvert de piqûres d'abeille. (Elle s'est essuyé les mains sur son tablier, et a poussé un nouveau soupir.) Mais demain, nous allons tous reprendre nos esprits et envoyer Mr Peterson chercher le docteur. (Elle a levé la main en voyant ma réaction.) Et il n'y a pas à discuter.

Elle m'a tendu le vinaigre.

J'en ai versé un peu dans une casserole en faisant attention à laisser dans la bouteille la « mère », ce dépôt opaque dont nous aurions besoin pour refaire du vinaigre. Puis je l'ai posé sur le bord du fourneau afin qu'il tiédisse.

– Berk ! s'est écrié Samuel en revenant dans la cuisine avec Esther. Encore un truc qui pue.

– C'est juste du vinaigre.

– Pour quoi faire ?

– C'est pour toi. Tu es trop doux et tu aurais besoin d'un peu de piquant.

Il a reculé d'un pas.

– Qu'est-ce qu'elle veut dire, Maman ?

– Rien. Va te laver les mains, assieds-toi et mange.

Au lieu d'obéir, il s'est glissé jusqu'à moi.

– Alors, c'est pour quoi, le vinaigre ?

– Pour Cate.

– Du vinaigre en plus de la colle ?

– Oui, du vinaigre en plus de la colle.

– Samuel ! a grondé Maman. Va te laver les mains, je ne le répéterai pas.

Quand je suis sortie dans la cour pour aller chercher la colle, il m'a suivie comme un chiot, et j'ai soudain pris conscience que, lorsque Mr Anderson viendrait prendre Motus, j'aurais plus que jamais besoin de mon petit frère. Cette pensée m'a arrêtée net.

Samuel a levé les yeux pour me regarder dans le crépuscule.

– Qu'est-ce qui ne va pas, Ellie ?

Je ne voulais pas imaginer perdre Motus. Ni perdre quoi que ce soit.

– Rien. Rentre vite dîner, ou tu n'auras pas de tarte.

Mais, quand il a filé vers la maison, j'ai failli le rappeler.

67

– La première partie ne devrait pas vous faire mal, ai-je dit à Cate en posant une lanterne et la casserole de colle près du lit. Mais il me reste un peu d'infusion de saule que j'ai rapportée de votre cabane. Est-ce que vous en voudriez… pour ce qui va arriver après ?

– Non, a-t-elle dit, après un moment de réflexion. Cela ferait baisser la fièvre et la fièvre est nécessaire pour combattre l'infection. (Elle a désigné la casserole du menton.) Elle a assez refroidi ?

– Je pense que oui.

Comme il était bizarre d'être assise près de Cate et de m'occuper d'elle, et non pas de mon père, qui était étendu à côté, sans le moindre bruit, sans le moindre signe de vie, à part le lent mouvement de soufflet de son torse et les battements de son cœur que j'entendais quelque part dans ma propre poitrine.

Je me suis concentrée sur Cate. Je lui ai une fois de plus doucement enlevé son bandage.

– Il faudrait remercier ces abeilles, ai-je dit en me penchant pour examiner la blessure.

L'odeur n'était plus aussi épouvantable qu'avant, bien qu'encore assez fétide.

– Pas de « Il faudrait » ! Il le faut, et chaque jour, et non seulement les abeilles, mais les arbres, les fleurs et tous les autres médecins qu'on trouve dans la nature.

C'était vrai. Si vrai.

– Ne bougez pas. Je veux que la colle reste bien en place.

– C'est précisément à cela que ça sert, de la colle. Et pourquoi se donner tant de mal ? Pourquoi ne pas seulement tout nettoyer et refaire le pansement ?

Elle avait l'air de savoir la réponse mais je me suis redressée, la casserole à la main, et je lui ai donné ma propre réponse :

– J'avais pensé verser du vinaigre régulièrement sur le bandage pour que la plaie reste bien humide pendant un jour ou deux. Mais je pense qu'il faut qu'elle baigne dans le vinaigre. Je pense qu'il faut que le vinaigre s'infiltre dedans et que le miel, en fondant, coule jusqu'au fond de la blessure. Je pense qu'il faut tout désinfecter de bas en haut, sinon nous risquons de ne pas éliminer tous les microbes. (Je me suis de nouveau penchée vers la plaie.) Je ne veux pas que ça s'étende davantage.

Elle a souri faiblement :

– Tu as beaucoup réfléchi.

Cela m'a rappelé ce qu'elle m'avait dit en haut de la montagne – au sujet de ceux qui imaginent qu'une vieille femme ne peut pas savoir lire.

– Vous voulez dire, beaucoup réfléchi pour une fille de douze ans ?

Cela m'a valu son petit soupir de dédain familier :

– Beaucoup réfléchi pour n'importe qui.

Lentement, cuillère après cuillère, j'ai déposé un cercle de colle tout autour de la blessure puis j'ai remué ce qui restait dans la casserole en attendant que la colle durcisse sur sa peau. Dans l'intervalle, je me suis demandé où était Larkin. J'espérais qu'il reviendrait vite… et sans rancœur.

Le plus important, c'était que Cate guérisse, pas de savoir qui l'avait guérie.

Captan, qui était resté aussi près d'elle que possible, s'est alors remis debout. Il s'est étiré les pattes avant, il a redressé la queue, renversé la tête et bâillé profondément, puis il s'est ébroué et m'a regardée comme s'il attendait quelque chose.

– Tu as besoin de sortir, mon garçon ?

– Il se mettra devant la porte s'il en a besoin, a murmuré Cate sans ouvrir les yeux, et il réclamera son dîner après que vous aurez pris le vôtre.

À la cuillère, j'ai déposé un deuxième cercle de colle au-dessus du premier, en utilisant le bout du bâton pour lisser la surface, même si je ne peux pas dire que le résultat ait été très joli.

– Rien de cela ne devrait être agréable, a dit Cate, mais en réalité, ça l'est.

J'ai souri.

– J'adore la façon dont ma mère s'occupe de moi quand je suis malade. Je reste couchée, les yeux fermés, et je l'écoute faire le tour de mon lit. J'aime quand elle pose un linge mouillé sur mon front. (J'ai commencé un nouveau cercle de colle par-dessus le précédent.) Ça vaut presque la peine d'être malade.

Cate a soupiré.

– J'aimerais penser que j'ai fait ressentir cela à quelqu'un quand j'étais infirmière.

– Demandez à Esther, ai-je dit, étonnée qu'elle puisse en douter.

Elle a souri.

– Ça sent le vinaigre chaud.

Moi aussi, je la sentais, cette odeur coupante comme du verre brisé. Elle a ouvert les yeux.

– Ça ne risque pas de faire fondre la colle ?

– Peut-être un peu, mais peut-être pas trop, et si ça arrive, tant pis.

Je ne me souciais pas des saletés que cela pourrait faire. Elle a relevé la tête pour me regarder travailler. Nous sommes restées silencieuses pendant que je rajoutais une nouvelle couche de colle, en soufflant dessus jusqu'à ce qu'une peau, douce mais ferme, se forme à la surface.

Depuis le seuil, ma mère nous a dit :

– Je vous rapporte de la tisane.

Le parfum de la gomme de sapin baumier s'est mêlé à l'odeur du vinaigre et je me suis crue dans l'air vif d'un jardin d'hiver, bien que la puanteur de la colle ait refusé de céder beaucoup de terrain.

Ma mère est entrée dans la pièce avec deux tasses qu'elle a posées sur l'appui de la fenêtre, en prenant bien garde de ne pas regarder ce que je faisais.

– Tout va bien ?

– Oui. Est-ce que tu pourrais aller chercher le vinaigre maintenant ?

Elle a attendu un bon moment avant de faire ce que je lui demandais. Lorsqu'elle est revenue, la casserole fumante à la main, elle a dit :

– Je ne sais pas ce que…

Elle a failli lâcher la casserole : en s'approchant du lit, elle avait aperçu la blessure de Cate.

– Miséricorde, a-t-elle chuchoté. Qu'est-ce que tu fais, Ellie ?

– Là. Pose-la sur le sol près du lit. Et j'aurais besoin d'une louche, s'il te plaît, et d'un ou deux chiffons propres.

Elle nous a dévisagées, l'air un peu égarée, puis elle a examiné de plus près ce que j'avais fait – le barrage de colle, la blessure enflammée au centre –, et elle m'a demandé :

– Tu as l'intention de verser du vinaigre chaud là-dedans ?

– Oui, mais pas trop chaud, pour ne pas la brûler. Et juste un tout petit peu à la fois, pour qu'il se mélange avec le miel et nettoie la plaie jusqu'au fond.

Elle a considéré Cate.

– Ça aussi, c'est quelque chose que vous lui avez appris ?

– Mon Dieu, pas du tout ! C'est son idée à elle. Au contraire, j'ai tout gâché depuis le début. Si je l'avais laissée mener sa barque, je serais en pleine forme maintenant.

– Même si j'avais d'abord eu l'intention de la brûler avec un ciseau rougi au feu.

Ma mère a tressailli et a posé la casserole par terre.

– Si c'est une blessure assez grave pour envisager de pareilles extrémités, est-ce qu'il ne faudrait pas envoyer chercher le docteur tout de suite ?

J'ai vu que Cate ne voulait pas reparler de payer ou de ne pas payer un homme qui arriverait dans un, deux ou trois jours, au moment où elle irait mieux, ou quand il ne pourrait plus rien faire pour l'aider.

– Je pense que nous avons un médecin ici, a-t-elle dit en me désignant de la tête. Et n'oubliez pas que je suis infirmière. Tout ce qu'il nous manque, ce sont des médicaments dont les gens se sont passés pendant des milliers d'années.

Personne n'a ajouté « Et ils en sont morts », même si nous l'avons toutes pensé.

– Si vous en êtes certaine, a dit ma mère.

Cate a confirmé en hochant la tête.

Nous avons attendu que ma mère aille chercher ce dont nous avions besoin et quand elle est revenue elle semblait avoir quelque chose à dire.

Je la connaissais. Je savais qu'elle luttait encore. Mais la harpie était Mrs Cleary, l'infirmière qui avait aidé Esther à surmonter des otites si douloureuses qu'elles la faisaient hurler. Et j'étais la fille qui avait fait tressaillir la main de mon père, qui l'avait fait rouler des yeux et gémir, et qui était peut-être la raison pour laquelle il avait ouvert les yeux ne serait-ce qu'un court instant.

Je lui ai souri. La flamme dans ma poitrine brillait si fort que j'ai été surprise qu'elle ne voie pas son reflet dans mon regard.

Peut-être que si, parce qu'elle a fini par dire :

– Tout est si étrange, et je n'y comprends pas grand-chose, mais je suis désolée d'avoir été aussi dure.

J'ai pensé à la mère de Larkin, à Esther, à Cate et à moi, Ellie.

– Ça fait si longtemps que Papa est endormi, lui ai-je dit. Qu'est-ce que tu étais censée être ? Et tu as raison. Je n'ai que douze ans. Et je ne suis pas médecin. Alors ce n'est pas grave.

Ce qui m'a valu un regard que je garderai en moi pendant longtemps, très longtemps.

Lorsque ma mère a quitté la pièce, j'ai fermé la porte et je suis retournée vers le lit.

Cate m'a demandé :

– Tu m'aurais vraiment brûlée avec ce ciseau ?

Larkin m'avait posé la même question quelques jours plus tôt, mais la réponse n'était plus vraie.

J'ai haussé les épaules.

– Je ne savais pas quoi faire d'autre.

– Je suis si heureuse que tu n'aies pas eu à le faire.

– Moi aussi. Ça aurait rendu la situation encore plus grave.

– Certes. Mais quelque chose comme ça… (Elle s'est interrompue pour choisir ses mots.) C'est quelque chose que tu ne devrais jamais avoir à faire.

– Parce que j'ai douze ans ?

Cate a eu l'air déçue, et même blessée.

– Parce que *personne* ne devrait avoir à faire une telle chose s'il y a d'autres moyens.

S'il existait un autre *autre*.

– Et même ça, a-t-elle poursuivi. Le vinaigre chaud. Ce que tu es sur le point de faire va te marquer pour toute ta vie.

J'ai hoché la tête.

– C'est bien ce que j'espère. (Ce qui m'a valu un autre regard que je garderai en moi pour toujours.) Et ensuite, je saurai comment faire. Une chose de plus que je pourrai faire.

Cate a souri.

– Il y a quelques heures, nous discutions de ton père, de puanteur de moufette et de raifort.

– C'est vrai.

– Et maintenant, nous parlons de moi. (Elle a désigné sa jambe.)

Ça m'a rappelé la gomme de sapin baumier que j'avais utilisée pour soigner le sabot de Scotch au lieu de l'étaler sur la cicatrice de mon père ; l'œuf que j'avais donné à Maisie au lieu de m'en servir pour attirer une moufette ; le miel que j'avais laissé aux abeilles plutôt que de l'ajouter à ma potion. Et tout le temps que j'avais passé en haut de la montagne au lieu d'être ici, à côté de mon père.

– Ma mère pense qu'il se réveillera, ou qu'il ne se réveillera pas, indépendamment de ce que je tente.

– Et toi, tu penses que c'est vrai ?

Je me suis souvenue de ce qu'elle m'avait dit, peu de temps auparavant, et je l'ai répété :

– Qu'est-ce qui est vrai ?

Elle a souri sans rien dire.

J'ai tenté de trouver les mots pour expliquer quelque chose que je n'avais encore jamais formulé :

– Il me semble que ce que je fais pour une chose, je le fais pour tout. (Ce n'était pas tout à fait exact.) Je peux le faire, ai-je dit en regardant sa blessure. Alors je vais le faire. Et j'ai l'idée que ce sera… plus que ce que c'est.

Cate n'a pas réagi, et je ne sais pas si elle a compris ce que je voulais dire, toutefois, c'était peut-être le cas.

68

Captan n'a pas aimé entendre Cate gémir pendant que je versais le vinaigre tiède, cuillère après cuillère, pour le laisser s'infiltrer dans la blessure et s'accumuler comme un petit lac sur sa peau, à l'intérieur du barrage de colle.

La chaleur a un peu ramolli la colle et l'a fait glisser sur sa peau, mais en durcissant elle est restée en place et a retenu le vinaigre au bon endroit. Et ce qui a coulé à l'extérieur, je l'ai essuyé avec un chiffon.

– Ça marche bien, a-t-elle articulé, les dents serrées, les poings crispés.

– Est-ce que vous vous sentez bien ?

– Oui. Ça va aller.

Au bout d'un moment, ma mère est revenue.

– Vous n'avez pas dîné, ni l'une ni l'autre. Ellie, va manger quelque chose dans la cuisine. Je vais rester avec Mrs Cleary jusqu'à ce que tu reviennes.

– Un nom que j'avais presque oublié, a dit Cate, même si je n'oublierai jamais mon cher époux, un homme si convenable.

Le docteur Cleary, c'était le docteur Cleary, jusqu'au bout des ongles, même si pour moi il était Reggie, quand personne n'était là pour nous entendre.

Ma mère m'a regardée et a dit :

– Nous sommes tous plus qu'une seule personne. (Elle a fait le tour du lit pour aller embrasser mon père sur le front et lui caresser les joues.) Va dîner, Ellie, puis rapporte du bouillon pour ton père et une assiette pour Mrs Cleary.

– Oh ! ne vous en faites pas pour moi, a dit cette dernière. Je n'ai pas beaucoup d'appétit.

– Peut-être, mais vous devez reprendre des forces pour guérir. Essayez au moins de boire un peu du bouillon que j'ai préparé pour lui.

Je suis donc allée dîner et j'ai découvert que Samuel avait eu raison : c'était la meilleure truite que j'aie jamais dégustée, même si ma faim dévorante devait contribuer à cette impression.

Mon petit frère était si profondément endormi qu'il n'a pas bougé lorsque je suis allée l'embrasser avant de retourner m'occuper de Cate.

Esther lisait dans son lit, à la lueur d'une lampe.

– C'est vraiment gentil de lire des livres à Papa comme tu le fais, lui ai-je murmuré.

Elle a levé les yeux, surprise.

– C'est sans doute vrai, mais c'est surtout pour moi que je le fais, Ellie. (Elle a posé le livre sur ses genoux.) C'est si terrible de se sentir impuissante.

C'était la vérité. Cependant, je n'avais jamais pensé à ce

qu'elle avait dû ressentir en voyant notre père dépérir et s'étioler pendant ces mois d'hiver, longs et froids.

Nous avons échangé un regard dans la pénombre dorée.

– Bonne nuit, lui ai-je dit.

Elle a repris son livre.

– Mrs Cleary a de la chance que ce soit toi qui l'aies découverte.

– Toi aussi, tu l'as découverte. Je suis juste arrivée la première.

C'est un étrange dîner que j'ai apporté à Cate : une tasse de bouillon de cerf et une part de tarte aux myrtilles, pommes, noix et sirop d'érable. Pour Captan : les restes de la truite et la croûte dorée et fondante que le pain de maïs avait laissée au fond de la poêle. Pour mon père : uniquement du bouillon.

Pendant que ma mère lui en faisait avaler de minuscules gorgées, j'ai fait de même avec Cate, qui a cependant mangé seule la part de tarte, à toutes petites bouchées.

– Découvrir une nouvelle sorte de tarte à mon âge est un bienfait inespéré. Je n'aurais jamais pensé à associer ces ingrédients, mais ils s'entendent fort bien. Et la pâte a un délicieux goût de beurre.

Ma mère a souri.

– Vous mentez très mal, mais je vous remercie. (Elle a ramassé les tasses, l'assiette et la casserole de vinaigre.) Voulez-vous que je le réchauffe de nouveau ?

– Oui, encore une fois, s'il te plaît, lui ai-je répondu. Ensuite, nous attendrons le matin.

Elle a dû lire une question sur mon visage – *Demain matin, est-ce que tu enverras chercher le médecin ?* – car elle a dit :

– D'accord, Ellie. Nous verrons alors comment vont les choses.

Lorsqu'elle a quitté la chambre, Cate s'est tournée vers moi.

– Tu es exactement comme elle, et complètement différente, n'est-ce pas ?

Encore une question qui n'en était pas vraiment une, mais, comme elle me l'avait posée, je lui ai donné une réponse :

– J'ignore comment elle était à mon âge et j'ignore à quoi je ressemblerai quand je serai grande. Je ne sais donc pas grand-chose sur quoi que ce soit.

Malgré sa fatigue, elle m'a contemplée pendant un long moment :

– Tu en sais déjà beaucoup.

– Si seulement je l'avais connue avant qu'elle n'ait Esther, et moi et Samuel. Je me demande comment elle était, en ce temps-là.

– Différente, bien évidemment. Et encore différente, avant qu'elle n'épouse ton père. Différente aussi avant qu'elle prenne sa mandoline pour la première fois, et après l'avoir reposée. (Elle a fermé les yeux.) Le soleil ne se lève jamais tout à fait comme la veille et il ne se lèvera pas tout à fait de la même manière le lendemain. Mais c'est toujours le soleil, et nous aurions tous froid sans lui.

Quand ma mère est revenue avec le vinaigre, elle nous a souhaité une bonne nuit à tous les quatre.

– Tu peux prendre mon lit, lui ai-je proposé. Cela ne me dérange pas du tout de dormir dans l'abri avec les chiens. (Elle a paru attristée.) C'est merveilleux d'être parmi les chiots.

Décision prise, elle est partie se coucher, nous laissant dans le cercle de lumière, projeté par la lanterne, au-delà duquel le monde entier avait disparu.

J'ai laissé le vinaigre refroidir un peu avant d'en verser une petite dose supplémentaire. Nous avons patiemment attendu qu'il s'infiltre dans la blessure, ne laissant qu'une légère flaque à la surface de la peau.

– Je pense que ça ira pour le moment, ai-je dit.

Cate était épuisée, mais son état n'avait pas empiré. Peut-être même qu'elle allait un peu mieux.

Je n'ai pas refait le bandage, j'ai juste recouvert sa blessure d'un linge propre et j'ai remis la couverture sur elle.

Puis je suis allée du côté où mon père était étendu.

– Si seulement je pouvais faire quelque chose pour toi aussi, ai-je chuchoté.

– Je crois que tu viens précisément de le faire, a dit Cate. N'est-ce pas ce que tu voulais dire ?

Il m'a fallu un moment pour comprendre ce à quoi elle faisait allusion.

– Vous voulez dire, « faire quelque chose pour une chose et le faire pour tout » ?

– Oui.

– Ou peut-être que, si je fais quelque chose pour vous, quelqu'un d'autre fera quelque chose pour lui ?

– Moi, je le ferai. Si je le peux. Quand j'en serai capable.

En fin de compte, ce n'est pas Cate qui a aidé mon père.

69

Au milieu de la nuit, alors que j'étais blottie dans la litière avec les chiots, j'ai entendu ma mère qui m'appelait. J'ai bondi sur mes pieds et suis sortie de l'abri pour découvrir que cela n'avait rien à voir avec mon père ou avec Cate. C'est du moins ce que j'ai pensé sur le moment.

– C'est Captan, m'a-t-elle dit. Il est venu me réveiller mais il n'a pas voulu sortir. Je ne sais pas ce qu'il veut. Quand je suis retournée me coucher, il m'a suivie dans la chambre et il a refusé de sortir. Il n'arrête pas de… chanter à mon oreille.

– De chanter ? ai-je répété en me frottant les yeux.

– Oui, il bourdonne, comme un gros moustique. Tout près de mon oreille.

Elle m'a fait rentrer dans la maison et a refermé la porte. Captan était debout dans l'obscurité, les yeux comme deux pleines lunes.

– Ça n'est pas Cate ? lui ai-je demandé. Tu es allée la voir ?

– Oui, évidemment, Ellie. Son chien qui vient comme ça me chercher la nuit, bien sûr que je suis allée jeter un coup d'œil, mais elle dort profondément. Elle a encore un peu de fièvre, mais pas plus qu'avant. (Elle s'est penchée pour observer Captan.) Il m'a suivie dans la chambre mais il est ressorti avec moi. Je ne sais pas ce qu'il veut.

C'est alors que j'ai ressenti ce qu'il ressentait, j'ai su ce qu'il savait et j'ai compris, en un instant, qu'il me ressemblait beaucoup. Un chien de berceuses et de hurlements. Un chien coupé en deux. Un chien double.

Il n'a pas bougé quand je me suis approchée pour lui caresser les oreilles.

– Qu'est-ce que c'est, ce chant ? Qu'est-ce que c'est, mon garçon ? (Il ne me regardait pas. Il fixait ma mère.) C'est quelque chose qui te concerne, Maman.

Je me suis écartée. Quand elle a tendu la main, il est venu y poser sa truffe. Il l'a léchée. Et s'est remis à chanter ce chant qu'il gardait pour elle.

Depuis que je l'avais rencontré, il n'avait jamais fait aucun bruit. Je l'avais entendu hurler une ou deux fois, gémir et, de temps en temps, gronder un peu.

Mais là, ce n'était pas un grondement. Absolument pas.

Quand il s'est dirigé vers la chambre où dormaient Cate et mon père, j'ai attendu que ma mère le suive avant de leur emboîter le pas.

La lampe brûlait si faiblement qu'elle peinait à disperser les ténèbres, comme la première lueur de l'aube. J'ai tourné la molette pour rallonger la mèche, et levé la lampe.

Tout semblait en ordre, mais Captan continuait de chanter. Et il ne s'est pas dirigé vers Cate, mais vers ma mère, sans s'interrompre.

– Qu'est-ce qui lui arrive ? a-t-elle chuchoté en se penchant pour le regarder dans les yeux. Je ne comprends pas ce que tu veux.

Les berceuses, c'était fini, avais-je dit. Captan ne semblait pas de mon avis. Et il destinait clairement celle-ci à ma mère. Mais il s'est éloigné d'elle pour venir se poster près de mon père, la truffe tout contre son visage.

Nous le regardions. Il a regardé ma mère. Il l'a fixée tout en continuant de chanter. Puis s'est tourné vers mon père.

Et a poussé un aboiement.

Un aboiement si fort, si fracassant, qu'il a failli arrêter les battements de mon cœur.

Le premier aboiement que je l'entendais pousser.

– Quoi ? a crié Cate, tressaillant comme un oiseau. Que se passe-t-il, Captan ?

Il a aboyé de nouveau.

– Captan ! ai-je crié.

Il a aboyé encore plus fort.

Ma mère s'est bouché les oreilles.

– Qu'est-ce qui ne va pas ? a demandé Samuel en se précipitant dans la chambre. Pourquoi il aboie, le chien ?

Pour la quatrième fois, Captan a poussé un aboiement.

Et mon père a détourné la tête.

– Oh, le bon chien ! me suis-je écriée, me ruant vers le lit. Le bon garçon !

– Que se passe-t-il ? a crié Esther, arrivant elle aussi en courant, l'air égarée.

Cate a dit, émerveillée :

– Je ne crois pas que Captan ait aboyé une seule fois depuis que mon fils est mort.

La flamme qui brûlait dans ma poitrine a jailli encore plus fort.

Je me suis écartée et j'ai pris ma mère par la main pour qu'elle s'approche de mon père, Samuel et Esther se pressant derrière elle.

Captan a de nouveau aboyé.

Mon père a tressailli.

– Le bon chien ! ai-je murmuré.

Alors il s'est remis à chanter son chant de chien, plus fort qu'auparavant, en observant ma mère, même si c'était moi qui le comprenais.

– Tu es un chien merveilleux, Captan, un grand chien, n'est-ce pas ?

Il continuait à chanter, les yeux fixés sur ma mère.

– Mais qu'est-ce qu'il veut ? a-t-elle demandé, complètement perdue, les joues rosies, les mains posées sur la gorge.

Je me suis dirigée vers le coin de la chambre et j'ai pris la mandoline dont elle ne jouait plus depuis que mon père s'était endormi.

– Oh, mon beau garçon, mon cher garçon, a répété Cate à voix basse.

Je ne crois pas qu'elle s'adressait à Captan, même si elle le comprenait, elle aussi.

J'ai tendu la mandoline à ma mère, qui l'a prise.

Cate observait la scène comme elle aurait observé une rose sur le point d'éclore.

Comme nous tous.

Alors ma mère a posé les yeux sur mon père. Elle a écouté le chant de Captan, et commencé à pincer les cordes une par une, en tournant les clefs de la mandoline, de sa Keavy, jusqu'à ce que les notes sonnent juste. Quoi que ce juste puisse être. Esther s'est immobilisée. Même Samuel n'a plus bougé. Cate s'est mise à sourire.

Captan a regardé mon père et poussé un nouvel aboiement – un cri vibrant qui a réveillé l'écho. Puis il s'est tourné vers ma mère et s'est remis à chanter.

J'ai scruté intensément ma mère qui commençait à jouer. Un air dont je ne connaissais pas le nom et que je n'avais pas entendu depuis très longtemps. Un air doux et triste, si beau qu'il a fait gémir et trembler Captan, qu'il nous a tous fait sourire comme des enfants, ce que certains d'entre nous étaient encore. Ce que nous étions tous en ce moment.

Même mon père, qui a ouvert les yeux comme on ouvre un cadeau au matin de Noël.

Il n'a rien dit. Pas un mot. Mais cette fois-ci, quand il m'a regardée, il était là. Il était bien là, dans ce regard qu'il m'adressait comme autrefois.

Et moi, j'étais bien là, à l'endroit où il pouvait me voir.

70

Aucun de nous n'a dormi une minute de plus durant le reste de cette nuit.

Nous sommes restés dans la chambre à contempler mon père qui faisait lentement surface en clignant des yeux et en soupirant, écartelés entre l'espoir de le voir enfin réveillé pour de bon et la crainte qu'il ne nous échappe une fois de plus.

Redevenu silencieux, Captan est retourné à côté de Cate. Samuel, allongé au pied du lit, fredonnait des chansons où il était question de chiens bringés et de serpents noirs. Esther et ma mère faisaient les cent pas en chuchotant.

J'ai inspecté la jambe de Cate, je lui ai donné du thé, tout en répétant à mon père :

– Tout va bien maintenant, Papa. Tout va bien.

Un peu avant l'aube, il a fini par tourner la tête vers ma mère pour lui demander, la voix toute rouillée :

– Que s'est-il passé ?

Il a fallu un petit moment avant que quelqu'un ne lui réponde : ma mère pleurait, Samuel demandait comment Cate avait fait pour le guérir. Mais une fois le calme revenu, Esther a dit, comme je m'y attendais :

– Tu étais en train d'abattre un arbre et Ellie s'est mise au mauvais endroit et tu as été blessé en la sauvant du danger.

– Tais-toi, Esther, a dit Maman.

– Oh, je ne l'accuse pas, a répondu Esther. Elle n'est qu'une gamine.

Ce qui était précisément ce que je pensais de Samuel, pourchassant le lapin.

Esther ne faisait que dire ce qu'elle croyait être la vérité. Et qui l'était, ou du moins suffisamment.

Mais une partie de moi s'est dilatée et mise à chanter lorsque mon père, me regardant droit dans les yeux, a dit :

– Non, pas Ellie.

– Si, Esther a raison, j'étais au mauvais endroit, lui ai-je affirmé, en croisant son regard, consciente que Samuel avait posé sa tête sur sa poitrine et pouvait entendre tout ce que nous disions.

Il a froncé les sourcils et soutenu mon regard pendant un long moment, et j'ai cru qu'il allait ajouter quelque chose, mais il a posé la main sur la tête de Samuel et lentement acquiescé en m'adressant un tout petit sourire, que je lui ai rendu.

C'est alors qu'il a tourné la tête et découvert Cate, allongée dans le lit à côté de lui.

Il a écarquillé les yeux et eu un mouvement de recul.

– Vous êtes…

– Cathrine Cleary. J'étais infirmière à Bethel et Esther que voici venait chez nous pour que je soigne ses otites.

– Mais vous êtes…

– La harpie, oui, je sais. Et c'est Ellie, qui est là aussi, qui m'a découverte, malade, dans ma cabane, et qui s'occupe de moi depuis.

– Et elle s'est aussi occupée de toi, a dit ma mère en lui caressant la main.

Les jours suivants, nous avons tous aidé mon père et Cate à se rétablir, et nous nous sommes rétablis en même temps.

Le matin de son réveil, ma mère l'a calé dans ses oreillers pour lui faire avaler un peu de porridge nappé de sirop d'érable.

– Si j'avais su que nous avions du sirop d'érable, je me serais réveillé plus tôt, a-t-il plaisanté, la voix encore rauque de n'avoir pas servi depuis si longtemps, la tête encore penchée malgré ses efforts pour la tenir droite.

Cate a apprécié sa repartie.

– Vous me rappelez mon fils. (Elle caressait les oreilles de Captan.) Il me faisait rire.

J'avais continué à soigner sa jambe : j'avais frotté pour enlever la colle qui adhérait à la peau, et j'avais ouvert la blessure pour ôter tout le miel et y verser du vinaigre afin de la désinfecter.

La brûlure de l'acide sur la chair à vif lui avait arraché des gémissements. Captan s'était joint à elle, et Samuel, de l'autre côté de la porte, m'avait suppliée :

– Arrête de faire mal à la harpie, s'il te plaît, Ellie !

Cate l'avait tranquillisé :

– Tout va bien, mon garçon. Ellie ne fait que soigner ma jambe.

La chose n'avait pas été facile, ni pour elle, ni pour moi, ni pour Captan qui avait retrouvé sa voix et aboyait et grognait de toutes ses forces chaque fois que Cate poussait un cri.

Peu à peu, cependant, la blessure a commencé à cicatriser et la fièvre est tombée et j'ai arrêté d'y toucher, ne laissant qu'un bandage pour éviter qu'elle ne s'ouvre de nouveau. Mais je continuais à la surveiller régulièrement, guettant le moindre signe de problème. Chaque fois, mon père m'observait.

– Où as-tu appris à faire tout ça ? m'a-t-il finalement demandé.

– À faire quoi ?

– À guérir.

Un mot que j'aimais.

– « Ce que nous devons apprendre à faire, nous l'apprenons en le faisant. »

Il m'a regardée avec attention.

– Qui a dit cela ?

J'ai souri.

– Toi. Et vous aussi, ai-je ajouté, en me tournant vers Cate.

Esther s'est rendue utile, et de bonne grâce, en aidant mon père et Cate pendant leur lente convalescence.

Mais la surprise est venue de Larkin, qui a réapparu trois jours après l'arrivée de Cate chez nous. Nous nous étions tous interrogés sur son absence, surtout Cate, qui guettait son retour et s'inquiétait qu'il ne vienne pas voir comment elle allait.

– C'est sa mère, disait-elle, qui doit l'empêcher de venir. Sinon, pourquoi n'est-il pas ici ?

Je me posais la même question et, comme elle, je souffrais.

Il a fini par arriver et avec lui le médecin de la ville – celui-là même qui avait prononcé le mot *coma* lorsque mon père avait été blessé, qui avait emporté le médaillon de ma mère en paiement de presque rien, même s'il avait fait le trajet depuis la ville et la montée jusqu'à notre maison, ce qui valait quelque chose.

Quand Larkin et ce médecin, dans son costume noir impeccable, le visage toujours aussi rond, sont entrés dans la chambre, Cate s'est écriée :

– Que se passe-t-il ? Larkin, où étais-tu ?

Elle avait l'air si heureuse !

– Je suis allé en ville, chercher le médecin (qui n'y était pas, car il était parti pour un accouchement à Rumford), juste après vous avoir quittés. Esther pensait, elle aussi, qu'il fallait aller chercher de l'aide, alors j'ai prévenu ma mère (qui n'avait pas apprécié). Je suis redescendu jusqu'à la route où un camion poubelle m'a pris en stop (ce qui expliquait son odeur) et j'ai dû dormir sous un pont (ça aussi !) jusqu'à ce que le docteur revienne le lendemain. Puis il nous a fallu du temps pour arriver jusqu'ici.

– À temps pour me confirmer que tout va bien, a conclu Cate, partagée entre le soulagement et l'excuse.

C'est à peu près ce que lui a dit le médecin, même s'il a dû nettoyer de nouveau la plaie avec du phénol, une dernière et douloureuse épreuve, puis la recoudre et faire un bandage si blanc qu'il en était éblouissant.

J'étais désolée de l'avoir jugé si durement. Il avait réussi à faire, en peu de temps, ce que je n'aurais jamais pu faire à moitié aussi bien. Mais il m'a complimentée sur ce que j'avais accompli.

– Et dire que tu n'as que douze ans ! Tu feras une excellente infirmière.

Je n'ai pas été du tout contrariée qu'il n'ait pas dit *médecin.*

Peut-être deviendrais-je infirmière, comme Cate l'avait été. Comme elle l'était toujours.

Ou médecin.

Ou autre chose.

Les *autres*, comme je l'avais découvert, étaient partout.

71

Puisqu'il était là, le médecin a aussi examiné mon père. Il a écouté son cœur et ses poumons. Il a vérifié ses yeux et ses oreilles. Il a testé ses réflexes, qui bien sûr étaient lents. Il lui a demandé de faire tourner sa langue dans sa bouche, de fermer les yeux et de tendre les bras l'un après l'autre, puis de venir toucher son nez avec son index. Il a parfaitement réussi avec le bras gauche, un peu moins avec le bras droit.

– Peut-être aurez-vous quelques problèmes au fil du temps, a-t-il dit, mais vous ne le saurez que lorsqu'ils surviendront.

– Quel genre de problèmes ? a demandé mon père.

Le docteur a haussé les épaules.

– Peut-être des vertiges. Une faiblesse musculaire permanente. (Il s'est tourné vers ma mère.) Pas de convulsions ? (Elle a secoué la tête.) Peut-être un peu de confusion. L'avenir le dira.

Nous l'avions déjà levé de son lit une fois pour l'aider à se rendre, très lentement, jusqu'à la salle d'eau où il avait pris son premier vrai bain depuis des mois et cela avait été une épreuve. Ses jambes ne voulaient pas fonctionner correctement.

Lorsqu'il l'a constaté, le médecin a prononcé un autre mot que nous ne connaissions pas :

– Atrophie. Vous devez reconstituer vos muscles.

Ce qui, tout compte fait, n'était pas si effrayant que cela.

– Mais il faut surveiller ces escarres, a-t-il poursuivi, et faire en sorte que cela cicatrise au plus vite. Vous vous êtes très bien débrouillée pour qu'il reste propre, a-t-il dit à ma mère, et il faut continuer jusqu'à ce qu'il aille bien.

Il lui a donné une pommade, même si elle avait déjà refait du vinaigre frais à partir de la « mère » qui était restée dans la bouteille.

– Pas de problème pour trouver vos mots ? a demandé le médecin.

Mon père a eu l'air déconcerté. Le médecin a brandi son stéthoscope.

– Un stéthoscope.

– Et ça ?

Il a désigné Captan.

– Un chien très bruyant.

Ce qui a fait sourire Captan.

– Vous avez un livre sous la main ? a voulu savoir le médecin en regardant tout autour de lui.

Ma mère est allée chercher le livre qu'Esther avait lu à mon père lorsque j'étais en haut de la montagne avec Cate.

Elle l'a tendu au médecin qui l'a tendu à mon père, qui l'a laissé s'ouvrir tout seul. Il s'est mis à lire à voix haute, lentement, mais pas comme s'il ne comprenait pas les mots qu'il lisait. « "Cela n'arrive pas d'un seul coup, a dit le Cheval de cuir. Vous le devenez. Cela prend du temps. C'est pour cela que ça n'arrive pas souvent à ceux qui se cassent facilement, ou qui ont des bords coupants, ou qu'on doit ranger avec précaution."»

Il m'a regardée en disant :

– Une chose de plus qui semble aller bien.

– Et votre mémoire ? a interrogé le médecin.

Mon père a incliné la tête.

– Comment pourrais-je savoir ce que j'aurais pu oublier ?

– Il est clair que vous connaissez tous ceux que vous êtes censé connaître. Vous vous souvenez de votre enfance ?

Mon père a hoché la tête.

– Et de votre installation ici ?

– Oui, de tout ça.

– Et de la façon dont vous avez été blessé ?

La question lui a tiré une grimace. Il a regardé ma mère puis moi, et j'ai vu quelque chose dans ses yeux. Qui n'était pas de la confusion. Quelque chose d'*autre*.

– Non, c'est une journée que je ne me rappelle pas. On me l'a racontée, mais je n'arrive pas à la retrouver.

– Un détail quelconque de cette journée ?

Il m'a regardée de nouveau.

– Pas vraiment.

– Ce qui vaut probablement mieux, a conclu le médecin en refermant sa sacoche. Ça ne servirait à rien de se souvenir d'un tel événement.

Quand le moment est venu de le payer, le médecin a eu un geste de dénégation.

– Le garçon a déjà payé ma facture.

– Pas avec la dernière mandoline de ton père ! me suis-je exclamée, me souvenant de ce qu'avait dit sa mère.

– Non, pas ça, a dit Cate, d'une toute petite voix. Pas pour moi.

Larkin a secoué la tête.

– Avec ma première mandoline. Même s'il faut encore que je la fabrique.

Le médecin s'est éclairci la gorge et s'est frotté l'arête du nez.

– Il ne sait pas encore comment fabriquer une mandoline. Et je ne sais pas encore en jouer. Donc nous avons tous les deux du pain sur la planche.

Pas encore. Deux autres mots que j'allais retenir.

Et je me suis promis, à ce moment précis, qu'il y aurait toujours, pour moi, un autre *autre* à essayer, que je ne porterais plus jamais de jugement hâtif sur quoi que ce soit. Plus jamais.

Pas même sur les médecins.

72

Je n'ai pas reproché à Esther d'avoir envoyé Larkin chercher une aide plus efficace que celle que je pouvais apporter. Ou qu'elle pensait plus efficace que la mienne.

Cate nous avait tous effrayés en prononçant ses si tristes adieux, le jour où elle était arrivée chez nous. Mais, si je n'avais pas eu si peur, je n'aurais peut-être pas été la personne dont elle avait besoin.

Les berceuses, c'était fini, avais-je déclaré.

Pour mon père.

Pour moi.

Jusqu'à ce que les berceuses redeviennent ce dont nous avions tous le plus besoin.

Je n'ai pas non plus reproché à Larkin d'être parti comme il l'avait fait. Il avait été courageux d'affronter sa mère, si triste et furieuse. D'aller en ville malgré sa colère, de faire ce long trajet dans un camion poubelle, de dormir sous un pont, tout en pensant à chaque instant que Cate était peut-être en train de le quitter, comme son père, mais plus lentement.

Et je ne me suis pas reproché de m'être mise au mauvais endroit quand cet arbre est tombé.

Comme Cate me l'avait dit, je n'avais fait que tenter d'aider – ce qui n'est jamais un mal.

Depuis, je m'étais souvent retrouvée au mauvais endroit.

Pour sauver Motus.

Pour aider Larkin à soigner son œil au beurre noir, dont le médecin avait dit qu'il guérissait bien, même s'il avait des doutes sur le cataplasme à la pomme de terre.

Pour essayer de réveiller mon père, petit à petit.

Pour prendre soin de Cate.

Pour aller chercher cette mandoline esseulée et la donner à ma mère esseulée.

Je savais d'expérience ce qu'était la solitude.

Larkin aussi, qui a grimpé en haut de la montagne avec moi le quatrième jour après le réveil de mon père, pour remettre en ordre la cabane de Cate en vue de son retour.

– Est-ce qu'elle a un balai ? lui ai-je demandé, en découvrant le plancher couvert de mouches mortes.

– Bien sûr. Il est dans l'abri, derrière la cabane.

Il m'y a emmenée et a ouvert la porte. Je m'attendais à trouver une bassine, pour le bain. Et un balai.

Au lieu de ça, j'ai découvert un grand tas de bois débité en tronçons trop gros pour brûler dans la cheminée ; des murs et des poutres auxquels pendaient des planches de bois brut, pas encore rabotées, et certainement destinées à devenir un jour des mandolines ; des manches et des caisses d'instruments ; des rouleaux de cordes à musique suspendus à des clous ; un récipient plein de clefs d'accordage.

– Ton père a laissé tout cela ?

Larkin a poussé un soupir trop profond pour un garçon, même lui.

– Oui.

Une partie du bois avait gauchi sous l'effet des saisons chaudes et froides et de la vapeur des bains que Cate avait pris là, mais je savais que le bois est à la fois indulgent et désireux de servir.

– C'est ici que tu vas fabriquer la mandoline du docteur ?

– Oui. Et la tienne aussi, si tu le veux.

Comment ne l'aurais-je pas voulu ?

– Larkin, tu voudras bien m'apprendre à sculpter des objets ?

Il a baissé la tête.

– N'importe qui peut faire ça.

– Non, pas n'importe qui. Et je suis certaine que je ne serai sans doute pas très douée. Mais j'aimerais essayer.

Car c'était quelque chose que je pouvais faire et que j'allais faire.

La mère de Larkin avait été si heureuse et soulagée qu'il revienne et qu'il envisage de rester, au moins pour un temps, qu'elle avait fait des promesses et s'était engagée à les respecter.

– Quand je lui ai dit que j'allais essayer de fabriquer des mandolines comme mon père, elle s'est mise à pleurer, m'a raconté Larkin pendant que nous faisions le lit de Cate avec des draps propres.

Je ne pouvais pas en vouloir à sa mère de réagir ainsi.

– Peut-être maintenant acceptera-t-elle que tu apprennes à lire ou à faire des cataplasmes.

– J'espère juste que je me souviendrai suffisamment de ce que j'ai pu observer quand mon père fabriquait ses instruments, a-t-il dit en vidant le foyer de la cendre froide accumulée. Sinon, il n'y aura personne pour me l'apprendre.

– Tu t'en souviendras. Et tu apprendras au fur et à mesure.

– Tu parles exactement comme Cate.

– Et comme mon père.

– Et comme le mien, a-t-il ajouté.

73

Pendant que, le lendemain, j'aidais ma mère à moudre du maïs, elle m'a dit :

– J'ai changé d'avis, Ellie.

Je pensais qu'elle parlait de faire du pain de maïs plutôt qu'un gâteau, ou du moment le plus opportun pour aider Cate à retourner chez elle sur la montagne. Je n'ai absolument pas imaginé qu'elle dirait avec un petit sourire triste :

– Motus peut rester.

J'ai alors poussé le soupir que je retenais depuis si longtemps, depuis avant la naissance de Motus.

– Et les autres ?

Elle s'est remise à sa tâche.

– On verra.

Je savais ce qu'elle voulait dire – si mon père retrouvait assez de force et d'agilité pour s'occuper d'une meute de chiens et se passer de la vache de Mr Anderson.

Nous ne pouvions pas le savoir. Pas encore.

Mais il y avait certaines choses que je savais.

Que Motus était à moi et que j'étais à lui. Et que là, actionnant le moulin à grains, toute proche de moi, se tenait la mère qui m'avait tant manqué et qui revenait petit à petit vers moi depuis ces derniers jours, si difficiles et si merveilleux. Et d'autant plus proche de moi désormais que j'avais fait la moitié du chemin pour la retrouver.

Après en avoir fini avec le maïs et balayé la poussière que ça faisait, ma mère a dit :

– Cate n'est pas encore prête à rentrer chez elle, mais je pense que nous pourrions la changer de place et l'installer dans ton lit ?

Elle a souri comme pour s'excuser.

J'avais continué à dormir dans l'abri avec Maisie et les chiots car ma mère avait cédé sa place à Cate, sans que cela me dérange le moins du monde.

J'ai acquiescé. Imaginer Cate, Samuel et Esther partager une même chambre et se raconter des histoires à la lueur de la lanterne m'a fait sourire.

Il a été aisé de faire passer Cate d'une chambre à l'autre, avec lenteur et précaution, avec Captan qui sautillait et Samuel qui menait la petite procession tout en nous décrivant une armée de chiens dont Motus était le général, Captan, un capitaine, et Maisie, un lieutenant, jusqu'à ce que nous lui demandions de se taire et de se pousser pour nous laisser avancer.

Lorsque je suis allée rechercher l'oreiller de Cate, je me suis retrouvée seule avec mon père pour la première fois depuis son réveil.

– Ellie, a-t-il dit au moment où je m'apprêtais à ressortir, l'oreiller dans les bras.

Je me suis retournée, prête à lui apporter quelque chose – de l'eau ou n'importe quoi d'autre – quand c'est lui qui m'a offert ce que moi, je voulais.

– Ellie, je me souviens.

Je me suis rapprochée.

– Tu te souviens de quoi ?

Il a pris ma main.

– Du jour où l'arbre est tombé.

Au début, j'ai cru qu'il voulait dire que ce souvenir avait fini par lui revenir, et c'est ce que je lui ai dit.

– Non. Je m'en suis toujours souvenu. Dès que je me suis réveillé pour de bon, tout m'est revenu.

De mon côté, je me suis rappelé la façon dont Esther lui avait raconté l'accident, et la façon dont lui, il m'avait regardée, droit dans les yeux, et dit « Pas Ellie. »

Et comment j'avais alors entendu, dans ces deux mots, tout ce que j'avais besoin d'entendre.

– Si seulement tu avais été avec moi pendant ces dernières semaines, pour voir ce qui est arrivé, ai-je alors chuchoté.

Même si la majeure partie de ce qui était arrivé aurait été différente s'il avait été là et en bonne santé.

Mon père m'a souri, les yeux emplis de soleil dans la pièce assombrie.

– Je vois tout très clairement. Je le vois dans chaque aspect de la jeune fille que tu es devenue.

Quand je suis sortie dans la cour, j'ai trouvé Motus qui m'attendait. Il avait réussi à sortir tout seul pendant que Maisie s'occupait des autres chiots, qui avaient désormais les yeux ouverts, et il observait une fourmi escalader un brin d'herbe.

Lorsqu'il a senti mon ombre le couvrir, il s'est retourné en agitant sa petite queue, la langue pendante comme un mince ruban rose.

– Quel magnifique cadeau tu es ! lui ai-je dit en le prenant dans mes bras pour frotter mon nez contre le sien. Mon beau petit Motus !

J'ai soudain pris conscience que Motus n'était pas la première personne que j'avais sauvée. Ni la dernière.

Captan a débouché du sentier qui remontait de la rivière. Il s'est arrêté en nous apercevant, puis il s'est approché en pressant le pas. Il n'était plus le bienvenu à l'intérieur et avait pris l'habitude de passer le plus clair de son temps près de la porte de la maison, sans impatience.

Il avait cessé de hurler. Il poussait encore de temps à autre un aboiement et il chantait assez souvent, comme s'il avait quelque chose à dire. Et je l'écoutais toujours.

Comme à cet instant où il s'est approché de moi et m'a réclamé Motus.

Certains chiens peuvent être méchants avec leurs chiots, mais pas lui. Lorsque j'ai posé Motus par terre, il lui a donné de grands coups de langue rugueuse pour lui faire sa toilette et l'embrasser.

Encore une fois, j'ai su que ce que je faisais pour une chose, je le faisais pour tout.

La même leçon s'est répétée, plus tard dans la journée, quand j'ai emmené mon père et Cate s'asseoir dehors au soleil et faire un pas de plus sur le chemin de la guérison.

Ils étaient devenus amis, et plus proches encore depuis qu'ils avaient repris suffisamment de forces pour faire de petites tâches ensemble, à la table de la cuisine, ou en nous aidant à apprendre nos leçons, tout en se racontant leur vie sur la montagne aux Échos.

–Vous avez de la chance d'avoir une fille comme Ellie, a dit Cate pendant que j'installais deux chaises dehors, l'une tournée vers la montagne, l'autre vers la vallée, afin qu'ils soient face à face.

– Oui, nous avons beaucoup de chance, a-t-il répondu en me souriant.

Moi aussi, quand je les ai laissés discuter pour remettre de la paille fraîche dans l'abri, j'ai su que j'avais de la chance.

Le tabouret n'était plus là où je l'avais rangé, mais plus loin, sous la haute étagère où je gardais mes petits trésors. Quand j'ai grimpé dessus, j'ai découvert un onzième petit objet qui m'attendait à côté des dix autres que j'avais déjà trouvés, et j'ai su que j'avais de la chance.

Cette nouvelle figurine était posée à côté de celle qui me ressemblait.

Un garçon, grand et mince, les cheveux épais comme la fourrure d'un ours, et le visage si empli de musique que j'ai éclaté de rire.

Je suis redescendue du tabouret.

Je suis partie dans la forêt.

Et je l'ai retrouvé.

Remerciements

Je suis heureuse de remercier tous ceux qui m'ont aidée à gravir la montagne aux Échos.

Tout d'abord, ceux qui ont souffert de mes soins d'infirmière amatrice au fil des ans, en particulier mon mari Richard (dont j'ai un jour poncé une dent cassée avec ma mini-perceuse), et nos fils, Cameron et Ryland. Je pense parfois que j'aurais dû faire des études de médecine et devenir diagnosticienne. En fait, j'aime m'informer sur les maladies et faire ce que je peux pour soigner mes proches. Mes amis et ma famille ont été des patients très patients, et je les en remercie.

Ma grand-mère, Ann McConnell, qui arrangeait toujours les choses quand je me faisais mal en jouant dans la ferme familiale. Elle utilisait du baume du Pérou, du bicarbonate de soude, du vinaigre, des cataplasmes et de la boue pour tout, des piqûres d'abeille aux bleus. Pour le reste, c'étaient des remontrances ou des bonbons.

Ma mère, Mimi McConnell, qui a acheté un terrain dans le Maine et y a construit un petit camp pour que nous puissions nous extraire du chaos de nos vies et laisser les montagnes nous rappeler ce qui est important. Ce lieu a inspiré *La montagne qui m'a sauvée*. Ma mère aussi. Je la remercie de m'avoir confié ses réflexions sur l'histoire d'Ellie.

Ma sœur, Suzanne Wolk, et mon père, Ronald Wolk, qui ont été parmi mes premiers lecteurs, et les plus attentifs. Ils m'ont aidée à voir comment améliorer *La montagne qui m'a sauvée*. Mon oncle, Calvin Richard McConnell, qui a construit sa propre cabane dans un endroit nommé *Wolf Hollow* (la combe aux loups) et a contribué à m'inspirer *L'année où j'ai appris à mentir*.

Comme toujours, les membres de mon groupe d'écriture, les Bass River Revisionists, en particulier Deirdre Callanan, autre lectrice de la première heure qui ne manque jamais de me pousser vers un travail meilleur et plus solide. Et Jack Harrison, dont j'entends parfois la voix quand le travail est le plus difficile.

Beatrice et Frieda Bilezikian et Zoë Reese Gameros, de jeunes lectrices dont la perspicacité m'a aidée à voir *La montagne qui m'a sauvée* sous un nouveau jour.

Tant de collègues et d'amis – dont Bob Nash, Amy Neill, Meg McNamara, Laura Kelley et Patty Creighton – qui me font me sentir plus forte que je ne le suis en réalité. (Amy est aussi une charmante harpie qui sait faire des potions, des teintures et des infusions de toutes sortes. Elle a contribué à inspirer Cate.)

Lila, Tanner, Rascal, Spike, et tous les autres chiens qui m'ont aidée à créer Captan et Maisie et leurs chiots… surtout Motus.

Wendy Newmeyer, copropriétaire du Maine Balsam Fir Products à West Paris, dans le Maine – je me rends dans sa petite boutique chaque fois que je vais camper dans les collines d'Oxford. Lorsque j'ai demandé à Wendy quelles étaient les propriétés curatives de la gomme de sapin baumier, elle m'a emmenée observer un arbre à l'orée de la forêt, derrière la boutique, et m'a parlé des nombreuses façons d'utiliser son bois et sa sève.

Elaine Wilson Young, qui m'a prêté une montagne de très vieux livres que j'ai partagés avec Ellie et Cate, et qui m'ont permis de comprendre ce que l'on savait à l'époque sur les maladies et la médecine. Et ce que l'on ne savait pas.

Julie Strauss-Gabel, à l'esprit incroyablement vif et au cœur tendre : une combinaison rare qui fait d'elle l'éditrice parfaite pour quelqu'un comme moi et pour des livres comme les miens.

Et le reste de ma famille chez Penguin Young Readers, qui font le lien entre mes livres et ceux qui les lisent, en particulier l'extraordinaire Jen Loja ; Anna Booth, Melissa Faulner, Rob Farren et Natalie Vielkind chez Dutton ; Venessa Carson, Christina Colangelo, Andrea Cruise, Carmela Iaria, Trevor Ingerson, Bri Lockhart, Summer Ogata, Matt Phipps et Rachel Wease, tous des magiciens du marketing ; Lindsay Boggs, mon attachée de presse ; Maggie Edkins, qui a créé la couverture du livre ; et une pléiade d'incroyables représentants commerciaux.

Merci à Jodi Reamer, la meilleure des agentes, et à ses collègues de Writers House, Alec Shane, Cecilia de la Campa et Alessandra Birch, qui facilitent tant ma vie littéraire.

Et, bien sûr, merci à tous les autres membres de ma famille et à mes amis, en particulier Cally, Denise et Ashley Wolk, dont l'amour et les encouragements font toute la différence.

Cet ouvrage a été achevé d'imprimer
sur Roto-Page
par l'Imprimerie Floch à Mayenne
en mars 2021

N° d'impression : 97917
Imprimé en France